Ralf Kramp (Hg.)
Mörderisches Moseltal

In der Reihe *Mordlandschaften* bisher bei KBV erschienen:

Claudia Puhlfürst/Uwe Voehl (Hg.) - OWL kriminell

Beate Maxian/Angela Eßer (Hg.) - Tatort Salzkammergut

H.P. Karr (Hg.) - Endstation Ostsee

H.P. Karr (Hg.) - Hängen im Schacht

Sandra Lüpkes/Jürgen Kehrer (Hg.) - Mörderisches Münsterland

Ralf Kramp (Hg.) - Nordeifel Mordeifel

Regine Kölpin (Hg.) - Deichleichen

H.P. Karr (Hg.) - Schicht im Schacht

Richard Lifka (Hg.) - Tod im Taunus

Klaus J. Frahm (Hg.) - Das Mordshaus an der Lahn

Cornelia Kuhnert/Richard Birkefeld (Hg.)
  Niedertracht in Niedersachsen

Regine Kölpin (Hg.) - Muscheln, Möwen, Morde

Peter Godazgar (Hg.) - Ruhe sanft in Sachsen-Anhalt

Cornelia Kuhnert/Richard Birkefeld (Hg.) - Heide, Harz und Hackebeil

Christiane Franke/Jürgen Alberts (Hg.) - Etwas Besseres als den Tod ...

Petra Steps (Hg.) - Gauner, Geigen, Griegeniffte

Barbara Krohn (Hg.) - Regensburger Requiem

Eva Lirot/Hughes Schlueter (Hg.) - Luxemburger Leichen

Sandra Lüpkes/Christiane Franke (Hg.) - Ebbe, Flut und Todeszeiten

Arnold Küsters (Hg.) - Auf der Alm, da gibt's an Mord

Christina Bacher (Hg.) - SOKO Marburg-Biedenkopf

Ralf Kramp (Hg.)

Mörderisches Moseltal

Kriminelle Kurzgeschichten

1. Auflage 2014
2. Auflage 2018

© KBV Verlags- und Mediengesellschaft mbH, Hillesheim
www.kbv-verlag.de
E-Mail: info@kbv-verlag.de
Telefon: 0 65 93 - 998 96-0
Fax: 0 65 93 - 998 96-20
Umschlaggestaltung: Ralf Kramp
unter Verwendung von:
© sunset man - www.fotolia.de
Die Texte »De la Moselle à la Volga« und
»L'Enigme de la Matelote de brochet« wurden aus dem
Französischen übersetzt von Hans-Udo Meyer.
Druck: CPI books, Ebner & Spiegel GmbH, Ulm
Printed in Germany
ISBN 978-3-95441-199-3

Wenn Du lange genug am Fluss sitzt,
siehst Du irgendwann die Leiche
deines Feindes vorbeischwimmen.

(Chinesisches Sprichwort)

Koblenz
Winningen
Kobern-Gondorf
Treis-Karden
Moselkern
Cochem
Briedern
Bremm
Mesenich
Pünderich
Lösnich
Traben-Trarbach
Bernkastel-Kues
Graach
Mehring
Brauneberg
Neumagen-Dhron
Grevenmacher
Trier
Konz
Remich
Schengen
Apach
Sierck-les-Bains
Koenigsmacker
Illange
Olgy
Metz
Ancy-sur-Moselle
Pont-à-Mousson
Nancy
Neuves-Maisons
Bayon
Épinal
Dommartin-les-Remiremont
Bussang

Die Schauplätze am Moselufer

Inhalt

Als ich ein kleines Mädchen war

(VOLKSLIED VON DER MOSEL)

Als ich ein kleines Mädchen war
stirbt mir mein Vater und Mutter
stirbt mir mein Vater und Mutter

Als ich ein kleine Weil größer war
da kam ein Reiter, der wollt mich han
da kam ein Reiter, der wollt mich han

Er schwenkt mich lieb, er schwenkt mich wert
er schwenkt mich wohl hinter sich auf sein Pferd

Da reiten wir aus, drei Tag, drei Nacht
dass ich weder Essen noch Trinken gesah

Jungfräulein gedacht in seinem Sinn
dies könnt vielleicht ein Mörder sin

Dort draußen vor dem grünen Wald
dort fließt ein Brunnen, fließt kühl und kalt
dort werden wir essen und trinken

Und wie sie vor den grün' Wald kamen
da hangen ihr sieben an einem Baum

»Willst du jetzt hangen den hohen Baum
oder willst du schwimmen den Moselstrom
oder willst du mit'm Schwert umkommen«

»Ich will's nicht hangen den hohen Baum
will auch nicht schwimmen den Moselstrom
mit'm Schwert will ich umkommen!«

»Ziehet aus, zieht aus euer feines Kleid
Jungfräuleins Blut spritzt weit und breit!«

Und wie er an dem Kleid auszog
Jungfräulein nach dem Schwertchen sprang
und hieb dem Ritter sein Haupt hinweg

Und als der Kopf auf dem Boden liegt
die falsche Zung noch dreimal spricht

»Nimm du die Pfeif in deine Hand
und sing und pfeif wohl durch den Wald«

Jungfräulein gedacht in seinem Mut
Das Singen und Pfeifen das tut kein Gut

Und wie sie in den Wald hineinkam
die Schwiegermutter ihr entgegenkam

»Ach Schnure liebste Schnure mein
Wo hast du gelassen mein Söhnelein?«

»Dort draußen vor dem grünen Wald
dort spielt er mit sieben Jungfrauen
die achte ist ihm entgangen«

»Ach Schnure liebste Schnure mein
von was seind eure Schuh so rot«

»Gestern Abend spat in der Nacht
da hab ich meinem Herrn drei Hahnen getot
davon seind meine Schuhe so rot«

(Unbekannter Verfasser)

Das Tanzen der Wellen

RALF KRAMP

Er wiegte den Kopf nachdenklich hin und her. »Irgendwie ist es erbärmlich. Ein so stolzer Fluss, ein so imposanter Strom. Sie haben ihm sein Kinderbett zementiert und ihn eingemauert. Das ist unwürdig, oder nicht?«

Sie betrachtete den kleinen, rundlichen Mann, der die Hände auf dem Rücken verschränkt hatte und unentwegt die Finger zappeln ließ. Früher mochte er einmal ein schlanker, eleganter Vertreter seines Geschlechts gewesen sein, aber das Alter hatte ihn gebeugt, hatte seinen Bauch anschwellen lassen. Seine Freunde vom Pétanque-Platz in Neuves-Maisons, bei denen sie ihn vor anderthalb Stunden abgeholt hatte, nannten ihn Calebasse, den Flaschenkürbis. Und tatsächlich beschrieb das seine Gestalt recht genau.

Sie standen vor dem aus Felsquadern erbauten Monument am Col-de-Bussang, das in seiner steinernen Nüchternheit eher an ein Kriegerdenkmal erinnerte als an den Geburtsplatz eines der berühmtesten Flüsse Europas.

Mariannes Blicke folgten der Bewegung seines ausgestreckten Zeigefingers. Er wies auf den Verlauf der Mosel, der, versehen mit den wichtigsten Städten entlang des Ufers, in den Stein graviert worden war. »Da hinten irgendwo verlieren wir sie an die Deutschen, unsere Schöne.« Er drehte sich zu ihr um und grinste sie an. »Hat mein Papa immer gesagt. Er konnte den Deutschen nie verzeihen, dass wir den Fluss großziehen und aufpäppeln, und dass die boches dann am Ende den leckeren Wein von den Terrassen ernten.« Dann folgte er mit fast zierlichen Schritten der schmalen

Rinne quer über den Platz, in der man das Quellwasser auf die lange Reise in die weite Welt schickte. Er bewegte sich trotz seiner Körperfülle sehr gewandt, so als führe er ein kleines Ballett auf. Währenddessen summte er leise eine Melodie vor sich hin.

Marianne wohnte in Nancy. Alle paar Wochen fuhr sie in den Nachbarort, holte ihn ab, und gemeinsam machten sie kleine Ausflüge. Sie kannte ihn seit vielen Jahren und schätzte den alleinstehenden Mann als klugen, lebenserfahrenen Gesprächspartner. Calebasse erzählte viele Geschichten aus seinem Leben, das sich ausnahmslos entlang der Mosel abgespielt hatte, und sie wusste längst zwischen erfundenem Unsinn und wirklich Erlebtem zu unterscheiden. Beides fand sie höchst unterhaltsam.

Er beschloss, dass die Besichtigung der Quelle nun lange genug gedauert hatte, und sie stiegen in ihren Wagen und fuhren bergab. Als sie vor einer Stunde die Vogesen erreicht hatten, hatten die Nebelschleier noch über dem Schwarzblau der bewaldeten Hänge gelegen. Jetzt stand die Sonne am Himmel und versprach einen herrlichen Sonntag. Einen der ersten dieses verregneten Sommers.

Er hatte sich gewünscht, zum Dorffest in sein Heimatdorf Dommartin in der Nähe von Remiremont zu fahren, und wenn man schon dorthin unterwegs war, dann auch noch die wenigen Kilometer weiter bis zur Moselquelle. Die erste Etappe hatten sie also bereits hinter sich, als sie jetzt wieder aus den Vogesen nordwärts fuhren. Ab dem Städtchen Le Thillot mäanderte die Mosel als ungestümer junger Fluss durch das langsam breiter werdende Tal, und in Ferdrupt bat Calebasse darum kurz anzuhalten. Der Fluss kam hier ganz nahe an die Straße heran und war schon etwa zehn Meter breit. Calebasse stieg zum Flussbett hinunter, das hier durch eine Geröllbank künstlich verbreitert worden war, um die Fließgeschwindigkeit zu verringern. Er entledigte sich schnaufend seiner Schuhe und Strümpfe und krempelte die Hosenbeine hoch. Dann stieg er ins Wasser und jauchzte beglückt auf. »Schau, wie sie für mich tanzen!«, rief er übermütig. Dicke, grüne Algenbüsche trudelten unter Wasser hin und her und zuckten und wanden sich wie fette Seeschlangen. »Ein Walzer«, rief er. »Eine Musette ... oder ein Java!« Er drehte sich mehrfach um die eigene Achse und kletterte erst nach einer Viertelstunde wieder an Land. Marianne hatte sich auf den felsigen Boden am Ufer gesetzt und ihm zugesehen. Mit Calebasse unterwegs zu sein, bedeutete für sie völlige Entspannung. Sie schaffte es mitunter, ihren Alltag völlig auszublenden und die Tragödien, die ihr Beruf ihr tagtäglich bescherte, in den Hintergrund zu drängen.

»Woran denkst du?«, fragte er, während er sich seine Schuhe anzog. Ein hohes Pfeifen begleitete seine angestrengten Atemzüge. »Schlimme Sachen diese Woche?«

Sie schüttelte andeutungsweise den Kopf und drückte ihre Zigarette auf einem Stein aus.

Zwei Mörder, eine Ladendiebin, vier Jugendliche, die einen Rentner zusammengeschlagen hatten. Sie wollte nicht darüber reden. Sie hatte gerade angefangen, an etwas anderes zu denken.

»Sollen wir weiter?«, fragte sie stattdessen. Er zog sich Schuhe und Strümpfe an und machte dabei grunzende Geräusche. Als er an ihr vorbei zum Wagen zurückging, strich er ihr sanft über die Schulter. Calebasse war großartig. Er vermied unnötige Floskeln.

In Maxonchamp hielten sie noch einmal an und gingen ein paar Meter zurück zu der Brücke, auf der sie die Mosel überquert hatten. Sie lehnten sich ans Geländer und blickten hinunter. Das Flussbett maß hier schon etwa zwanzig Meter Breite.

»Wie die Wellen tanzen«, murmelte er. »Der Tanz ist alles für mich. Ich selbst kann es nicht mehr, ich bin fett und ungelenk, aber es macht mir Spaß, es anderen beizubringen.«

Sie nickte lächelnd und spuckte ins Wasser. »Keiner kann es wie du.«

»Ich habe es im Blut. Seit ich ein junger Mann war. Bei meinem Onkel in Golbey, bei dem ich damals an der Schleuse gearbeitet habe, habe ich zum ersten Mal einem das Tanzen beigebracht.«

»Hast du mir schon mal erzählt«, sagte sie matt.

Immer wenn sie das sagte, verstummte er für ein paar Minuten. Er hörte immer öfter von ihr, dass er sich wiederholte. Das schien ihn zu betrüben.

Wenig später erreichten sie Dommartin. Die Autos standen bis weit aus dem Dorf heraus beiderseits der Straßen geparkt. Das Örtchen schien aus allen Nähten zu platzen. Zahllose Menschen strömten in Richtung Ortsmitte und flanierten an den Verkaufsständen mit den Andouillettes, den Schweinsfüßen und den Schinken vorbei. Die Berge von frisch geernteten Mirabellen leuchteten golden in der Mittagssonne, ein dürrer Mann im schwarzen Anzug und steifem Hut kommentierte das turbulente Geschehen in einer endlosen Suada über Mikrofon und Lautsprecher. Ein Leierkasten schickte volkstümliche Töne durch die laue Luft. Calebasse begann, an ihrer Seite unmerklich seinen unförmigen Körper hin und her zu wiegen. Er atmete mit glückselig bebenden Nasenflügeln die Düfte ein, winkte diesem und jenem, die ihn noch aus früheren Zeiten wiedererkannten und ließ die kurzen, dicken Finger im Takt der Musik tänzeln. Er strahlte pures, ungetrübtes Glück aus. Warum konnte sie das nicht? Wieso konnte sie nicht einfach all die finsteren Gedanken ausblenden, die sie durch ihren Alltag und ihre Freizeit verfolgten, ja, die sie sogar in ihren Träumen heimsuchten? Es konnte doch nicht so schwer sein, wenigstens ein kleines bisschen so zu sein wie er. Unbeschwert, sorglos ... vielleicht kam das ja erst mit dem Alter. Die Erinnerungen an die Schattentage verblassten, und die schönen Ereignisse vergangener Tage traten umso deutlicher hervor. Küsse, Tanz, Lachen, Sonnenbaden, sich lieben ... das alles war zu lange her. Selbst heute, an ihrem Wochenende, fuhr sie mit diesem Greis durch die Gegend, anstatt jemanden anzurufen, der vielleicht nur darauf wartete, dass sie wieder ein Zeichen aussandte. Jemand, der ihr etwas anderes bieten konnte.

Mitten im Ort, dort wo sich die Rue de Pont und die Rue Franould kreuzten, war kaum ein Durchkommen. Das Zentrum von Dommartin war vollgestopft mit Flohmarktständen. Ein kleines Tambourcorps bahnte sich mit zackigen Trompetenstößen und Getrommel den Weg durch die Menge. Die Männer in den kurzärmeligen gelben Hemden schwitzten unter ihren schwarzen Uniformkäppis. Den Bürgermeister mit der blauweißroten Schärpe und ein paar andere Honoratioren hatten sie im Schlepptau.

»Der dritte von rechts, der junge Kerl mit dem Fransenschnurrbart, siehst du ihn?«, raunte ihr Calebasse zu.

»Was ist mit dem?«

»Seinen Eltern habe ich vor etwa vierzig Jahren das Tanzen beigebracht.«

»Beiden?«

Er nickte lächelnd. Das Netz von Äderchen auf seiner kugelrunden Nase leuchtete kräftig rot vor Stolz. »Allen beiden. Das war ein Anblick, kann ich dir sagen.« Für einen kurzen Moment wandte er sich ihr verunsichert zu. »Oder hatte ich das schon erzählt?«

Sie schüttelte den Kopf, obwohl sie sich nicht sicher war.

Auf dem Platz vor dem *Tabey* nahmen sie im Schatten der Zeltüberdachung an einem der langen Tische Platz und bestellten gefüllte Schweinsfüße mit Sauerkraut und tranken ein Bier.

Immer wieder kam jemand zu ihnen und klopfte Calebasse auf die Schulter. »Na, bist du mal wieder in der Gegend, Alter?« und »Lebst du immer noch?«, fragten sie und lachten gemeinsam mit ihm.

Er hatte ihr einmal erzählt, dass sein Neffe ihn vor Jahren zu sich nach Neuves-Maisons geholt hatte. Es hatte etwas mit Schulden und dem Verkauf des kleinen Hauses hier im Dorf zu tun gehabt. Er erzählte selten davon, und sie drang nicht in ihn.

Nach dem zweiten Bier sang er laut den Schlager mit, der blechern aus den Lautsprechern durchs Dorf dröhnte. Als er ihren tadelnden Blick sah, brach sein Gesang ab, und er murmelte »Ich sollte wohl nicht ...«

Sie schüttelte milde lächelnd den Kopf, und er schob sein Glas beiseite.

Bevor sie abfuhren, wollte er noch auf den Friedhof. Vorbei an der Pyramide aus leeren Plastikeimern, die die Kinder mit dem Feuerwehrschlauch abschossen, traten sie durch das kleine Eisentor und fanden sich zwischen den Toten von Dommartin wieder. Von dem ein oder anderen Grab starrten sie die Bildnisse der Verstorbenen an. Teils von verblassten Fotografien, teils erstaunlich untalentiert in den Stein gemeißelt.

Auf dem Grab seiner Eltern standen unzählige Gedenktäfelchen. Von zahlreichen Verwandten und von allen Vereinen des Dorfes. Seine Familie war von jeher sehr beliebt gewesen, so hatte er ihr einmal erzählt.

»Von meinem Vater habe ich die Liebe zur Musik geerbt«, flüsterte er fast und begann dann leise und mit brüchiger Stimme ein Kinderlied zu singen. »En passant par la Lorraine, avec mes sabots ...« Er hielt dabei die Hände gefaltet und hatte das Kinn auf die Brust gesenkt. Sie unterbrach ihn nicht und sah nur heimlich auf die Armbanduhr. Es wurde langsam Zeit.

»Hat er auch Tanzen gelehrt?«, fragte sie, als er fertig war.

»Oh ja. So gut wie kein zweiter.« Sein Finger kreiste ungenau herum. »Viele von hier haben es bei ihm gelernt.«

Sie ließ den Blick schweifen. Die Sonne brannte unbarmherzig auf die Gräber herunter und ließ die Köpfe der Blumensträuße herabhängen.

»Deinen Beruf möchte ich nicht haben«, murmelte er, während sie zurück zum Auto gingen. »Immer nur Verbrechen. Du kannst bestimmt auch andere Dinge. Malen, Singen ...«

»Mag sein«, sagte sie obenhin. »Aber es ist, wie es ist. Der eine muss dies machen, und der andere das.« Den letzten Satz betonte sie besonders. In seinem Gesicht las sie, dass er verstand, was gemeint war.

Erst bei Epinal löste sich die Straße von der Mosel und führte ein Stück durch den Wald. Sie umrundete die Stadt in einem großen Bogen und fand dann wieder zum Fluss zurück. Die Örtchen wurden wieder kleiner und unscheinbarer, die Gegend büßte hier einiges an Reiz ein. Weiter nördlich verlor sich die Mosel wieder in zahlreichen, verschlungenen Windungen, es gab tote Seitenarme und riesige Kiesbänke, die das Wasser im Laufe der Jahrtausende angespült hatte. Bei Bayon bogen sie von der Autobahn ab. Die Straßen wurden kleiner und kleiner.

Wurde Calebasse nervös? Er saß aufrecht und reckte den Hals vor. Seine Augen suchten die Landschaft ab, seine Finger spielten miteinander.

Als sie das Flussufer erreichten, ließ Marianne den Wagen langsam im Schatten eines dichten Gestrüpps ausrollen.

»Hier war ich noch nie«, sagte er und biss sich auf die Unterlippe. »Hier ist der Fluss so ganz anders. Irgendwie erwachsener, findest du nicht?«

Sie drückten die Türen des Wagens sehr leise zu. Man würde sie zwar sowieso nicht hören, da am anderen Ufer, aber man musste stets vorsichtig sein, das hatte sie in den letzten Jahren gelernt.

Sie gingen durch beinahe hüfthohes Gras bis hin zur Uferböschung. Der Fluss war hier etwa vierzig Meter breit, das war nicht gerade ein Kinderspiel.

»Dahinten«, sagte sie und streckte den Zeigefinger aus. »Wie jeden Sonntagnachmittag um diese Zeit. Ich habe es gewusst.«

Der Mann hockte auf der anderen Seite der Mosel auf einem Klappstuhl und kramte in einer Kühlbox herum. Vor sich hatte er eine Angelrute in einem Gestell positioniert. Außer ihm war weit und breit niemand zu sehen. Er trug eine Sonnenbrille und hatte eine Vollglatze. Auf seinem T-Shirt prangten knallbunte Schriftzeichen.

Sie hielten mit gebücktem Oberkörper inne. Der Mann schien sie nicht zu bemerken.

»Wird es gehen?«, fragte Marianne.

Calebasse nickte. »Warum nicht. Da hatten wir schon schwierigere Situationen, oder?«

Sie ging zum Auto und kehrte wenige Augenblicke später mit dem länglichen Stoffbündel zurück. Nachdem sie es mitten im Gras auf den Boden gelegt hatte, begann er fast zärtlich damit, es auszuwickeln.

Die Sonne erhitzte den mattschwarzen Stahl augenblicklich. Er ließ die Finger darüber gleiten. Sie hatte alles gut vorbereitet. Er legte es an die Schulter und blickte durch das Zielfernrohr.

»Er muss stehen«, knurrte er. »Wie er da in seinem Stuhl hängt, wird das nichts.«

»Was soll ich tun?«, fragte sie mit gepresster Stimme. »Winken? Pfeifen?«

»Worum geht es bei ihm?«

»Ein kleines Mädchen. Vergewaltigt und erwürgt. Wir können es ihm nicht beweisen.«

»Ruf einfach ihren Namen. Mach schon. Es darf nicht zu lange dauern. Ich bin keine Zwanzig mehr, vergiss das nicht.«

»Sie hieß Sandrine. Ich soll einfach Sandrine rufen?«

»Er wird reagieren.«

Sie richtete sich langsam auf und hob die Hände an den Mund. Pumpte Luft in ihre Lungen. Bog den Rücken durch.

Aber dann geschah etwas, das ihr zur Hilfe kam. Die Angelrute bog sich plötzlich, ein Fisch pflügte durch das Wasser. Weißer Schaum umwirbelte ihn, als er sich aufbäumte und hin und her schwang, wie ein Tänzer auf dem graugrünen Tanzboden der Wellen.

Calebasse quietschte vor Vergnügen. »Und rechts ... und links ... und rechts ... und links ...«

Der Mann erhob sich aus seinem Stuhl, um zu nachzusehen, was da an seiner Angel hing.

»Und nun lernst du tanzen, mein Freund«, kicherte Calebasse leise. Dann pfiff er eine fröhliche Melodie, bestehend aus kurzen, schnell aufeinanderfolgenden Tönen.

Die Schüsse zerrissen den Nachmittag.

Der erste in die linke Schulter. Ein Streifschuss nur, beinahe ein Streicheln, aber stark genug, um den Mann nach links zu wirbeln, ohne dass es ihn gleich umwarf.

Dann die rechte Schulter. Der Oberkörper drehte sich.

Die linke Hüfte. Ein Ruck nach links, leicht vornüber gebeugt.

Rechte Hüfte. Und wieder nach rechts.

Alles geschah im treibenden Rhythmus von Calebasses Melodie.

Das linke Knie. Jetzt neigte sich der Körper bedrohlich weit hinab.

Das rechte Knie. Der Mann bog sich zur anderen Seite.

Und schließlich riss ihn ein Schuss mitten in den kahlrasierten Schädel nach hinten und ließ ihn wieder in den Klappstuhl zurückfallen.

Calebasse hörte auf zu pfeifen und leckte sich über die Lippen.

»Es war gut, dass ich nur zwei Bier getrunken habe«, sagte er und blickte lächelnd zu Marianne hinauf.

Sie nahm das Gewehr und wickelte es wieder in den Stoff ein. Calebasse überwachte jeden ihrer Handgriffe. »Es ist schön, dass du es für mich aufbewahrst«, sagte er. Sie wiederholte ihren Satz von vorhin: »Der eine muss dies tun und der andere das.«

Auf der Rückfahrt plauderten sie. Marianne lachte sogar. Ein Ausflug mit Calebasse war immer ein Gewinn. Als sie ihn am Pétanque-Platz in Neuves-Maisons absetzte, sagte er: »Keine Angst, ich werde nichts von der heutigen Tanzstunde erzählen.«

Sie schaute ihm hinterher und beobachtete, wie seine Freunde ihn empfingen und ihm die silbern glänzenden Kugeln in die Hand drückten.

Jede seiner Gesten war Musik, jede seiner Bewegungen eine Art Tanz.

Von der Mosel an die Wolga

ALAIN THON

Polizeipräfekt Théo Filippi schmollte wegen seiner Versetzung. Er war gegen seinen Willen in die Provinz geraten. Angeblich als Belohnung für die von ihm geleisteten Dienste. Er stand am Fenster seines Dienstzimmers im zweiten Stock der Präfektur. Ein gut aussehender, jugendlich wirkender Mann um die vierzig, mit kurz geschnittenen, leicht ergrauten Haaren. Die Aussicht glich so gar nicht derjenigen, die er am Quai des Orfèvres genossen hatte, aber immerhin konnte er von hier einen Arm der Mosel und den Chor der Kathedrale von Metz sehen. Er dachte über die Chance nach, die er bekommen hatte, als er ungnädigerweise in diese ostfranzösische Stadt geschickt worden war.

Bei jedem Schritt durch die Straßen der Stadt entdeckte er ein Juwel. Ob es die Plätze der Stadt oder die Fassaden der Häuser waren, alles war voll Historie. Seine Gedanken wanderten von den erlebnisreichen Stadtspaziergängen zur Rückkehr der Liebe seines Lebens: Julie. Sie sollte heute aus dem Senegal zurückkehren, wo sie im Dienst einer humanitären Organisation stand.

Und auch ein neuer Fall beschäftigte ihn. Der Generaldirektor der »*Services du Conseil Général*« des Mosel-Departements hatte ihn vom Verschwinden eines chinesischen Geschäftsmannes unterrichtet. Théo fragte sich, welches Interesse der hohe Beamte an einer Affaire hatte, die eigentlich die Kriminalpolizei anging. Er hatte erläutert, dass das Mosel-Departement eng mit den Geschäftsleuten aus dem Reich der Mitte verbunden war. Um dies zu untermauern,

21

hatte er Presseartikel und Fotos vorgelegt, die den Verschwundenen neben dem Präsidenten des *Conseil Général*
zeigten. Und er hatte ihn daran erinnert, dass er doch Spezia-
list für heikle Ermittlungen im Umkreis prominenter Persönlichkeiten war. Der Bequemlichkeit halber war ihm das Dossier zugeschickt worden. Er hatte sich in die Aufzeichnungen
vertieft und mit den Ermittlungen begonnen.

Das Handy auf dem Schreibtisch brummte. Théo tippte auf
das Display, auf dem das runde Gesicht seines früheren
Assistenten Pépé erschien, tüchtiger Polizist mit blumiger
Ausdrucksweise, eben wie ein richtiger Pariser Junge, der er
war. Sein ehemaliger Assistent hatte die Statur eines Rugby-
Spielers, war aber sanft wie ein Lamm.

»Salut, Pépé, hat es mit den drei Tagen Urlaub geklappt?«

»Problemlos. Man könnte glauben, dass keine wichtigen
Leute mehr umgebracht werden, seit du weg bist.«

»Also gut, du verzichtest auf den großen Auftritt, sondern
ziehst dir eine alte Jeans an, die sich besser für die Ermittlungen eignet. Ich hab dir das Dossier per E-Mail geschickt.«

»Ich fahre noch schnell bei mir vorbei und flitze dann zur
Gare de l'Est, um die erste Bahn zu kriegen.«

Théo legte auf und nahm sich die Presse-Artikel über den
Hafen von Illange vor. Eine Überschrift sprang ihm ins Auge:

»*ITEC-TerraLorraine, Zentrum für China-Europa-Handel, in
Illange geplant, wirft Probleme auf, besonders im Hinblick auf
Investitionen und Herkunft der Fonds. 150 Mio Euro allein aus
privaten Fonds.*«

Diese Information, die die Ausführungen des Generaldi-
rektors ergänzte, hatte seine kleinen, grauen Zellen auf Trab
gebracht. An der Tafel, auf der der Verlauf der Ermittlungen
dokumentiert wurde, zeichnete er einen Kreis, in den er *Illange* schrieb. Diagonal darunter am Tafelende setzte er *China*.

Er klebte das Foto mit den beiden lächelnden Männern auf die Tafel und setzte ein großes Fragezeichen über den schlitzäugigen Mann. Dazu schrieb er *Pont-à-Mousson*.

Es klopfte, und Théo rief dröhnend: »Ja, bitte!«

In der Tür erschien ein lächelndes Gesicht, das er nicht kannte.

»Commandant Claude Boulanger, von der Kriminalpolizei Metz.«

»Was kann ich für Sie tun?«

»Ich kann wohl eher was für Sie tun. Wir sind an der Sache mit dem verschwundenen Chinesen dran. Meine Chefs glauben, dass wir Ihnen dabei helfen könnten. Wir vertreten auch Interpol in dieser Sache. Bei internationalen Ermittlungen kann das nützlich sein.«

»Wunderbar. Ich wollte gerade Kontakt mit Ihren Stellen aufnehmen.«

»Na bestens.«

»Ich habe übrigens auch so einen Typen wie Sie in Paris, meinen zweiten Mann, Pépé. Ein guter Polizist. Ich hoffe, das trifft auch auf Sie zu.«

»Sagen zumindest manche. Es interessiert Sie vielleicht, dass ein gewisser Herr Li Chang im Novotel in Metz logierte, nachdem er eine Nacht im Prämonstratenserkloster in Pont-à-Mousson verbracht hatte. Zum ersten Mal war er allein. Seine vorherigen Reisen waren Gruppenreisen.«

»Warum war er allein? Warum zuerst Pont-à-Mousson und dann Metz?«

»Wissen wir noch nicht, aber wir haben bei seinen Sachen eine Hotel- und Restaurant-Rechnung aus Baden-Baden in Deutschland gefunden. Ich habe einen deutschen Kollegen gebeten herauszufinden, womit sich unser Schlitzäugiger da beschäftigt hat.«

»Auf einem Foto ist er mit einem Politiker zu sehen. Irgendein Zusammenhang zwischen seinem Verschwinden und den französisch-chinesischen Aktivitäten?«

»Nun, er war allein und nicht offiziell im Mosel-Departement unterwegs. ITEC Illange-Metz erwartete keinen Besuch von ihm.«

»Da wir gerade von der Mosel reden, ich muss zum Hafen von Scy-Chazelles. Ein Bekannter soll mir ein Boot vorführen.«

»Wenn Sie wollen, kann ich Sie hinbringen.«

Auf dem Parkplatz des Tennis- und Bootsklubs stiegen sie aus dem Peugeot. Am Hafenzugang lag das Klubhaus. Nebenan waren über eine weite Strecke Boote jeglichen Typs vertäut. Der Hafen lag an einem toten Arm der Mosel. Neben einem Kahn, der offensichtlich nicht mehr benutzt wurde, war ein Mann damit beschäftigt, eine Plane von einem Boot zu ziehen. Als sie sich näherten, richtete er sich auf und rief: »Salut, Théo.«

»Salut, Jean-Luc. Ich habe Begleitung mitgebracht. Wir verbinden das Nützliche mit dem Angenehmen. Du solltest mir ein Boot vorführen, und Claude hat angeboten, mich zum Hafen zu bringen und mir dabei über den verschwundenen Chinesen Bericht zu erstatten.«

»Du verkaufst Boote?«, fragte Claude interessiert.

»Ich helfe nur aus. Das Boot gehört einem Freund, der zurzeit im Ausland ist. Steigt ein.« Jean-Luc zog an der Leine, um das Heck an den Landesteg zu bugsieren. »Was ist das für eine Geschichte mit dem Chinesen, der verschwunden ist?«

Die *Neptun* fuhr langsam aus dem Hafen. Nachdem sie unter der Brücke am alten Treidelweg hindurchgekommen waren, beschleunigte Jean-Luc. Schnell waren sie beim Wasserski-Klub angekommen, bevor sie unter der Verdun-Brücke durchfuhren. Sie fuhren weiter flussabwärts Richtung Stadtzentrum. Die Gegend umher hatte nichts Aufregendes zu bieten. Erst nachdem sie die Autobahnbrücke unterquert hatten, bot sich ihnen eine angenehmere Aussicht. Die Wasserfläche öffnete sich zur Stadt. Théo deutete auf den scheinbar über den Platanen liegenden Justizpalast. »Genau deshalb werde ich zweifellos ein Boot kaufen.«

»Wegen des Justizpalastes?«, fragte Claude.

»Nein, meine Freundin Julie hat die Boote gesehen, die am Fuß der Stadtbefestigung entlangfahren und sich verliebt. Was soll die Nussschale denn kosten?«

»Der Motor ist fünf Jahre alt und hat 280 Betriebsstunden auf dem Buckel. Der Rumpf stammt von 1980. Sauber und in gutem Zustand. Um ein paar Runden auf dem Wasser zu drehen, genügt das allemal, und es gibt noch eine schöne Sonnenbank auf dem Boot.«

»Du bist wie Julie, du antwortest nicht auf meine Frage.«

»Achttausend Euro, aber vielleicht kriegst du es für sechstausend.«

Sie passierten den mittleren *Pont des Morts*, wie immer blumengeschmückt, um schließlich an der Inselspitze mit dem *Temple Neuf* am Felsvorsprung anzukommen. Jean-Luc bog links ab, vorbei am Saint-Marcel-Hafen, um unter den Fenstern der Präfektur und des *Conseil Général de la Moselle* vorbeizufahren. Dann drehten sie um, denn dieser Moselarm war nicht mehr weiter zu befahren. Sie kehrten bis zum *Temple* zurück und legten nahe einer unterirdischen Passage an, die auf einen kleinen, gepflasterten Platz mündete. Sie waren wieder zurück im Mittelalter.

»Wo geht's jetzt hin?«, fragte Théo.

»Zum Mittagessen.«

»Aber Julie wartet auf mich.«

»Ich habe mich um Julie gekümmert«, sagte Jean-Luc grinsend. »Sie ist schon bei *Thierry Saveurs*.«

»Ha, das ist eine Falle! Der Verkauf ist schon über die Bühne!«

»Nein, nein, keine Sorge.«

Théos Handy klingelte. Nach einem kurzen »Ja?« hörte er nur zu und nach einem »Okay« legte er auf. Seine beiden Freunde wandten sich mit fragenden Blicken zu ihm um. Théo sagte nur: »Wir gehen essen.«

* * *

Nach einer sehr schnellen Zugfahrt hatte Pépé ein Auto gemietet, um zu der alten Prämonstratenser-Abtei in Pont-à-Mousson zu fahren. Das Navi führte ihn bis vor das Klostergebäude, das man schon von weitem wegen seiner beiden Türme sehen konnte, die über die Häuser hinausragten. Er stellte sein Auto auf dem kleinen Parkplatz gegenüber dem Klostereingang ab. Zwischen zwei Schiebetüren hindurch gelangte er zu Rezeption, wo ihn eine freundlich lächelnde Dame empfing. Er zeigte ihr das Foto des Chinesen, aber sie verweigerte jegliche Auskunft über die Kunden. Nachdem er ihr Ausweis und Dienstmarke gezeigt hatte, wurde sie schon gesprächiger. Der Gast hatte Zimmer 107 offenbar nur zum Telefonieren genutzt. Er hatte kein Gepäck dabei, nur einen Beutel, etwa so wie eine Fototasche. Dann war er wieder zur Rezeption gekommen, um ein Taxi zu rufen, nachdem er sich zuvor über den Hafen informiert hatte. Er hatte darauf bestanden, die Telefonrechnung sofort zu bezahlen und hatte hinzugefügt: »Man weiß ja nie, was so alles passieren kann.« Das Zimmer hatte er bereits im Voraus bezahlt.

Pépé bedankte sich und fragte nach dem Weg zum Hafen.

Es gab kein eigentliches Hafenbüro. Das Verkehrsamt vermietete Wohnmobil-Stellplätze und Anlegestellen für die Boote. Der Service war gut organisiert, mit Trinkwasser und Strom.

Es war nicht schwer, jemanden zu finden, der einen Asiaten am Moselufer gesehen hatte.

Ein junger Mann erinnerte sich an ein dickes Kajütboot mit deutscher Flagge, das am Abend vor der Ankunft des gesuchten Mannes angekommen war. Er hatte dem Kommandanten des Bootes geholfen, Trinkwasser aufzufüllen und hatte den Eindruck gehabt, dass nur eine einzige Person an Bord war. Offenbar kam die kleine Jacht aus Südfrankreich. Und eifrig fügte er hinzu: »Der Mann von dem deutschen Boot und der Chinese sind am Nachmittag zusammen weitergefahren, nach Norden, Richtung Metz.«

Pépé kannte den Schiffstyp, ein *Princess V58*-Boot, mehr als siebzehn Meter lang und vier Meter fünfzig breit. Es hatte drei Kabinen, war mit lackiertem Holz möbliert. »Das Boot hieß *Glück*«, erklärte der junge Mann. »Ich finde, man muss viel Glück haben, um sich ein solches Schmuckstück leisten zu können.« Es hatte nur fünfhundert Liter Treibstoff getankt, so berichtete er weiter. »In Deutschland wird wohl der Diesel billiger sein. Mit zwei so starken Motoren und nur fünfhundert Liter Treibstoff kommt man jedenfalls nicht weit.«

Zurück in seinem Leihwagen rief Pépé Théo an, um ihn über den Fortgang seiner Ermittlungen zu informieren und nutzte die Gelegenheit, um ihn zu fragen, ob es möglich sei, eine Übersicht über die Schleusenpassagen der *Glück* zu besorgen und vor allem, wie viel Personen an Bord waren.

Sie beschlossen, sich zum Abendessen zu treffen. Der Polizist aus Paris empfand so langsam Vergnügen daran, in der

Provinz zu ermitteln. Er hatte den Eindruck, schneller voranzukommen als in der Hauptstadt

Sein nächster Weg führte ihn zur Baustelle in Illange. Er
war auf ein großes Baugelände vorbereitet, fand aber nur
Erdarbeiten, einen alten Bulldozer neben einer Baubude und
eine Planierraupe vor, die ebenfalls still stand. Keine Menschenseele war zu sehen.

Pépé beschloss umzukehren und in den Ort zu fahren.
Nach einer kurzen Wegstrecke fand er zwei Greise vor der
Tür eines alten Hauses. Das Wetter war schön und sie schauten in die Sonne, die bereits langsam hinter den Moselhügeln
unterging.

»Die französisch-chinesische Baustelle, das Terrain mit der
aufgeworfenen Erde an der Straße nach Yutz …«

»An der neuen Abfahrt an der Schnellstraße?«, fragte einer
der beiden Alten.

»Genau. Stellen die noch Arbeitskräfte ein?«

»Weiß nicht, aber viel gearbeitet wird da nicht.«

»Für die Zeitung haben die vier oder fünf Mann dahin
gestellt, und danach nichts mehr«, ergänzte sein Kompagnon.

»Suchen Sie wirklich Arbeit?«, fragte der Erste misstrauisch. »Hier laufen nämlich dauernd Journalisten rum und
stellen Fragen, so wie Sie.«

»Großes Ehrenwort, ich bin kein Journalist«, sagte Pépé
und hob dabei die rechte Hand. »Ich suche nur Arbeit.«

»Hier in der Ecke gibt es nichts mehr. Muss man nach
Luxemburg fahren. Die guten Jahre sind vorbei.«

Auf der Rückfahrt nach Metz vibrierte das Handy in Pépés
Tasche. Es war Claude Boulanger.

Nachdem sie sich gegenseitig vorgestellt hatten, bat Claude ihn, umgehend zum Mazerolle-Hafen zu kommen. Der

verschwundene Chinese, das hatte sich inzwischen heraus-
gestellt, war tot.

* * *

Théo, Pépé und Claude standen um einen großen Getreidehaufen herum. Im oberen Teil schaute das Gesicht eines Asiaten hervor. Etwas weiter unten, den Handteller nach vorne
gestreckt, wie um sich zu wehren, ragte eine Hand aus dem
Getreidehaufen.

Am Eingang des Hangars warteten drei Polizisten gedul-
dig mit den Leuten von der Spurensicherung, die gerade ihre
weiße Schutzkleidung anlegten. Einer von ihnen fragte, ob er
mit den Fotos anfangen könne, da die ersten Untersuchun-
gen sich schon so lange hingezogen hätten.

»Hier kommen praktisch nur Getreidelaster hin. Erstaunlich daran ist, dass das hier kein Platz ist, den man per Zufall
auswählt, um sich einer Leiche zu entledigen. Es sei denn,
man kommt über den Kanal hierhin«, erklärte Claude.

Théo sagte im Tonfall eines Predigers: »Wenn du die Leiche eines Chinesen findest, dessen Tod einem verdächtig vor-
kommt, dann kannst du sicher sein, dass es keiner seiner
Glaubensgenossen war, der ihn getötet hat. Das habe ich von
einem Kollegen, der aus Kanton stammt.«

»Wir brauchen eigentlich nur noch das Boot mit dem nicht-
asiatischen Ausländer, das von Pont-à-Mousson Richtung
Thionville fährt. Eigentlich ist die Sache doch geritzt«, sagte
Pépé triumphierend.

»Zuerst müssen wir den Spuren nachgehen. Du«, sagte
Théo und zeigte auf Claude, »kümmerst dich um unsere
Freunde aus Baden-Baden, da Pépé nicht zur Familie gehört.
Du«, dabei zeigte er auf Pépé, »sorgst dafür, das Boot wieder-

zufinden. Ich warte auf euch, bis wir uns beim Abendessen wieder sehen. Ich hole Julie ab und bezahle mein Boot, na ja, kleiner Scherz, zumindest die Hälfte. Dann werde ich mich noch mit dem Generaldirektor der *Services du Conseil Général de la Moselle* treffen.«

Die drei Männer verabschiedeten sich voneinander.

Pépé hatte die Büros der Schleusenverwaltung ausfindig gemacht und bat einen Justizwachtmeister, ihn zu begleiten. Eine Uniform als Türöffner war immer hilfreich.

Claude dagegen schlug die Richtung zur Kaserne Riberpray ein, um seinen Freund Jean zu besuchen, der sich bestens mit Finanztransaktionen auskannte. Er vermutete, dass es sich um ein großes Geschäft zwischen China, Deutschland und Frankreich handelte.

Théo seinerseits begab sich sofort zum *Conseil Général* um herauszubekommen, welchen Anteil die Politik bei diesen Privatfinanzierungen hatte.

Aus den Gesprächen ergab sich, dass die Gemeinde, der das Terrain gehörte, ein Arrangement mit der Gesellschaft ITEC getroffen hatte, sonst nichts weiter. »Dieses Dossier gehört ausschließlich in den kommerziellen Bereich«, hatte der Generaldirektor noch hinzugefügt. Er sei bestürzt über den Tod eines seiner Gesprächspartner, aber er könne nicht erkennen, warum jemand ein Interesse an seinem Tod gehabt haben könnte.

Théo verabschiedete sich, ohne wirklich die Gewissheit zu verspüren, etwas Handfestes erreicht zu haben. Er telefonierte mit Jean-Luc und teilte ihm mit, dass er sich dazu entschlossen hatte, das Boot zu kaufen. Sie beschlossen, sich am Abend im Restaurant an der Spitze der Saint-Symphorien-Insel zu treffen. Da Julie ihr Geschenk am Landesteg bekom-

men sollte, wäre es doch passend, wenn das Boot schon dort
vertäut wäre.

* * *

Die *Neptun* hatte vor der Terrasse des Ausflugsrestaurants am
Moselufer festgemacht. Théo hatte dieses Restaurant nicht
wegen seiner guten und schnörkellosen Küche ausgesucht,
sondern wegen seiner schönen Lage am Wasser. Die ganze
Tischgesellschaft wartete auf dem Parkplatz. Théo erschien,
begleitet von Julie, und dann wollte sich die fröhliche Gesellschaft in Bewegung setzen und zur Terrasse gehen. Aber
Jean-Luc hielt sie zurück und bat sie, zum Landungssteg zu
kommen. Dort stand ein niedriger Tisch mit einem Eiskühler,
aus dem die Hälse von zwei Champagnerflaschen herausragten. Auf dem Wasser trieb ein rot geschmücktes Boot.

Julie schlug ihre Hände vor den Mund und riss die Augen
weit auf.

Das Boot wurde nach allen Regeln getauft. Oder vielmehr
fast, denn die Champagnerflasche wurde nicht am Rumpf
zerschmettert, sondern das schäumende Getränk floss reichlich über den Bug. Alle Gäste tranken auf das Wohl von Julie.

Das Abendessen verlief in unbeschwerter Stimmung, und
obwohl die Gefahr bestand, dass der ganze Abend vom
Thema der laufenden Ermittlungen beherrscht sein könnte,
war man heiter und genoss das gute Essen und den schönen
Abend. Zumindest bis zum Hauptgericht. Bis dahin hatte man
sich hauptsächlich über die Binnenschifffahrt unterhalten und
Pläne für Théo, Julie und die Neptun geschmiedet, aber dann
erlaubte sich plötzlich ausgerechnet der einzige Nichtpolizist,
vom Verschwinden des Chinesen zu sprechen. Und Pépé
begann ganz eifrig von seiner Reise nach Pont-à-Mousson zu

erzählen, von dem Besuch in Illange und dem Treffen mit den Kollegen am Mazerolle-Hafen. Nachdem sie sich dort getrennt hatten, war er zu den Schleusenwärtern gegangen, so berichtete er. »Ich musste zunächst auf den Angestellten warten, der den Abenddienst gehabt hatte. Im Kontrollraum hatte der Schleusenwärter ein Ausflugsboot gesehen, das sich neben ein großes Schubboot setzte, das am Getreidekai vertäut war. Später hatte er dann Autoscheinwerfer bemerkt, die neben den Schiffen am Kai auftauchten. Erstaunt hatte ihn das nicht, denn die Schiffer ließen oft ihr Auto an Bord, um damit Einkäufe zu erledigen oder ins Restaurant zu fahren. Nebenbei bestätigte sich diese Vermutung, als die Scheinwerfer später wieder auftauchten. Danach war es eine ruhige Nacht und er merkte, dass er zwischen zwei Lastkahnpassagen eingenickt war. Mehr hatte er nicht gesehen, aber er sagte, die Überwachungskameras an der Autobahn hätten vielleicht die Fahrzeugbewegungen am Hafen aufgezeichnet. Ich bin deshalb zum Büro der Autobahnpolizei gefahren. Die Kollegen dort waren sehr nett. Schnell haben wir in den Aufzeichnungen einen Bentley entdeckt, der gegen 22 Uhr auftaucht. Der Wagen fährt sofort wieder weg. Dann taucht er erneut auf und verschwindet erst zwei Stunden später wieder. Mit dem Bilderfassungssystem konnten wir das Nummernschild entziffern. Das Auto ist in Deutschland zugelassen.«

Julies vernehmliches Räuspern unterbrach seine Erzählung, und er sagte verschämt lächelnd »Und das war es dann auch schon, Leute.«

Das Abendessen ging zu Ende, ohne dass die Männer noch einmal über ihren Beruf gesprochen hätten.

* * *

Der Präsident des *Conseil Général de la Moselle* saß in seinem Ledersessel am Schreibtisch. Théo saß ihm gegenüber, beide schwiegen. Als der Direktor der Finanzbehörde erschien, nahm er links neben dem Schreibtisch Platz.

»Wir können beginnen.«

»Gut. Unser Chinese ist nicht mehr verschwunden, sondern er ist im Mazerolle-Hafen von Metz ermordet worden. Der Kommandant Claude Boulanger von der Kriminalpolizei hat uns sehr bei diesen Ermittlungen geholfen. Wie Sie ja auch wissen, arbeiten Kriminalpolizei und Interpol dabei zusammen.«

»Kommen Sie bitte zur Sache«, warf der Präsident ungeduldig ein, »ich fühle mich verantwortlich für die französisch-chinesischen Handelsvereinbarungen.«

»Zunächst ist festzuhalten, dass unser Mann erschossen wurde. Er ist dann in einem Getreidehaufen versteckt worden, eine Ladung Viehfutter, die auf Lastkähne verschifft werden sollte.«

»Wie ist er dahingekommen?«

»Zunächst mit einem Ausflugsboot, das von Pont-à-Mousson kam, dann von seinem Hotel im Stadtzentrum mit einem Bentley.«

»Kennen Sie den Mörder?«

»Wir haben zwei Möglichkeiten. Der Bentley gehört einer russischen Kohlen-Wasserstoff-Gesellschaft, die ein Büro in Deutschland besitzt und eine Geschäftsstelle in Baden-Baden. Das Fahrzeug dient dem Chef mit Hilfe zweier Chauffeure. Daher die beiden Möglichkeiten.«

»Man wird sie befragen müssen.«

»Das Auto steht sicher noch in Deutschland, aber der Chef, seine Frau und die beiden Chauffeure haben einen Privatjet nach Sankt Petersburg genommen. Die Prozedur eines Anhörungsverfahrens könnte lange dauern.«

Während der Ausführungen von Théo hatte der Direktor keine Miene verzogen, keine Frage gestellt. Aber in diesem Augenblick, wobei er ihm direkt in die Augen schaute, wagte er sich vor: »Sie haben nicht viel in der Hand.«

»Was das Verbrechen angeht, kann man das so sagen. Aber ein Freund des Kommandanten Boulanger, der in der Finanzabteilung mit harter Hand durchgreift, hat einen seiner deutschen Amtskollegen in Baden-Baden befragt. Es gibt Presseartikel, die von geheimen und seltsamen Finanzierungen berichten, vermittelt von undurchsichtigen Persönlichkeiten im Umfeld europäischer, russischer, ja selbst ägyptischer Banken. Meinen deutschen Kollegen zufolge diente der Aufbau einer russisch-chinesischen Finanzverbindung am Rhein dazu, mitunter nicht ganz saubere Geldbewegungen zu erleichtern. Die gleichen Gesellschaften mit den gleichen Führungspersonen haben wohl eine riesige Geldwaschanlage für die Bankdepots in den Luxemburger Banken organisiert.«

»Aber das betrifft uns nicht. Wir wohnen im Grenzgebiet, und das war's.«

»Sie wissen aber doch sehr wohl, dass Bankguthaben von Franzosen, die im Großherzogtum gehalten werden, angezeigt werden müssen, oder ab 2015 gar nicht existieren dürfen.«

Der Präsident nickte langsam.

»Die Departementsverwaltung ist in keiner Weise in diese unlauteren Machenschaften verwickelt«, sagte der Finanzdirektor.

»Das habe ich auch nicht behauptet. Nichtsdestotrotz, seien Sie auf der Hut. Den Russen hat das Verschwinden von großen Summen Buchgeld zwischen Luxemburg und Singapur gar nicht gefallen.«

»Haben Sie ein Dossier über diese Ermittlungsergebnisse?«, fragte der Präsident.

»Aus Gründen der Vertraulichkeit sind die Ermittlungen im Fall des Chinesen auf Papier festgehalten worden. Für alles Übrige muss man sich an die Hirngespinste der Journalisten halten.«

Der Präsident und der Finanzdirektor des *Conseil Général* verabschiedeten sich ausgesprochen herzlich bei ihm.

Kaum war er aus der Tür, holte er sein Handy hervor und rief Pépé an. Schließlich mussten sie besprechen, wo er sich mit seinen Freunden zum Abendessen treffen konnte.

Es ging ihm gut. Sehr gut.

Er war ganz und gar nicht unzufrieden damit, dem Präsidenten und seinem hohen Beamten alles gesagt zu haben, was er wusste.

Und das war eine ganze Menge.

Das Rätsel des Hechtragouts

STEVE ROSA

Seit der umstrittenen Gründung von Ancy-sur-Moselle durch die Römer – angeblich belegt durch ein Aquädukt, von dem nur mehr drei bemooste Steine übrig sind – zieht sich die langweilige Existenz dieses verschlafenen Fleckchens durch die Geschichte, ähnlich wie bei Dutzenden anderer lothringischer Dörfer. Ein friedliches Örtchen von kaum eintausendfünfhundert Seelen, versteckt gelegen an einer Moselschleife, mit gerade einmal vier Straßen, mit einem Friseursalon und einem Mini-Supermarkt, die der überlegenen städtischen Konkurrenz im nur fünfzehn Kilometer entfernten Metz hartnäckig standhalten, und mit seinem einzigen Anziehungspunkt: dem Restaurant am Flussufer, wo die Gäste frittierten Fisch genießen, vor allem Zander und Forelle, und andere Köstlichkeiten, die die ruhig dahinfließende Mosel bietet.

Ich stamme selbst nicht aus Ancy, habe aber als Kind nach dem Tod meiner Mutter eine Weile dort gelebt. Mein Vater, unfähig sich der Realität zu stellen, hatte mich für einige Zeit in die Obhut seiner älteren Schwester gegeben. Schon damals hielt ich Tante Maud für eine langweilige Alte, alles in allem ganz sympathisch, aber furchtbar altmodisch. Als eingefleischter Pariser empfand ich für die Provinz zwar eine – wenn auch leicht herablassende – Zuneigung, aber gerade in der lothringischen Provinz kam man sich einfach nur vor wie am Arsch der Welt. Kurzum, ich hatte nicht vor, jemals nach Ancy zurückzukehren. Die Wechselfälle des Lebens sollten mich eines Besseren belehren.

Ich lebte nun schon seit einem Jahr mit Mathias zusammen und hatte meinen Heiratsantrag mit all dem blöden Dekor geplant, das man aus amerikanischen Fernsehserien kennt. Champagner, Kaviar, bestickte Tischdecke mit Rosenblättern, das ganze romantische Drum und Dran. Was ich nicht vorhergesehen hatte, war die Abfuhr, die Mathias mir dann gab. Sein Treffen mit einem anderen Kerl. Seine Abreise. Üblicherweise erfährt der gehörnte Partner so etwas als Letzter. Die Realität schlug mir ins Gesicht wie eine heftige Ohrfeige. Depression, Einsamkeit, Trübsinn,. Da bekam ich einen Anruf von Tante Maud, die mir einen verblüffenden Vorschlag machte: Wie wäre es, wenn du für ein paar Wochen nach Ancy kämst, um wieder neue Energie zu tanken, mein kleiner Kévin? Die gute Landluft würde dir unheimlich guttun, da bin ich sicher. Sollte das ein Witz sein? Langeweile als Therapie? Ich sah Tante Maud schon vor mir, in ihrem mit Massivholzmöbeln vollgestellten Haus voller Rüschenvorhänge und Spitzendeckchen. Ich sah das verschlafene Ancy vor mir, mit dem Soldatenfriedhof und der alten Burg, von der nur ein bröckeliges Türmchen geblieben war, wo aber auch gar nichts passierte. Dann könnte ich mir auch gleich eine Kugel in den Kopf schießen, so viel war klar.

Und dennoch fuhr ich nach Ancy. Weil der Sommer nahte, für den ich meinen Urlaub schon beantragt hatte, – zu diesem Zeitpunkt noch glücklich, mit Mathias in die Flitterwochen fahren zu können –, weil mich alles an meinen Ex erinnerte, und weil ich unfähig war, allein wieder auf die Beine zu kommen. Mit meinem ganzen Gepäck stieg ich in Metz aus dem Zug, und Tante Maud war mit ihrer alten wackligen Kiste von Auto gekommen, um mich höchstpersönlich mit ihrem sanften Lächeln in Empfang zu nehmen. *Ich wusste, dass du meinen Vorschlag annehmen würdest, Kévin.* Von wegen!

Allerdings war ich zu diesem Zeitpunkt meilenweit davon entfernt auch nur zu ahnen, als wie scharfsinnig sie sich schon bald erweisen würde.

Meine ersten Tage in Ancy verliefen so, wie ich sie mir vorgestellt hatte: langweilig bis zum Gehtnichtmehr. Ich interessierte mich nicht für Tante Mauds Garten, nicht für ihren Phlox und ihre Rosenbüsche, spazieren gehen wollte ich auch nicht. Ich zog sogar in Erwägung, nach Paris zurückzukehren und mich dem Alltag zu stellen, als ich Mehdi Sandar kennenlernte. An jenem Tag hatte ich mich am Ufer der kristallklaren Mosel niedergelassen, an einem Platz im Schatten von jahrhundertealten Buchen, auf einem bequemen Grasbett, um im Adamskostüm ein bisschen braun zu werden, in der Hoffnung, dass mir schlimmstenfalls ein paar Kühe von Weitem zuschauen würden. Ich wusste natürlich nicht, dass es die Stelle war, zu der Mehdi immer zum Angeln kam. Ich war ihm schon begegnet, denn Tante Maud hatte gleich nach meiner Ankunft Wert darauf gelegt, dass ich das berühmte Restaurant von Ancy kennenlernte, und ich muss zugeben, dass ich angenehm überrascht war von Mehdi Sandars wohlschmeckender, köstlicher Küche. Er war gleichzeitig Koch und Eigentümer des Restaurants. Nach einem ersten, verlegenen Moment der Überraschung zog ich hastig meine Shorts an, und, ganz anders als erwartet, fanden Mehdi und ich uns gegenseitig sympathisch. Eigentlich hatten wir nichts Gemeinsames. Ich war schwul, und er hatte eine Frau geheiratet, mit einem Kind aus einer anderen Beziehung. Er liebte die Angelei und die Natur, ich die Kneipen und Museen. Aber es wurde eine Art Ritual daraus: Mehdi gönnte sich eine Stunde Angeln am Tag am Ufer der Mosel, und ich gesellte mich zu ihm, um mich im

Gras langzulegen und mit ihm zu plaudern. Ohne auch nur eine Sekunde zu ahnen, welch schreckliches Schicksal ihm bevorstehen sollte.

Am Tag von Mehdis Tod hatte eine stickige Sommerhitze geherrscht, der Himmel hatte sich nach und nach mit bedrohlich schwarzen Wolken überzogen, die ein heftiges Gewitter ankündigten. Was uns aber nicht davon abgehalten hatte, uns wieder an der üblichen Stelle zu treffen, unter den Schatten spendenden Ästen von großen Buchen und Nussbäumen. Mehdi war ein begeisterter Angler. Als ich ankam, saß er schon an seinem Platz und zeigte mir stolz seine Reuse.

»Ich habe einen Hecht gefangen.«

»Ah, cool.«

Ich hatte nicht die geringste Ahnung, wie ein Hecht aussah, geschweige denn, dass man solche im klaren Wasser der Mosel fangen konnte.

»Ich erwarte heute Abend einen alten Kumpel«, fuhr er fort und lächelte mich an. »Audrey kennt ihn nicht, ich habe ihn seit ewigen Zeiten nicht mehr gesehen. Ich werde für ihn ein Hechtragout nach Metzer Art kochen.«

Was Mehdi mir dazu genauer erklärte, waren spanische Dörfer für mich. Ich streckte mich im Gras aus und warf sorgenvolle Blicke zum Himmel, wo schwarze Wolken mit der Sonne Versteck spielten. Wir plauderten über dies und das, und nach einer Stunde packte Mehdi seine Sachen zusammen. Ich sollte ihn nicht mehr lebend wiedersehen.

Unter ohrenbetäubendem Donnern und Blitzen brach das Gewitter nach dem Abendessen los. Ich sah mir gerade irgendetwas Belangloses im Fernsehen an und gab mir Mühe, nicht an Mathias zu denken, während Tante Maud sich ihrer Lieblingsbeschäftigung, dem Stricken, hingab – sie besaß eine beeindruckende Sammlung von Wollschals –, als mein Handy klingelte. Am anderen Ende, von knisternden Geräuschen unterbrochen, eine aufgeregte weibliche Stimme.

»Kévin? Hier ist Audrey Sandar. Entschuldigen Sie, aber ich wusste nicht, wen ich sonst anrufen sollte.«

»Was ist los?«

Ihre Antwort war nicht sehr klar. Es war der Tag der Woche, an dem das Restaurant geschlossen war. Offensichtlich hatte sich Mehdi mit dem besagten seltsamen Besucher, der kurz vor dem Gewitter gekommen war, in der Küche eingeschlossen. Dann hatte Audrey irgendeine Detonation gehört, und voller Unruhe hatte sie an der Küchentür geklopft. Aber der Raum blieb verschlossen und niemand hatte geantwortet.

»Gut. Ich komme. Machen Sie sich keine Sorgen.«

Was eine ziemlich dumme Antwort war, denn ich hatte noch keine Idee, was ich nun machen könnte. Als ich auflegte, traf mich aus blassblauen Augen der fragende Blick meiner Tante. Ich schaute kurz auf ihre grauen, dauergewellten Haare, erklärte ihr nur knapp die Situation, um sie nicht unnötig zu beunruhigen, und riet ihr, schon schlafen zu gehen und nicht auf mich zu warten. Sie nickte langsam.

Als ich dort ankam, fand ich Audrey im Speisesaal des Restaurants, neben ihr Clara, ihre Tochter, ein junges Mädchen von fünfzehn Jahren mit roten Strähnchen im Haar. Audrey trug ein smaragdgrünes Leinenkleid, das gut zur Farbe ihrer Augen passte. Sie schien mir sehr nervös, ihre Finger zitterten. In bemerkenswertem Kontrast dazu stand die Ruhe, die Clara zur Schau trug.

»Gibt's was Neues?«, fragte ich.

»Nein, niemand hat die Küche verlassen und man hört nichts. Ich bin drauf und dran, die Polizei zu holen.«

»Nun mal langsam.«

Der Eingang zur Küche lag im hinteren Teil des Speisesaals, der mit Holztischen mit blauen Tischdecken ausgestattet war. Ich ging zur Tür und drückte den schweren, altmodischen Griff. Vergeblich. Ziemlich ratlos rief ich: »Mehdi? Ich bin's, Kévin Ferrand. Ist alles in Ordnung? Mach auf, bitte.« Wie schon erwartet, bekam ich keine Antwort, und als ich mich umdrehte, versuchte ich, dem aufgeregten Blick von Audrey auszuweichen.

»Gut. Dann erzählen Sie doch mal.«

»Mehdi hat mir eben gesagt, dass er einen alten Freund aus Kindertagen erwartet.«

»Ich weiß. Er hat mir auch davon erzählt. Er wollte ihm den Hecht zubereiten, den er heute Nachmittag gefangen hat.«

»Ja, genau. Er hat sich in der Küche eingeschlossen. Gegen acht Uhr klopfte es am Restauranteingang. Ich ging öffnen, da stand dieser Kerl … Er kam mir gleich komisch vor. Typ Hippie, altmodisch, starker Bart, dunkle Brille, Baseballmütze und abgetragene Jogginghose. Außerdem sah er krank aus.«

»Krank?«

»Ich nahm an, dass er erkältet war, weil er mit heiserer Stimme sprach. Kurz, er hat mir gesagt, dass Mehdi ihn erwartet. Ich nickte und wies auf die Küchentür.«

»Und …?«

»Nichts. Er hat an die Tür geklopft und ich sah, wie er reinging. Das ist alles. Ich habe dann angefangen, die Tische im Speisesaal schon für morgen einzudecken. Und dann brach das Gewitter los. Genau in diesem Moment habe ich diesen Lärm gehört, diese Detonation …«

»Sie haben sich nicht von der Stelle gerührt?«

»Doch, aber nur, um Sie anzurufen. Wegen dem Gewitter gab's im Haus keinen Empfang.« Plötzlich schien Audrey ihre Benommenheit abzuschütteln. »Verdammt, man muss diese Tür eintreten! Mehdi und der Bärtige sind auf jeden Fall da drin, Clara hat draußen gewartet, während ich Sie angerufen habe, und es gibt keinen anderen Ausgang aus der Küche.«

Ich machte ein besorgtes Gesicht. Ich war kein Schwächling, aber ich hatte auch nicht die Statur eines Bodybuilders. Die Tür war mindestens aus massivem Eichenholz und …

»Keine Sorge«, sagte Clara plötzlich und ergriff zum ersten Mal das Wort, und in ihrer Stimme schwang leise Verachtung für mich mit. »Ich habe Olivier angerufen.«

Olivier war der hünenhafte Kellner aus dem Restaurant, der in seiner Freizeit seinem Hobby Gewichtheben nachging. Auch wenn es gegen mich als Mann sprach und gegen das Vertrauen, das Audrey in mich gesetzt hatte, – denn ich spielte dabei nur eine Nebenrolle –, zu zweit gelang es uns, die Küchentür mit unseren Schultern aufzubrechen.

Ich wusste nicht so recht, auf was ich mich gefasst machen musste. Diese Geschichte mit dem seltsamen Hippie konnte ich nicht einordnen. Audrey schrie. Clara lehnte sich an den Türrahmen, und der riesige Olivier fluchte gewaltig. Ich war ziemlich daneben und fühlte mich wie in einem schlechten Krimi. Mehdi in seiner Küchenschürze lag auf den Fliesen der Küche, ein Revolver nicht weit von ihm daneben. Bestürzt sah ich sein glatt rasiertes Gesicht, das geronnene Blut an seiner Schläfe und seine schwarzen Haare. Dann, immer noch wie in einem Film, wandte ich mich zu Audrey und ihrer Tochter.

»Gehen Sie raus, bitte, das bringt nichts.«

Unter ihren roten Strähnchen wirkte das Gesicht von Clara totenblass. Sie zog ihre Mutter aus dem Raum, und Olivier wandte sich mir zu.

»Scheiße, wer konnte damit rechnen, dass er sich umbringt …«

»Woher wollen Sie wissen, dass es Selbstmord ist? Wir müssen jetzt die Polizei rufen. Und wir dürfen Audrey nicht allein lassen, das ist ein harter Schlag für sie.«

»Ich kümmere mich drum.«

Olivier verschwand ebenfalls, und ich blieb noch eine Zeit lang allein in der Küche. Ich wandte meine Augen von der Leiche ab, um den Raum genauer zu betrachten. Die Regale voller Töpfe und Pfannen, der Grill, der Ofen, der riesige Gasherd. In der Ecke ein kleiner Tisch mit zwei Stühlen und einem orientalisch wirkenden Kissen. Auf der glänzenden Arbeitsfläche die Zutaten, die Mehdi für sein verhängnisvolles Rezept zurechtgelegt hatte. Der Hecht, schon ausgenommen, ein Stück Speck, ein Flasche Moselwein, Zwiebeln, eine Schalotte. Ich hatte mir schon genug stumpfsinnige amerikanische Fernsehkrimis angeguckt, um genau zu wissen, dass man nichts anrühren durfte. Aber ich musste Gewissheit haben. Vorsichtig ging ich zum einzigen Fenster der Küche. In dem offenbar sehr alten Haus war ein altmodisches Modell mit senkrecht laufendem Schiebeladen eingebaut. Ich wollte mich vergewissern, ob der Riegel geschlossen war. Er war es tatsächlich. Damit war klar, dass Mehdi Sandar in einem hermetisch verschlossenen Raum ums Leben gekommen war.

Wenn, wie Audrey behauptete, seit ihrer Rückkehr die ganze Zeit über immer jemand im Speisesaal gewesen war, wie hatte dann der mysteriöse Bärtige entkommen können, und wo steckte er jetzt?

* * *

Wie zu erwarten war, stand das kleine unbedeutende Dörfchen von einem Tag zum anderen im Rampenlicht der Öffentlichkeit. Dem Aufmarsch der Beamten der Kriminalpolizei folgte sogleich derjenige der schreibenden Presse, anschließend die Fernsehteams. Man ermittelte, dass der Revolver dem Opfer gehörte, aber keine Fingerabdrücke aufwies. Auf der Suche nach dem Bärtigen stöberte man in der Vergangenheit von Mehdi Sandar, aber ohne aussagekräftige Ergebnisse. Wenn auch das Motiv des Verbrechens gänzlich unklar blieb, so rückten die Leute doch mit der Sprache raus, als man erfuhr, dass Mehdi – dessen Autopsie ergab, dass er Diabetiker war, sicher eine Katastrophe für einen Küchenchef – bis zum Hals in Schulden steckte und sein Restaurant am Rande der Insolvenz stand. Gerüchte machten die Runde, Audrey Sandar galt als Hauptverdächtige. Der Bärtige war natürlich ihr Geliebter, und sie hatten den Ehemann, der ihnen im Weg stand und bald mittellos sein würde, aus dem Weg geräumt. Es war der reine Wahnsinn. Bei unseren kurzen Gesprächen während der Angelausflüge war mir klar geworden, dass Mehdi seine Frau aufrichtig liebte, und nichts deutete darauf hin, dass es bei Audrey anders gewesen wäre.

Als ich in dieser Nacht nach Hause ging, total aufgewühlt und in Versuchung, mir ein oder zwei Mirabellenschnäpse zur Entspannung zu genehmigen, hatte ich überrascht festgestellt, dass Tante Maud mich schon erwartete, anstatt über ihr Strickzeug gebeugt in ihrem Lehnsessel zu sitzen. Mir fällt gerade auf, dass ich bis hierher nur wenig über meine Tante Maud Ferrand erzählt habe. In der Tat gibt es da auch nicht viel zu sagen. Ich kenne noch nicht mal den Grund, der sie dazu bewegt hat, sich in Ancy-sur-Moselle zu vergraben. Wenn sie nicht so wäre, wie sie ist, hätte ich gewettet, dass ein Mann dahintersteckt. Aber Tante Maud schien mir so sehr die Karikatur einer alten Provinzschrulle zu verkörpern, dass eine solche Vermutung nur grotesk wirken konnte. In ihr spiegelte sich gewissermaßen das Bild des ganzen Dorfes: langweilig, geschichtslos und geprägt von belangloser Nettigkeit. Tante Maud hatte meinem ausführlichen Bericht aufmerksam zugehört, wobei ich mir einen Mirabellenschnaps genehmigte, aber verblüfft stellte ich fest, dass ihr Interesse scheinbar nur den Zutaten galt, die Mehdi für sein famoses Hechtragout vorbereitet hatte. Ich spürte, wie Mitleid in mir aufstieg. Die arme Alte musste ins Grübeln geraten sein. Ein Mann war ums Leben gekommen, und sie interessierte sich nur für ein Kochrezept!

»Und du, Kévin, was meinst du?«, hatte sie mir schließlich entgegnet. »Hat Mehdi Sandar sich umgebracht, oder ist er ermordet worden?«

»Du stellst mir diese Frage, als ob es nichts Einfacheres gäbe. Im Klartext: angesichts der örtlichen Umstände, der Tatsache, dass die Küchentür von innen verschlossen war und ebenso das Küchenfenster, würde alles darauf hindeuten, dass es sich um Selbstmord handelt, wenn da nicht …«

»Wenn da nicht die Aussage von Audrey Sandar wäre.«

»Genau. Offen gesagt, kann das so nicht stimmen. Sie schwört Stein und Bein, dass der Hipster in die Küche gegangen ist, und dass die Küchentür die ganze Zeit von ihr oder von Clara überwacht worden ist, bis Olivier und ich sie aufgebrochen haben, – na gut, vor allem Olivier. Und das ist unmöglich! Es sei denn, der Typ hätte sich in Luft aufgelöst. Audrey und Clara schwören, dass die Tür verschlossen geblieben ist.«

»Oder eine von ihnen lügt.«

Ich zuckte mit den Schultern.

»Möglich, aber mir ist nicht klar, warum sie darauf aus sein sollten, ein so verwirrendes Spiel zu betreiben.«

Tante Maud, nachdenklich dreinschauend, hatte nicht

geantwortet, und ehrlich gesagt, war mir ihre Meinung ganz und gar gleichgültig. In den folgenden Tagen setzte ich alles daran, das Problem von allen möglichen Seiten anzugehen – was immerhin bewirkte, dass ich Mathias aus meinen Gedanken vertrieb. Die Konstellation war zugleich kristallklar und dennoch unglaubwürdig: Entweder war Mehdi in einem vollständig abgeschlossenen Raum von dem verschwundenen Bärtigen getötet worden, der zuvor aus seiner Vergangenheit aufgetaucht war – was auch immer das Motiv gewesen sein mochte –, oder Audrey hatte diese haarsträubende Geschichte erfunden. Das aber würde ihren eigenen Interessen zuwiderlaufen, denn ohne diese Geschichte wäre alles auf einen Selbstmord hinausgelaufen.

Nachdem ich jedoch noch einmal alle Fakten überdacht hatte, schälte sich eine Hypothese heraus. Eine Mutmaßung, die viele Dinge erklären konnte, vielleicht sogar das Motiv. Bevor ich der Polizei gegenüber damit rausrückte, wollte ich die Wahrscheinlichkeit meiner These an irgendjemand ausprobieren – und die einzige Person, die mir zur Verfügung stand, war meine Tante Maud. Ich war nicht gerade besonders überzeugt von meiner eigenen Idee, aber wie man so schön sagt: In der Not frisst der Teufel Fliegen …

Ich fand sie in ihrem mit Samtvorhängen überladenen Wohnzimmer. Gut gelaunt war sie dabei, mir für den Winter ein in allen Regenbogenfarben schillerndes grässliches Chenille-Monster zu stricken. Sie hob den Kopf und schaute mich durch ihre Brille aus veilchenblauen Augen an.

»Kann ich dir helfen, Kévin?«

Ich setzte mich in den mit Spitzendeckchen verzierten Lehnsessel, der ihr gegenüber stand.

»Ich denke, dass ich morgen mit der Polizei sprechen werde.«

»Worüber?«

»Ich glaube, ich habe herausgefunden, wie der Bärtige aus der Küche rausgekommen ist.«

Tante Maud legte sorgfältig Strickzeug und Nadeln zur Seite und schaute mich an.

»Lass hören.«

Ich holte tief Luft.

»Es gibt nur eine Person, die ihn entkommen lassen konnte: Clara. Und zwar, während ihre Mutter rausgegangen war, um eine Stelle zu finden, wo sie Handy-Empfang hatte, um mich anzurufen.«

»Interessant. Und warum sollte sie das gemacht haben?«

»Clara war nur die Stieftochter von Mehdi. Du weißt ja, was man über Patchwork-Familien sagt. Vielleicht hasste sie ihren Stiefvater und war Komplize des Hipsters. Sie hätten sich zusammentun können, um den armen Mehdi aus dem Weg zu räumen.«

»Das sehe ich aber anders. Mehdi hat dir selbst gesagt, dass sein Besucher ein alter Freund war. Sehr unwahrscheinlich, dass er Clara kannte.«

Ich hatte keine Lust, mir durch diese gewagte These meine Beweisführung kaputtmachen zu lassen.

»Na und? Sie brauchte ihn auch nicht zu kennen. Der Typ bringt Mehdi um, und da Clara ihren Stiefvater verachtet, nutzt sie die Gelegenheit, um ihn entkommen zu lassen, während Audrey rausgegangen war, behauptet aber was ganz anderes, um die Spuren zu verwischen.«

»Du hast eine blühende Fantasie, mein kleiner Kévin«, antwortete Tante Maud mit einer Liebenswürdigkeit, die mich richtig wütend machte. »Du hast gut daran getan, erst mit mir darüber zu sprechen, bevor du zur Polizei gehst. Ich glaube, die Herren hätten dich ausgelacht.«

»Du hast ja vielleicht eine bessere Idee«, entgegnete ich gekränkt. »Ich denke, du weißt, wer Mehdi ermordet hat, oder?«

»Wer der Mörder war? Oh, weißt du, Kévin, diese Geschichten mit verschlossenen Räumen, das steht so in Romanen oder kommt im Fernsehen vor, aber in der Wirklichkeit kann ich mir niemand vorstellen, der Gefallen daran findet, so komplizierte Morde zu begehen. Es ist offensichtlich, dass Mehdi sich selbst umgebracht hat. Du hast mir selbst gesagt, dass er eine Schürze trug. Er musste seine Waffe darin einwickeln, um keine Fingerabdrücke auf dem Griff zu hinterlassen und keine Schmauchspuren an seinen Fingern.«

»Aber er hat mir doch selbst gesagt, dass er diesen Typ erwartet hat!«

»Ganz richtig, du warst der ideale Zeuge, Kévin, da du niemanden in Ancy kennst. Aber erinnere dich noch mal an die Zutaten, die du auf der Arbeitsfläche in der Küche gesehen hast. Mehdi hatte dir gegenüber behauptet, ein Hechtragout nach Metzer Art kochen zu wollen, wie man auch am Speck sehen kann, der dabeilag. Er war ein guter Koch, aber ich verstehe auch was vom Kochen. Die Besonderheit des Metzer Hechtragouts besteht darin, dass man es mit Rotwein zubereitet, und nicht mit Weißwein von der Mosel. Seine Inszenierung sollte glauben machen, dass er den Hecht für einen Gast vorbereitete, wobei er die Zutaten auf die Schnelle zurechtlegte, ohne seinen Fehler beim Wein zu bemerken. Was ganz verständlich ist angesichts des Zustands, in dem er sich gerade befinden musste, der arme Mann.«

Ich begann, Tante Maud mit ganz anderen Augen zu sehen. Ihr Blick verlor sich in der Ferne, und sie fuhr mit ruhiger Stimme fort:

»Natürlich, wir sind durch die Situation getäuscht worden, und dennoch wussten wir, dass Mehdi seine Frau liebte.

Aber er war ein Mann, dem klar war, dass er krank war und kein Geld mehr hatte. Ich bin mir ganz sicher, dass er eine Lebensversicherung auf den Namen seiner Frau abgeschlossen hatte, aber die Versicherungen zahlen nicht bei Selbstmord. Also beschloss er, seinen Selbstmord wie einen Mord aussehen zu lassen. Er selbst war es natürlich, der Audrey Sandar die Komödie vorgespielt hat, zurechtgemacht als … wie sagtest du … Hipster? Eine kurze Komödie im halbdunklen Speisesaal, kein großes Risiko für ihn, dass seine Frau ihn erkennen würde.«

»Ich will hier nicht den Besserwisser spielen, aber erklär mir doch, warum er so dumm gewesen sein sollte, sich in einem geschlossenen Raum umzubringen?«

Tante Maud schaute mich freundlich an.

»Oh, ich glaube, dass, als er geschossen hat, der Raum nicht verschlossen war. Er hatte seine Verkleidung abgelegt und wollte, dass man glaubt, der Mörder sei durchs Fenster geflüchtet. In dieser Nacht gab es jedoch dieses schreckliche Gewitter. Ich wette, dass der Donner die Fensterscheiben erzittern ließ und dass der Schiebeladen des Fensters runtergefallen ist, kurz bevor Olivier die Tür eingedrückt hat.«

»Nehmen wir an, es war so. Aber der Jogginganzug? Der falsche Bart? Er kann das nicht alles im Ofen verbrannt haben, denn der war kalt.«

»Nein, ich glaube, dass die Sachen noch da sind.«

»Was?«

»Als du mir die Einrichtung des Raumes beschrieben hast, hast du auch von einem Sitzkissen gesprochen. Was nicht gerade zu einer Plücheneinrichtung passt, wie du zugeben musst. Aber, was ist denn ein Sitzkissen? Ein Lederstück, das man mit alten Lappen ausstopft. Wenn ich mich nicht irre, wird die Polizei die Sachen darin finden.«

Und Tante Maud lag genau richtig. Das Sitzkissen gab sein Geheimnis preis, und Audrey Sandar, deren Unschuld erwiesen war, verließ Ancy mit ihrer Tochter Clara ohne viel Aufhebens, was mich angesichts der Verleumdungskampagne, der sie während der Ermittlungen ausgesetzt war, nicht überraschte. Das Restaurant am Moselufer fiel an die Gläubiger, wurde mit einem neuen Küchenchef wiedereröffnet, erreichte aber nie mehr die Qualität und das Renommee, die es unter Mehdi Sandar besessen hatte. Kurzum, was mich bei all dem besonders kränkte, war der Umstand, dass Tante Maud, die nach meiner Meinung überhaupt nicht mehr auf dem Laufenden war, das Rätsel von ihrem Lehnsessel aus gelöst hatte, während ich mir eine wahnsinnige Mühe gegeben hatte, die unwahrscheinlichsten Hypothesen zu ersinnen. Aber sie rühmte sich dessen nicht. Als wir irgendwann mal wieder über die Affaire sprachen, vor uns ein Teller mit noch ofenwarmen und mit Zitronenzesten überstreuten Madeleines, vertraute sie mir mit einem sanften Lächeln Folgendes an:

»Du brauchst mir nicht böse zu sein, mein kleiner Kévin. Ich hatte dir gegenüber einen Vorteil.«

»Welchen?«

»Unseren Briefträger … Er bleibt oft noch etwas, um eine Tasse Kaffee zu trinken und wir plaudern ein bisschen. Er ist es, der Mehdi Sandar das Sitzkissen zugestellt hat, und ich hatte mich prompt gefragt, was man wohl mit einem orientalischen Sitzkissen in einem traditionellen Restaurant am Flussufer anfangen könnte. Das ist der Vorteil der kleinen Dörfer. Man ist schnell über alles auf dem Laufenden. Aber du musst das ja nicht alles verstehen, wo du doch in Paris lebst, nicht wahr?«

Was sollte ich darauf schon antworten?

Esperance

PAUL WALZ

Dirk wurde grau. Über den Ohren zeigten sich silberne Fäden in seinem ansonsten so vollen, dunkelbraunen Haar, doch das durften sie auch, jetzt, da er in zwei Jahren fünfzig werden sollte. Er saß wie üblich in seinem Sessel und hielt den Steuerhebel lässig in der Hand. Tanja lächelte, sie liebte ihn. Im Augenblick war er völlig konzentriert, denn sie mussten von der Mosel in den *Canal des Mines de fer de la Moselle* abbiegen, den man während der Schiffbarmachung in den Sechzigern hier ausgehoben hatte, anstatt das Bett des Flusses auszubaggern. Nun, ihr war es recht, denn so sparte sich die MS Esperance viele Kurven und der Autopilot leitete sie fast ohne Manöver hindurch, sah man einmal von den Staustufen ab.

Tanja sah nach draußen, wo das hier in Lothringen noch so flache Land im gemächlichen Tempo der zwölf Stundenkilometer an ihnen vorbeiglitt. Die Sonne erhob sich langsam über dem Horizont und löste den Nebel auf, der wie kleine Geister auf dem dunklen Wasser tanzte. Hinter der Deichkrone glitzerten die Tümpel, die an dieser Stelle den Fluss linksseitig begleiteten, im frühen Licht, rechts sah sie die roten Dächer von Olgy. Sie kannte die Strecke wie ihre Westentasche, war selbst schon am Steuer ihres Schiffes gewesen und hatte das fast neunzig Meter lange Frachtschiff auf Kurs gehalten. Nach wenigen Minuten hatte Dirk die Einfahrt in den Kanal geschafft. Er entspannte sich. Nun musste nur der Autopilot überwacht und gegebenenfalls korrigiert werden.

»Dein Frühstück.«

Er drehte sich um, dankbar für ihre Fürsorge. Das Schiff lag hoch im Wasser. Sie waren flussabwärts auf dem Weg nach Thionville, um mit Ölsaat die Frachträume zu füllen, aus denen am Vortag in Metz-Mazerolle über tausend Tonnen Weizen gelöscht worden waren. Sie kannten das schon seit einigen Jahren, fuhren fast das ganze Jahr mehrmals im Monat die Strecke, doch langweilig war es ihnen noch nie geworden. Hier in Frankreich die Kanäle und eine flache Landschaft, die erst im Übergang zu Luxemburg nach und nach an Höhe gewann, und dann zwischen Trier und Koblenz das steile Tal mit den Weinbergen. Diesmal hieß das Ziel ihrer Reise wieder Duisburg, wo sie die Fracht aus Frankreich so gut wie immer löschten.

Dirk stand auf und drückte ihr einen Kuss auf die Wange. Sie spürte das Kratzen seiner Stoppeln auf der Haut und setzte sich auf den ausladenden Sessel des Schiffsführers, während er sich an dem kleinen Tisch vor der gepolsterten Bank über den dampfenden Kaffee und die Croissants hermachte.

Tanja überwachte die Technik und beobachtete den Kanal, der schnurgerade durch die Landschaft verlief. Sie würde nun bis zur Schleuse in Talange fahren, anschließend blieb ihr eine halbe Stunde bis Richemont, die sie nutzen wollte, um Büroarbeiten zu erledigen.

»Was hältst du von einer neuen Küche für unten?«

Sie lächelte. »Das wäre schön. Vielleicht können wir sie auch richtig vom Wohnzimmer abtrennen und gewinnen an Stauraum. Aber zuerst kommt die Reparatur an die Reihe.«

»Auf jeden Fall. Eine Vergrößerung des Frachtraums wäre auch nicht schlecht.«

»Lass uns abwarten, was das alles kostet. Ich will erst mal die Reparatur, nur die, denn ohne sie geht es nicht mehr weiter, dann ist alles vorbei.«

»Es müsste doch reichen. Oder?«

Ihr Blick wanderte zu dem Rettungsring, der unterhalb der Fenster an der Wand befestigt war und sie zuckte mit den Achseln.

»Meinst du, es war richtig?« Dirks Augen waren groß und fragend.

»Ja«, kam ihre Antwort ohne zu zögern. »Auf alle Fälle.«

Dann schwiegen sie lange. Dirk verschwand kurz nach unten, brachte auch ihr eine Tasse mit und setzte sich auf die Bank. Er würde die Leinen befestigen, wenn sie in die Schleuse fuhren. Das Schiff in die Enge der Kammer zu steuern überließ er gerne ihr, und behauptete anschließend, Frauen hätten das bessere Händchen dafür.

Auf dem Kanal hatte sie Begegnungsverkehr. Ein Tankschiff brummte an ihnen vorbei und wirbelte die spiegelglatte Wasseroberfläche auf. Links und rechts des Ufers standen lange Reihen von Bäumen. Im Sommer sah man hier viele Radfahrer, die den Wegen auf der Dammkrone folgten, doch in der kühlen Feuchte des Morgens blieben selbst die, denen es nicht an Zeit mangelte, zu Hause.

Sie waren um sechs in der Früh in Metz gestartet und mussten sofort schleusen. Jetzt, gut zwei Stunden später, kam Talange in Sicht. Die Felder sprangen zurück und machten einem Industriegebiet Platz. Die Brücke noch, dann nahm sie die Fahrt heraus und ließ die Esperance sanft auf die schmale Schleuseneinfahrt zugleiten. Dirk war schon vorne, fast einhundert Meter entfernt und achtete darauf, dass sie nicht anstießen.

Es folgten einige Korrekturmanöver, und dann lagen sie in der Schleusenkammer. Gott sei Dank herrschte kein Stau von Schiffen, der sie ewig aufgehalten hätte. Die Chancen stiegen, pünktlich in Thionville anzukommen und sich bereits am Nachmittag auf den Weg nach Duisburg zu machen.

Sie stellte den Schiffsdiesel ab und beobachtete, wie ihr Mann in blauer Arbeitsjacke den Laufweg neben den Laderäumen entlang kam. Dreiundzwanzig Jahre waren sie nun schon verheiratet. Auf Kinder hatte sie verzichtet, denn das hätte sie entweder dazu gezwungen, an Land eine Wohnung zu nehmen, um den Schulbesuch zu ermöglichen, oder aber die Kinder wären in einem Internat für Schifferkinder gelandet. Sie hatte die Entscheidung nie bedauert. Diese wundervollen Jahre auf den Flüssen Europas mit Dirk, den sie heute noch so liebte wie damals, als sie ihn mit fünfzehn auf dem Schifferinternat kennengelernt hatte, waren ihr eine Erfüllung gewesen. Nie hatte sie ein anderer Mann berührt, und das würde so bleiben. Täglich betete sie dafür, sie mögen immer so weiterfahren. Bis in die Ewigkeit.

Dirk schob die Tür auf, und kalte Luft strömte herein. Er lächelte sie schief an. »Gut gemacht.« Sein immer gleicher Kommentar.

Sie stand auf und überließ ihm den Steuerplatz. Ein schmaler Abgang führte direkt nach unten in die Wohnung. Sie hatten Mitte der achtziger Jahre das Schiff gekauft und hier durch ein paar Umbauten ihr Nest eingerichtet. Ein geräumiges Schlafzimmer, in dem sie noch heute häufig miteinander schliefen. Zwei Menschen, die sich umeinander drehten, wie magisch voneinander angezogen. Ein mikroskopisch kleines Büro lag gleich daneben und das Bad, das vor zehn Jahren modernisiert worden war. Herzstück blieb aber der große Wohnraum, in dem neben Couch, Fernseher und Wohnwand auch ein Esstisch und die Küche Platz fanden.

Tanja setzte sich ins Büro und schrieb die Rechnungen der letzten Fahrten. Die Krise, die Europa seit nunmehr sieben Jahren im Griff hielt, hatte sich mittlerweile im Frachtaufkommen bemerkbar gemacht. Die Esperance war ein Frachtschiff der Europaklasse, die auf annähernd allen Flüssen und Kanälen fahren konnte, da Schleusen und Fahrrinnen hierauf ausgerichtet waren. Großmotorschiffe und viele Schubverbände waren hier zu groß. Der Druck der Krise hatte jedoch dazu geführt, dass die Preise auch auf den Nebenstrecken fielen. Tanja und Dirk stand seitdem das Wasser bis zum Hals und manchmal darüber. Sie dachte an den Vorabend, und Hoffnung machte sich in ihr breit.

»Tanja.«

Sie sah aus dem Fenster schon die schwarzen Flächen einer ehemaligen Kokerei. Die Schleuse von Richemont stand an.

»Fahr du hinein.«

Sie trat aus der Seitentür in die sich aufwärmende Luft und genoss ein wenig den Sonnenschein. Dann machte sie sich auf den Weg zum Bug. Etwas weiter voraus schickte irgendeine Fabrik Dampf in den Himmel.

Zwanzig Minuten später waren sie wieder auf der Mosel, um nur zwei Flussbiegungen später den Kanal zu befahren, der sie in den Hafen von Thionville-Illange führte. Auch am Kai unterhalb der Getreidesilos war nicht viel los.

Tanja ging an Land. Sie kannte in der Nähe einen Supermarkt und wollte noch einige französische Produkte einkaufen, die sie in Deutschland kaum bekamen. Das Beladen der Esperance würde seine Zeit dauern, sie hatte keine Eile.

»Soll ich dir das Auto rüberheben?«

»Nein, lass mal, das dauert zu lange, ich nehme das Rad.«

Ihr Ford stand auf dem Hinterdeck und konnte von dort aus mit dem Kran an Land gehievt werden, Tanja wollte jedoch lieber ein bisschen Bewegung. Der Weg wäre nur mit Wohlwollen als reizvoll zu bezeichnen gewesen. Vorbei an alten Halden und einem stillgelegten Hochofen, der noch an die besseren Zeiten in Lothringen erinnerte, erreichte sie einen kleinen *Super U*. Sie ließ sich Zeit, lud Baguettes, Gemüse fürs Abendessen, Fischkonserven, Mousse au chocolat, Rotwein und ein Lammkarree in den Wagen. Eigentlich viel zu teuer, doch heute war es ihr egal.

Die Esperance war schon geladen, als sie zurückkam. Das Schiff lag nun so tief im Wasser, dass die Wellen der entgegenkommenden Frachter die Laufwege überspülen würden. Sie sprang an Bord.

Der Lauf der Pistole war kalt wie ein Eiswürfel, den man sich an die Stirn drückt, um eine Schwellung zu unterdrücken. Sie hatte die Tür zum Wohnbereich aufgezogen, als eine Gestalt sie grob in den schmalen Flur zerrte, der zum Führerstand führte, und nun mit der Waffe bedrohte. Die Einkäufe rutschten ihr aus der Hand und rollten ziellos über das glatte PVC.

»He Dirkiboy, was wollt ihr denn feiern? Deine Alte hat lecker Wein angeschleppt.«

Ein Deutscher.

»Lass sie …«

Sie sah gerade in den Wohnraum, als ein grobschlächtiger Typ Dirk hart auf den Mund schlug.

»Du redest nur, wenn ich es erlaube, klar?«

Die Stimme in ihrem Nacken hatte den aufgesetzten lustigen Ton verloren und war nun kalt und schneidend, wie eine Stahlklinge. Ein Stoß in den Rücken und sie taumelte gegen den Tisch, wo sie sich auf einen der Stühle fallen ließ.

Eine Ratte, schoss es ihr durch den Kopf, der Mann glich einer Ratte. Klein und schmal gebaut, dabei jedoch drahtig und muskulös, fixierte er sie aus zwei fast schwarzen, eng zusammenstehenden Augen. Er war hier der Boss, das zeigte seine ganze Haltung. Die spitze Nase war lang und überragte das fliehende Kinn deutlich. Dazu dunkle Haare, eine zum Menschen gewordene Ratte. Ihr lief ein kalter Schauer den Rücken hinunter. Sie waren in höchster Gefahr.

Ihr Blick kreuzte sich mit dem von Dirk, dessen Lippen leicht zitterten. Halt den Mund, schienen sie stumm zu schreien.

»Was wollt ihr?«

Ratte beachtete sie erst gar nicht. »Heiko schaff das Weib da hinaus, ich will mit Dirk alleine reden.«

Tanja unterbrach ihn. »Wenn wir in fünf Minuten nicht weg sind, steht der Hafenmeister vor der Tür.«

Der Hüne, dem eine Tätowierung aus dem T-Shirt in den Nacken wucherte, blieb stehen. Ein Muskelberg mit dem Hirn einer Amöbe. Tanja konnte sich vorstellen, wie sehr er einer bunten Litfaßsäule gleichen würde, wenn er seinen Oberkörper zeigte. Kleine blaue Äuglein fixierten sie aus einem kahl rasierten Schädel.

»Heiko!«, Ratte deutete mit dem Kopf auf die Tür.

»Versuch es mal mit Denken. Wenn du unauffällig bleiben willst, lässt du uns fahren.«

Der kleine Mann war wieselflink bei ihr und packte sie am Kinn. Dirk sprang nach vorne, landete jedoch nur im Arm von Heiko, der ihn mit Schwung auf den Boden beförderte und einen Cowboystiefel auf seinen Rücken setzte. Er trat ordentlich zu, denn ihr Mann schrie schmerzverzerrt auf.

»Pass mal auf. Hier sage ich, was läuft, verstanden?«

Rattes Gesicht war nur Zentimeter von dem ihren entfernt, und sie roch den Gestank von Nikotin und Knoblauch. Tanja atmete zischend durch die gequetschten Lippen und versuchte seine Hand abzuschütteln, doch er griff nur noch fester zu. Sie wimmerte vor Schmerzen.

»Verstanden?«, sie nickte, und endlich ließ er los. »Kannst du fahren?«

»Ja.«

»Dann scher dich hoch.«

»Einer muss die Leinen losmachen.«

»Heiko, schwirr ab.«

Sie zitterte am ganzen Leib, als sie sich auf den Fahrersessel fallen ließ. Der Diesel sprang Gott sei Dank an, ließ sie nicht hängen, wie in der letzten Zeit des Öfteren, und als sie alle Taue an Bord sah, legte sie mit angelegtem Ruder ab. Langsam verließ die Esperance den Hafen. Das Funkgerät knackte, und sie ging dran. Es war der Schleusenmeister, der ihr eine freie Einfahrt avisierte. Kaum fünf Minuten später manövrierte sie in die Kammer. Sie riss sich zusammen, verdrängte jeden Gedanken an Dirk und die beiden Verbrecher, und schaffte es auch ohne Hilfe. Auf dem linken Kai der Schleuse, gleich neben einer Trauerweide parkte ein Auto des französischen Zolls, und sie war einige Sekunden versucht, hinauszulaufen und um Hilfe zu schreien, doch letztlich ließ sie es sein und beobachtete tatenlos, wie der Citroën mit dem absinkenden Schiff immer höher stieg und schließlich aus ihrem Blickfeld verschwand. Das Zittern kam wieder.

Die Mosel machte anschließend eine Kehre nach rechts unter der Autobahn hindurch und floss mitten durch Thionville, das sich zu beiden Seiten hinter langen Baumreihen und Befestigungsmauern aus gelbem Sandstein erstreckte. Heute allerdings hatte sie nicht die Zeit für Betrachtungen. Sie weinte. Was die bloß mit Dirk machten?

Bis zum Pont des Alliés blieb sie auf der Brücke, dann überließ sie es dem Autopiloten und wagte es schnell hinunterzuschleichen, um zu lauschen, denn es war kein Gegenverkehr in Sicht.

Rattes Stimme drang klar durch die Tür. »Wo sind das Geld und der Stoff?«

»Ich habe nicht die geringste Ahnung, wovon Sie reden.«

Ein dumpfer Ton gelangte an ihre Ohren und Dirk stöhnte auf. Tanjas Hand krallte sich um den Türknauf, doch sie drehte ihn nicht, es wäre ein Fehler. Sie würden auch sie schlagen. Es bestand keinerlei Chance, sich aus der Affäre zu ziehen. Tränen stiegen wieder in ihr auf, was sollte sie bloß tun? Ihr Blick wanderte nach draußen, und sie erschrak. In wenigen Sekunden würden sie eine Eisenbahnbrücke passieren müssen.

Fast lautlos lief sie nach oben und erstarrte. Die Pfeiler der Brücke waren kaum noch hundert Meter vom Bug der Esperance entfernt. Mit der einen Hand nahm sie das Tempo raus und mit der anderen legte sie behutsam das Ruder um und wartete auf das Knirschen des Rumpfs an den Fundamenten der Brückenpfeiler. Sie steuerte gegen und lenkte den Bug unter den Brückenbogen. Schweiß tropfte ihr in den Nacken, und sie biss sich die Lippe blutig, als der Pfeiler nur wenige Meter an ihr vorbeirauschte und sie ohne Schaden wieder auf das offene Wasser hinausfuhren.

Keuchend klopfte sie auf die Armaturen. »Gut gemacht, altes Mädchen.«

Die Mosel wendete sich nach Norden und gab nach Kurzem den Blick auf die vier Meiler des Kernkraftwerks frei, die alle am Netz zu sein schienen, denn der Dampf aus den Kühltürmen vereinigte sich zu einer gigantischen Säule im wolkenlosen Himmel des zu Ende gehenden Tages.

Sie musste Dirk helfen, doch nun schlängelte sich die Mosel in Kehren durch die hügelige Landschaft.

»Verfluchter Mist!«. Sie drosch auf die Lehnen des Sessels.

In erst einer Viertelstunde würden sie die nächste Schleuse erreichen, und bis dahin blieb ihr nicht die geringste Chance, irgendetwas anderes zu tun, als weiterzufahren, ganz gleich,

was unten los war. In der Kammer hingegen würden sie fest-
liegen, und sie könnte etwas unternehmen.

Tanja sah auf den Rettungsring und schüttelte den Kopf.
Wenn es nur so einfach wäre. Links tauchte Garche auf, dann
noch nach Basse-Ham und schließlich die Schleuse. Sie gab
Vollgas, zwölf Stundenkilometer, mehr war beim besten
Willen nicht drin.

»Scheiße, nun mach schon.«

Sie trat einen Schritt zurück und horchte nach unten, doch
kein Geräusch drang nach oben.

Klaus war in Duisburg zu ihnen an Bord gekommen und
hatte gefragt, ob er einmal mit bis Metz fahren könnte. Sie
waren einverstanden gewesen, denn es war auf einigen
Schiffen normal, dass ab und an Gäste mitfuhren. Klaus war
ein netter Kerl. Sie lachten viel, wenn er auf die Brücke kam,
interessierte Fragen stellte und oft eine Flasche unter den
Arm geklemmt hatte. In Metz nahm er dann Dirk beiseite,
der gerade dabei war, Klaus' Auto auf den Kai zu hieven.
Tanja hatte hinten auf dem Verdeck gesessen und sie beobachtet. Dirks anfängliche Ablehnung, die gestikulierende
Argumentation ihres Gastes und schließlich das zögernde
Nicken ihres Mannes. Dann war er gefahren und Dirk war
umständlich an Bord gekommen. Er wich ihr aus, doch sie
wusste, er würde das Geheimnis nicht lange vor ihr verborgen halten können. Am Abend, als sie im stockdunklen
Schlafzimmer lagen, erzählte er ihr von dem Angebot. Freunde von Klaus würden ihnen Päckchen bringen, die sie in
Metz weiterzugeben hätten. Keine Fragen durften gestellt
werden. Zweihundert Euro sollten der Lohn sein. Es waren
Drogen, daran hegten sie kaum einen Zweifel. Sie hatten
Angst vor der Polizei und dem Zoll. Die Verlockung aber
war zu groß.

Die erste Übergabe lief wie geschmiert. Ein baumlanger Typ hatte Dirk wortlos ein Päckchen von der Größe eines Schuhkartons in die Hand gedrückt und sich verzogen. In Metz war das anders. Kenan, ein widerlicher Algerier, war aus seinem Auto gestiegen und hatte Dirk ohne Vorwarnung in den Magen geprügelt. Als dieser zusammensackte, riss der Kerl seinen Kopf an den Haaren nach hinten und knurrte mit französischem Akzent: »Wenn einmal was falsch, ich dich machen kaputt, *Conard*.«

Kaum eine Übergabe war seither ohne Drohungen geblieben und sie hatten nur weitergemacht, weil sie keinen Ausweg wussten und das Geld brauchten. Kenan hatte sich zu einer Psychose entwickelt, die Dirk regelrecht zerstörte. Sobald sich die Esperance Metz näherte, brach ihm immer wieder der Schweiß aus, später übergab er sich sogar. Tanja war irgendwann gegangen und hatte diesem verfluchten Schwein die Stirn geboten, ihn auf Distanz gehalten. Er wurde ihr gegenüber nie körperlich, doch die anzüglichen Bemerkungen und die Beschimpfungen fraßen an ihr, wie der Rost an ihrem Schiff, und mit der Zeit war da nur noch gleißender Hass. Sie riss sich zusammen und ließ es laufen, denn nur die Euros, die Kenan jeweils gönnerhaft aus einem dicken Packen Geldnoten abzählte, hielten sie sprichwörtlich über Wasser.

Der Juni führte sie schließlich in die Sackgasse. Die Esperance war eines Morgens nicht mehr zu starten, was bis dahin nie vorgekommen war. Die Mechaniker fanden eine defekte Dichtung der Zylinder und noch etliche Kleinigkeiten, die es nahelegten, den Motor auszutauschen, doch hatten sie weder das Geld noch eine Bank. Ein aalglatter Schnösel von vielleicht fünfundzwanzig rechnete ihnen fehlende Rentabilität und Tilgungsfähigkeit vor, und verstieg sich sogar in den Vorschlag, das Schiff zu verkaufen, und als Angestellte zu fahren. Sie hatte ihn verabscheut, diesen Typen mit seinem Taschenrechner, der nicht begriff, wie egal ihr die Zahlen waren. Er zerrechnete alles, was für sie das Leben bedeutete. Am Abend auf ihrem stillen Schiff weinte sie stundenlang und Dirk, der auch keine Lösung wusste, schwieg, bis sie plötzlich fast beiläufig Kenans Namen nannte. Dirk sprang auf und lamentierte, lieber würde er Latrinen putzen, als sich diesem Schwein auszuliefern, doch als sie anmerkte, so habe sie das nicht gemeint, verstand er. Anfangs war er voller Angst gewesen, doch sie hatte ihn überzeugen können.

Gestern Abend, als Kenan nach der Übergabe davonfuhr, das Kokain und die vielen schönen Euros in der Tasche, war Tanja ihm gefolgt. Sie wartete bereits eine Stunde im Auto an der Hafenzufahrt und fädelte sich gleich hinter dem Peugeot in den noch dicht fließenden Verkehr ein. Er nahm den Pont des Morts, fuhr geradeaus über den Moyen Pont vorbei am Temple Neuf. Dort bog er links auf die Quais ab, um sofort danach zur Kathedrale abzubiegen und vor den daneben liegenden Markthallen zu parken.

Tanja hatte große Mühe an ihm dran zu bleiben und sprang erst aus dem Auto, als er schon in Richtung Innenstadt davonging. Es war einfach, ihm zu folgen, denn der leicht watschelnde Schritt des Algeriers war nicht zu verwechseln. Der Spaziergang zog sich hin, und sie zitterte vor Angst, entdeckt zu werden. Irgendwann bog er in eine dunkle Passage zwischen zwei Straßenzügen ein, und sie holte ihn ein. Natürlich wurde er misstrauisch und sah sich um, doch ihre Attacke mit dem Elektroschocker konnte er nicht abwehren. Dieser selbstgefällige Widerling sackte zusammen und stöhnte laut auf, die Tasche mit den Scheinen und dem Päckchen eng umklammernd. Sie riss daran, doch er hielt fest. In

Panik gab sie ihm eine neue Dosis Strom, und Kenan, der Mann, der ihnen seit Monaten Angst machte, zappelte wie eine plumpe Marionette. Tanja musste hysterisch lachen und drückte wieder und wieder auf den sich im Schmerz windenden Mann ab, ließ ihrem Hass freien Lauf, bis er sich nicht mehr rührte. Eine halbe Stunde später war sie zurück auf dem Schiff gewesen. Dirk hatte sie grau vor Angst in die Arme geschlossen und minutenlang an sich gepresst. Gemeinsam hatten sie den Rettungsring aufgeschnitten und ihre Beute in wasserdichten Tüten darin versteckt, dann schliefen sie miteinander. Innig, untrennbar verbunden.

Sie weinte nun dauernd und starrte auf den gelb-orangen Ring, der unschuldig auf einen Einsatz wartete, der hoffentlich niemals kam. Ein Schrei, gellend vor Schmerz, kam von unten. Dirk! Sie brüllte aus Leibeskräften Drohungen und Flüche, Schimpfwörter und Bitten, wollte hineinrennen und ihn verteidigen, doch das Schiff würde ohne sie auf Grund laufen. Schluchzend blieb sie sitzen.

Sie waren davon ausgegangen, dass man zuerst Abhängige verdächtigen würde. Nicht ein einziges Mal hatten sie befürchtet, sofort in den Fokus der Verbrecher zu geraten. Wie hatten sie sich getäuscht!

Dirk musste den Mund halten, das wusste er. Solange er schwieg, würden sie ihn nicht umbringen. Hoffentlich. Wieder ein Schrei. Er lebte! Gerade kam die Schleuse von Koenigsmacker in Sicht. Es wurde dunkel, und nur der Widerschein der Lichter des AKW erleuchtete schwach den Himmel. Das Okay des Schleusenwärters kam aus dem Turm, und sie fuhr in die Kammer. Keine fünf Sekunden, nachdem die Schrauben sich nicht mehr drehten und die Esperance stilllag, war sie unten. Sie würde da rein gehen, komme, was wolle.

»Du Vollidiot, jetzt ist er tot, kannst du nicht aufpassen«, Ratte schrie.

Sie hörte nicht die Erwiderung des Mörders, rutschte haltlos an der Wand hinab. Er ist tot, tot, ihr Dirk, der Mann der ihr alles bedeutete, lebte nicht mehr. Die Augen zusammengekniffen, den Mund zu einem stummen Schrei verkrampft, hockte sie auf dem Boden und rührte sich nicht mehr. Sie hatte ihn gedrängt, sie war schuld. Sie hatte tatsächlich geglaubt diese Verbrecher aufs Kreuz legen zu können.

»Hol die Frau!«

Sie schrak zusammen. Jetzt war sie an der Reihe.

Mit tränenverhangenem Blick durchbrach sie ihre Apathie und taumelte nach oben.

Das Wasser der Schleuse wurde abgelassen, und nur die feuchten, algigen Wände der Kammer waren noch zu sehen, als Heiko die Treppe hinauf kam.

»Du …«

Sie drehte sich auf dem Sessel zu ihm um und stach ohne zu zögern die lange Klinge des Hirschfängers in seinen Bauch. Nur der Horngriff schaute noch aus dem T-Shirt heraus. Das Messer lag, solange sie denken konnte in der Schublade. Anfangs hatte sie sich gefragt, wie das Ding seinen Weg auf ein Güterfrachtschiff gefunden hatte, doch heute war es ihr egal.

Der Riese zitterte und sah erstaunt an sich herab, als sie die Waffe wieder herauszog. Die Pistole, die er in der Rechten gehalten hatte, polterte zu Boden. Er packte reflexartig ihre Haare und zog sie in die Höhe. Sie sah in das Gesicht des Mannes, der Dirk umgebracht hatte und stach erneut zu. Sie traf ihn in der linken Brustseite, doch er riss sie zurück. Die Waffe drang nur wenig ein. Schweiß glitzerte auf seinem Gesicht. Er brüllte nun wie ein waidwundes Tier, verstärkte seine Bemühungen, sie niederzuzwingen. Er bog ihren

Rücken nach hinten über das Armaturenbrett, als sie mit dem Handballen auf den Messergriff schlug. Die Klinge musste das Herz getroffen haben. Seine Muskelpakete verloren die Spannung, und er sackte leblos zusammen.

Tanja fiel keuchend auf die Knie und zwang sich, nach dem Puls zu fühlen, der nicht mehr da war, als sie Ratte hörte.

»Heiko!«

Er lugte über den Rand der Treppe und verstand sofort. Die Erkenntnis blitzte nur kurz in seinen Augen auf, dann schoss Tanja mit Heikos Waffe. Die Kugel traf ihn groteskerweise genau in die Mitte, bohrte ihm einen Kanal mitten zwischen die Augäpfel. Er stürzte rücklings die Treppe hinunter und sie sprang hinterher. Überall war Blut, doch sie nahm nichts von alldem wahr.

Dirk lag in der Ecke, in der sie immer den Weihnachtsbaum aufstellten. Wenn möglich, gingen sie an Weihnachten in Köln vor Anker, da sie die Christmette im Dom so sehr liebte. Immer gab es Pastetchen, so wie schon bei ihrer Mutter. So, wie es nun nie wieder sein würde. Die Erkenntnis zwang sie auf die Knie, und sie erbrach sich.

Dirks Augen waren halb geöffnet und blickten starr und leer auf den Teppich. Tanja schrie wie von Sinnen. Sie hatte Schuld, nur sie. Heiko hatte ihn gewürgt und offenbar zu lange zugedrückt. Einfach so. Ein kleiner Fehler nur. Für sie war es das Ende.

Nach einiger Zeit verschwand sie im Bad und übergab sich erneut. Als sie zitternd ihr blasses, fleckiges Gesicht im Spiegel betrachtete, wusste sie, was sie nun zu tun hatte. Ihre Hand tastete wie von selbst nach dem kleinen Arzneischränkchen.

Benommen kehrte sie wenig später ins Führerhaus zurück und zerrte den Toten nach unten. Sein Kopf krachte im fast gleichmäßigen Rhythmus auf jede Stufe und erinnerte sie daran, wie ihr Bruder früher immer seinen Ball gegen eine Wand geschossen hatte.

Sie weinte nun ununterbrochen.

Dirk nach oben auf die Bank zu schaffen, auf der sie so viele Stunden miteinander gesessen und sich unterhalten hatten, war ein echter Gewaltakt, aber sie schaffte es gerade noch rechtzeitig, um die Esperance hinauszusteuern.

Esperance … Hoffnung … Sie lachte leise auf.

Mittlerweile war sie kaum noch bei Bewusstsein und steuerte dennoch verbissen mit schwindender Kraft das Schiff. In der Dunkelheit lenkte sie es durch die Windungen des Flusses bis nach Sierck-les-Bains, wo das Schloss hell erleuchtet auf dem Hügel lag. In Apach schaffte sie ein letztes Mal die Schleuse. Die Obermosel mit ihren sanften Bergen lag vor ihr, doch die würde sie nicht mehr erreichen.

Die Wirkung der Schlaftabletten ließ sie nach vorne sacken und auf den Steuerhebel fallen, der das Ruder stark anlegte. Das Schiff legte sich quer zum Fluss und trieb führerlos geradewegs auf die Brücke von Schengen zu.

Hier brach die Hoffnung entzwei.

Unter dem vielstimmigen Geschrei von zerschleißendem Metall zerriss der gewaltige Fluss mit seiner unnachgiebigen Kraft das Schiff wie ein Spielzeug, dessen er überdrüssig geworden war.

Die voll beladenen Teile sanken binnen weniger Minuten, und Tanja folgte ihrem Dirk. Sie versank in der Schwärze des Wassers, ohne noch einmal zu Bewusstsein gekommen zu sein.

Der Rettungsring löste sich aus seiner Befestigung und trieb durch ein geborstenes Fenster hinaus. Lebendig hüpfend verschwand er in der Dunkelheit.

Ahoi, Charly!

FRANK P. MEYER

Eigentlich war Erwin Müller frei von jeglichem Verdacht, übermotiviert an seine Arbeit heranzugehen. Deshalb schämte er sich ein bisschen, als er seinen luxemburgischen Kollegen auf der anderen Moselseite auftauchen sah. Sie winkten sich zu. Erwin hatte nur eine Hand frei, in der anderen hielt er die Radarpistole. Sein Handy klingelte. »Kommissar Erwin«, raunzte er und versuchte, dem linksmoselanischen Kollegen den Wind aus den Segeln zu nehmen, indem er sich freiwillig mit seinem Spitznamen meldete.

»Moien, Erwin, ich bins, Robbie!«

»Sag bloß!«

»Suchst du was? Kann ich dir helfen?«

Robin Millner war ein netter Kollege. Er hasste das Verbrechen abgrundtief und versuchte deshalb, ihm möglichst aus dem Weg zu gehen. Erwin bereute schon, sich so barsch gemeldet zu haben und kam sich dämlich vor, bei Moselkilometer 242 mit dem Blitzgerät in der Hand auf der Kaimauer vor der Apacher Schleuse zu stehen. Mit den luxemburgischen Polizisten konnte man prima zusammenarbeiten, meistens ganz unkompliziert auf dem kleinen Dienstweg. Robbie kam aus Schengen, Erwin aus Perl, und man traf sich auch außerdienstlich am Grill oder Schwenker.

»Nö, danke Robbie, ich versuche, den Sportbootraser von letzter Woche zu erwischen.«

Robbie zeigte mit dem Daumen nach oben. Er wusste, wovon der Kollege sprach. Ein Sportboot war mit einer Mordsgeschwindigkeit unter der Brücke, die Perl und Schengen verbindet, durchgerast, dann an der Kaimauer und an der Moselinsel vor der Apacher Schleuse vorbei, die sich schon in Frankreich befand. Vorm Schleusenüberlauf hatte der Raser gewendet, um in waghalsiger Slalomfahrt moselabwärts gegen verschiedene Vorschriften der Moselschifffahrtsstraßenverordnung zu verstoßen. Dabei hatte er durch eine heftige Bugwelle vier Kanufahrer zum Kentern gebracht und einen sogar gegen das rechte Ufer geschleudert. Robbie wusste, dass sein saarländischer Kollege Kanufahrer für das Zweitunnötigste hielt, was auf der Mosel herumfuhr. Erschwerend kam hinzu, dass es sich um holländische Kanufahrer handelte. Offiziell zur Last legen konnte man ihnen natürlich nicht, dass sie Holländer waren. Immerhin hatten sie das Recht auf ihrer Seite: Es war eindeutig ein Verstoß, Kanufahrer gleich welcher Herkunft per Bugwelle gegen das Ufer zu werfen. Denn das Allerunnötigste, noch vor den Paddlern, waren nach Erwins Auffassung die Sportbootraser. Das rote Boot, von dem sich die Kanupaddler weder Namen noch Bootsmarke, geschweige denn das amtliche Kennzeichen gemerkt hatten, war vor zwei Tagen erneut aufgefallen, als es einem Angler auf saarländischer Seite durch eine wilde Slalomfahrt nasse Füße bescherte – wieder kurz vor der Apacher Schleuse, wo der Raser auf französischem Gebiet wendete und über die Dreiländergrenze, die hier mitten in der Mosel lag, ruckzuck moselabwärts verschwand. Auch der Angler hatte sich nur merken können, dass das Boot lang und rot war. Und sehr schnell.

»Hab' den Kollegen von der Wasserschutzpolizei versprochen zu versuchen, den Raser zu erwischen. Aber wenn die nächste Stunde nichts passiert, mach' ich für heute Schluss!«

Erwin sah, wie Robbie auf der anderen Seite wieder den Daumen hob, und übers Handy hörte er den Kollegen sticheln: »Hübsche Pistolen habt ihr da drüben bei der saarländischen Polizei. Macht ihr damit auch Schießübungen?«

»Steh du lieber nicht unnütz rum, sondern fang endlich einen von diesen … Moment mal!« Erwin stockte, sah moselaufwärts. Robbie blickte in die gleiche Richtung. Beide hielten immer noch das Handy am Ohr und schauten auf einen länglichen, gelben Gegenstand, der auf der Flussmitte trieb. Robbie erinnerte sich als erster daran, dass er noch das Handy am Ohr hielt: »Was kommt denn da? Eine Boje?«

»Scheint eher ein Fender zu sein, ein recht großer, den hat wohl eine Yacht verloren.«

»Muss uns das nervös machen?«

»Nö, ich denke nicht … warte mal!« Erwin legte die Radarpistole auf den Boden und zog ein handliches Fernglas aus der Jackentasche. Kommissar Erwin war, wie gesagt, über jeden Zweifel erhaben, übermotiviert an seine Arbeit heranzugehen. Aber ein Fernglas durfte man ja wohl dabei haben, wenn man auf einen Raser lauerte.

»Kannste was erkennen?«, hörte er Robbie drängeln.

Erwin schwieg einen Augenblick, dann murrte es aus Robbies Handy: »Oh nein, hoffentlich ist es nicht das, wonach es aussieht!«

»Mach mir mal den Fender fest!«

Dorothea gehorchte. Sie gehorchte immer. Charly benahm sich lächerlich. Aber daran hatte sie sich gewöhnt. Das war nicht das Problem.

Die *Dolly I* war nach ihr benannt. Würde er sie bald umtaufen? Die *Dolly I* war eine kleine Yacht, behauptete Charly. Sie war gerade mal 15 Meter lang, hatte nur drei Kabinen, allerdings sehr luxuriös eingerichtete. Das Bötchen, wie Charly es liebevoll nannte, war nur für den privaten Gebrauch auf Saar und Mosel gedacht und wurde allenfalls sporadisch für geschäftliche Zwecke genutzt. Manchmal wechselten mitten auf der Mosel Kühlboxen von Boot zu Boot. Dorothea sollte gar nicht wissen, was da drin war. Da war immer auch ein Fläschchen Schampus mit drin, das gehörte zum guten Ton. Aber was da eigentlich gut gekühlt über die Reling gereicht wurde, war Geld, das noch heiß war. Es unter Eisbeutel zu packen, fand Dorothea durchaus passend. Aber heute ging es nicht um bereits vorhandene Scheine, sondern um Geld, das noch gemacht werden sollte. Deshalb waren Dolly und Charly nicht alleine an Bord. Dieser Hansi war mit dabei. Denn nur der konnte dafür sorgen, dass ihr Charly noch mit ins Flatrate-Geschäft einsteigen konnte. *Ihr* Charly, dachte Dorothea immer noch. Obwohl auch Swetlana mit dabei war. Nichts gegen Swetlanas im Allgemeinen. Dorothea war klar, dass es in dem Geschäft, mit dem ihr Charly sein Geld machte, immer irgendeine Swetlana gab, oder eine Cherie oder wie die sich gerade nannten. Aber *diese* Swetlana! Die hieß eigentlich Almuth, stammte aus dem Südharz und hatte sich selbst beigebracht, mit einem osteuropäischen Akzent zu sprechen. Und sie war schlau. Das hatte Charly allerdings noch nicht kapiert. Er dachte immer noch, sie arbeite *für* ihn, nicht *an* ihm. Dorothea war nicht sicher, ob es an Swetlana lag, dass Charly dabei war, sie nach all den Jahren abzustoßen. Er hatte versucht, möglichst beiläufig zu klingen, als er neulich erwähnte, Dorothea brauche sich keine Sorgen zu machen, sie werde großzügig abgefunden, falls sie und er irgendwann einmal nicht mehr zusammen sein sollten. *Irgendwann*, da machte Dorothea sich nichts vor, hieß bei Charly *in absehbarer Zeit*.

Wenn es jetzt zu Ende ging, blieb ihr gar nichts. Dabei hatte sie ihm seine verwöhnte Göre durch die schwierigen Jahre der Pubertät gebracht. In wenigen Wochen würde *die Kleine* achtzehn werden, und es war ihr, Dorotheas, Verdienst, dass die Kleine kurz davor stand, den Schulabschluss zu schaffen. Und was hatte Dorothea davon? Nichts! Charly war im Grunde ein Geizhals. Sie würde froh sein müssen, wenn er ihr als Abfindung genug Geld zusteckte, um ein halbes Jahr davon leben zu können. Großzügig war er nur seiner Tochter gegenüber. Die beiden letzten Jahre hatte Charly sich Dorothea nur noch gehalten, um seiner Tochter ein möglichst gutes Coaching durch eine Vertraute zu ermöglichen. Wahrscheinlich wartete er noch bis zur Schulabschlussfeier, danach würde er das Dolly-Kapitel beenden. Und als Nachfolgerin hatte er diese Swetlana im Visier, kein Zweifel.

Vielleicht werde ich die Kleine mehr vermissen als ihn, überlegte Dorothea, auch wenn sie nicht meine richtige Tochter ist. Schade, dass ich nicht selbst ein Kind mit Charly … Aber der hatte dafür gesorgt, dass er keine weiteren Überraschungen mit ungewolltem Nachwuchs erlebte, nachdem das Baby in seinem Saarbrücker Nachtclub abgegeben worden war, mit genauen Daten, wann und wo sich die Zeugung vollzogen hatte. Die Mutter war spurlos verschwunden. Charly hatte sicherheitshalber einen Vaterschaftstest machen lassen, der Idiot. Jeder konnte sehen, dass die Kleine seine Tochter war. Das arme Kind hatte die Gesichtszüge des Vaters geerbt!

Was würde die Kleine wohl sagen, wenn die *Dolly I* in *Swetlana I* umgetauft würde? Swetlana! Die war jetzt mit Hansi in einer Kabine verschwunden. Und selbst Dolly, die einiges gewöhnt war, konnte die Geräusche nicht einstufen, die von dort zu hören waren. Deshalb hing Charly auch so gefährlich unstabil über der Reling, in einer Hand eine Kamera haltend. Er versuchte, von außen an das schmale Kabinenfenster ranzukommen. Es sah lächerlich aus, wie er sich verrenkte. Seine viel zu spitzen Schuhe baumelten in der Luft, sein Becken knickte über der Reling ein und vom Steuerruder aus konnte Dorothea den goldenen Schriftzug *Charly* auf der Lederjacke sehen. Charly war so eitel, dass er seinen Namen immer irgendwo auf den Klamotten trug. Nicht selten kam es vor, dass er eine Jacke auszog, auf deren Rückseite er sein *Charly* hatte aufnähen lassen, und darunter ein Shirt zum Vorschein kam, auf dem sein Name über der Brusttasche eingestickt war. Der große Charly! Und selbst auf den Unterhosen war zu lesen, wer sich unter diesem Wäschestück verbarg: der kleine Charly!

Dorothea blickte sich auf der Mosel um. Hoch über der rechten Uferseite sah sie die Burgruine von Sierck-les-Bains.

»Verdammt, so komme ich nicht hin«, fluchte Charly leise und richtete sich wieder auf, »es fehlt ein Stück zum Kabinenfenster.«

»Was hast du überhaupt vor, Charly?«

»Na, Beweisaufnahmen machen. Die kann ich sicher gebrauchen, wenn's ans Verhandeln geht.«

Was gab's da zu beweisen? Beischlaf gehörte doch nicht zu den Dingen, die Hansi verheimlichen musste. Obwohl: Je nachdem, was da gerade vorging, konnte es durchaus in Hansis Interesse sein, dass nichts davon im Internet auftauchte. Selbst in diesem Gewerbe gab es Grenzen, die man besser nicht übertrat, falls man den Respekt der Kollegen nicht verspielen wollte.

»Mach mal langsame Fahrt und hilf mir«, zischte Charly, »mit einer Leine komme ich weiter nach unten.«

»Lass das doch, du hast schon den Schampus und den Korn getrunken!«

Aber gerade weil Charly ziemlich einen im Kahn hatte, wurde er übermütig: »Quatsch nicht und mach mir da mal den Fender fest!«

»Oh nein, nein! Hoffentlich hat jemand die Jacke geklaut!«

»Welche Jacke?« fragte Robbie aufgeregt.

»Ich kann's nicht genau lesen, aber da treibt einer, Gesicht stabil in Richtung Moselgrund, mit 'ner schwarzen Jacke, da steht hinten was drauf, in goldenen Buchstaben ... schwer zu erkennen ... sieht aus, als ob's mit Ch anfängt, und am Ende ist ein y, glaube ich. Und der goldene Schriftzug kommt mir verdammt bekannt vor.«

»Ch...arl...y«, murmelte Robbie. »Oh Mist, der Rotlicht-Karl-Heinz. Das ist nicht gut, das gibt Arbeit. Erwin, du hast ihn zuerst gesehen! Das ist deine Leiche!«

Kommissar Erwin setzte das Fernglas ab. Jetzt war der leblose Körper, der neben dem Prallschutz trieb, auch mit bloßem Auge zu erkennen. Wie hatte die Leiche es überhaupt durch die Schleuse geschafft? Nun gut, nach den heftigen Regenfällen der letzten Tage führte die Mosel viel Wasser. Wahrscheinlich waren der Fender und Charly einfach über den Überlauf gespült worden.

Jetzt drehten Leiche und Fender sich auf der Stelle. »Oh Mist, er bewegt sich in meine Richtung, lieber Gott, lass ihn bloß nicht auf meine Seite treiben! Erwin, was machen wir jetzt? Gleich ist er hier!« Mit *hier* meinte Robbie Luxemburg. Noch war Charly in Frankreich. Oder gleich in Deutschland, falls er doch nach rechts abdrehte. Mit bloßem Auge war es verflixt schwer zu sagen, in welchem Land sich die Wasserleiche gerade befand, wo drei Staatsgrenzen mitten im Fluss aufeinandertrafen.

»Ich rufe Bernard an, von Sierck aus ist der in ein paar Minuten hier. Immerhin muss Charly ja in Frankreich ...«

»Ganz ruhig, Robbie! Es hilft doch nichts! Wir müssen die Leiche sichern. Siehst du, jetzt treibt Charly langsam weiter. Wir müssen unsere deutschen und luxemburgischen Kollegen informieren. Übrigens glaube ich, du hast ihn zuerst gesehen, ja, ich denke, es ist deine Leiche!«

»Oh, nein, komm mir nicht so, Kommissar Erwin, den überlasse ich dir! Ich kooperiere, aber schau nur: Er ist doch näher bei dir als bei mir, oder?«

»Das sieht nur von deiner Uferseite so aus. Er treibt genau in der Mitte, finde ich.«

»Lassen wir ihn doch vorbeitreiben! Vielleicht wird er weiter unten in Rheinland-Pfalz angeschwemmt, dann haben die Kollegen dort ihn an der Backe.« Das war kein ernst gemeinter Vorschlag, nahm Erwin zugunsten seines luxemburgischen Kollegen an. Aber unsympathisch war der Gedanke nicht. Eine Wasserleiche war schon schlimm genug, aber wenn auch noch der in der Jacke steckte, dessen Name drauf stand …

Wie auf Kommando ließen beide Polizisten ihr Handy sinken und sahen zu, wie das Fender-Charly-Gespann sich unaufhaltsam aus Frankreich verabschiedete und auf Luxemburg oder Deutschland zutrieb, wohin genau, war noch nicht ausgemacht.

»Platsch«, machte es ein paar Meter neben der Jacke mit der goldenen Schrift. Sofort hatte Erwin wieder das Handy am Ohr: »Lass den Unsinn, Robbie, das bringt doch nichts!«

Sein Luxemburger Kollege warf Steine in Richtung Wasserleiche. Er wollte Charly nicht treffen, sondern nur kleine Wellen verursachen, damit die Leiche in Richtung rechte Moselseite trieb. Robbie sah, dass Erwins Arm wieder einen Winkel vom Rumpf zum Kopf bildete, und hielt auch sein eigenes Handy ans Ohr: »Ich will den nicht hier haben, Erwin, wenn in der Jacke wirklich *der Charly* steckt. Das ist doch einer von euren, ein Saarländer, der irgendwo in Frankreich ersoffen ist.«

»Wieso ersoffen? Vielleicht hat ihn einer kalt gemacht und dann in die Mosel geworfen.«

»Und an einem Fender befestigt, damit die Leiche an der Wasseroberfläche bleibt? Müsste im Falle einer Tötung nicht ein dicker Stein am anderen Ende der Leine sein? Ist mir aber auch egal. Der soll mir bloß nicht linksmoselanisch anlanden. Ich kooperiere gern, Erwin, aber das hier ist nicht *mein* Fall! Oh nein, treibt er jetzt endgültig über meine Grenze? Das ist ungerecht! Von den Franzosen kommt auch nie was Gutes!«

»Reg dich ab, Robbie, und sei mal still!« Irgendetwas irritierte Erwin. Ein Geräusch?

»Das muss man gesehen haben!«, zischte Charly, mehr zu sich selbst als zu Dolly. Er war mit den Füßen in der unteren Querstange der Reling eingehakt und hing rücklings kopfüber an der Bootswand. Um den linken Unterarm hatte er eine Leine gewickelt, die an der Reling festgemacht war und an deren Ende ein gelber Fender baumelte. Die freie Hand, in der er die Kamera hielt, reichte so eben bis zum Kabinenfenster. Er nahm sich sogar in dieser unkomfortablen Position die Zeit, sich auf dem Display zu versichern, dass die Aufnahme was taugte. Das tat sie sehr wohl. »Teufelsweib!«, murmelte er. »Warte nur, bis wir ... ein bisschen kümmern solltest du dich um ihn, verdammt.«

Vor Anstrengung taten Charly Beine und Rücken weh. Genug gefilmt, dachte er, also vorsichtig wieder zur Reling rauf. Zum Glück war Charly dünn wie ein Hering. Kein Wunder, er ernährte sich praktisch ausschließlich von Zigaretten und Alkohol. Mit mehr Gewicht auf den Rippen wäre es unvorstellbar gewesen, sich aus dieser Position wieder hochzuziehen. »Hilf mir mal!«, raunte er nach oben, und streckte Dolly die Hand entgegen. Am Handgelenk baumelte die Kamera an einer Schlaufe. Charly hatte die Füße unter der Querstange ausgehakt. Die Schuhe mit den affigen Spitzen waren von außen fest an die Bordkante gestemmt. Charly griff mit beiden Händen die Fenderleine. »Eine Hexe«, brabbelte er vor sich hin, »wenn sie sogar den Hansi dazu kriegt, so was zu machen!«

Dorothea roch den Alkoholatem, als sie sich über die Reling beugte. Sie blickten sich einen Moment lang an, und Dorothea sah, dass ihr Charly vor Aufregung glühte. Ihr war klar, dass seine Begeisterung nicht von den Aufnahmen herrührte, die er von Hansi gemacht hatte. Er glühte für Swetlana alias Almuth aus dem Südharz. Dolly wusste, dass er Swetlana aus dem Alltagsgeschäft rausholen würde, um sie ganz für sich zu haben. Sie kannte diesen Blick, auch wenn es etliche Jahre her war, seit sie ihn zuletzt gesehen hatte.

Charly merkte, dass Dolly ein Stück zurückwich, als er seine Hand ausstreckte. Rasch ging sein Griff zurück zur Leine. Die Kamera schlug leicht gegen die Bordwand. »Psst, verdammt!«, zischte er und fasste die Kamera enger an der Schlaufe.

Charly versuchte sich zu konzentrieren, so gut das ging, bei der Promillezahl. Die Füße immer noch fest an die Bordkante gestemmt. Er schaute nach oben. Dolly sah nicht ihn an, sondern starrte vor sich auf die Reling. Er folgte ihrem Blick. Dolly sah auf den Knoten, mit dem die Fenderleine festgemacht war. Sie hatte wieder keinen ordentlichen Rundtörn mit zwei halben Schlägen gemacht, wie er es ihr beigebracht hatte, sondern hatte die Leine einfach um die Querstange gewickelt und mit einen Slipstek festgemacht. Das freie Leinenende baumelte fast vor seinem Gesicht. Ihre Blicke trafen sich noch einmal.

»Scheißschlampe!«

Sie sagte etwas. Charly verstand nicht, was. Hörte nur seinen Namen.

Dann riss Dorothea kräftig am Leinenende. Der Knoten löste sich. Charly versuchte ein Nach-oben-Strecken, was aber kläglich misslang. *Wwssipp* machte die Leine, als sie sich von der Reling löste. Und *Platsch, Platsch* machten Charly und der Fender. Dann war es still. Nur aus der Kabine drangen ungewöhnliche Stöhngeräusche beiderlei Geschlechts.

Die Wasseroberfläche blieb ruhig. Nur der Fender war zu sehen. Und ein spitzer Schuh trieb auf der Mosel, wie eine sinkende Mini-Titanic: Fersenteil nach hinten abgekippt, Spitze in die Höhe ragend. Dann zuckte der Fender. Wie der Schwimmer einer Angel, wenn ein Fisch anbeißt. Charly hatte unter Wasser die Leine erwischt. Ein Kopf durchbrach die Wasseroberfläche. Zwei Arme, die auf die Mosel eindroschen. Und ein Husten. Klang mehr wie ein Kotzen. In einer Hand die Leine. Charly machte den Fehler, sich daran festhalten zu wollen. Der Fender gab nach, kam Charly ein Stück entgegen, sodass der wieder in der Mosel verschwand. Dorothea ging zum Steuer, kuppelte den Motor aus, damit Charly ihr nicht in die Schraube geriet.

Noch einmal tauchte Charlys Gesicht an der Wasseroberfläche auf. Ganz dunkelrot. Nur noch schwache Armbewegungen. Er drehte sich auf die Bauchseite, seine Jacke blähte sich auf und brachte den Schriftzug ›Charly‹ voll zur Geltung.

Dorothea hatte damit gerechnet, dass es bald vorbei sein würde, mit ihr und Charly. Nur hatte sie angenommen, es würde Charly sein, der Schluss machte. Aber warum nicht hier und jetzt? Und warum nicht so?

Sie schaute sich um. Auf der gegenüberliegenden Moselseite war kein Mensch in Sicht. Und da Charly an der Backbordseite über Bord gegangen war, konnte von Sierck aus sowieso niemand etwas gesehen haben. *Was* gesehen? Dorothea hatte Charly nicht einmal berührt. Sie ging nach oben, legte den Gang ein, langsame Fahrt voraus, und drehte das Ruder nach Steuerbord.

Das Motorgeräusch näherte sich so rasch, dass Erwin den Blick unwillkürlich von der vorbeitreibenden Wasserleiche abwandte.

Er vergaß völlig, die Radarpistole aufzuheben, als das rote Sportboot auf Charly zuraste! Der Sportboottyp sah wohl nur den gelben Fender, nicht die Leiche, und wich nach Steuerbord aus. Genau falsch. So erwischte er nicht den Fender, dafür aber die Leine, und zwar mit der Schraube. Fender und Charly wurden ruckartig angezogen und moselaufwärts mitgezogen. Die letzte Slalombewegung ging nach Backbord, das Boot bewegte sich jetzt langsam zur rechten Uferseite auf die Insel vor der Apacher Staustufe zu.

Erwin rannte ein Stück über die Kaimauer, Robbie stakste auf der anderen Seite das Moselufer entlang, am *Musée européen* vorbei. Und das Boot glitt in Richtung des französischen Territoriums, mit Charly im Schlepptau. Der Raser erstarrte, als er übers Heck sah. Der Fender war von der Schraube zerfetzt worden, aber Charly hatte genug Leine gehabt, um in einem Stück zu bleiben. Er war allerdings umgedreht worden und starrte nun in den Dreiländerhimmel über der Mosel. Robbie brüllte vom anderen Ufer aus: »Sofort Anker werfen!« Es war nicht klar, ob der Sportbootraser Robbie hörte, jedenfalls warf er tatsächlich den Anker.

Erwin rannte nicht weiter, als er die Inselspitze rechts von sich sah. Wenn er nicht aufpasste, stand er gleich mit einem

Bein in Frankreich. Auch Robbie blieb demonstrativ stehen, als wollte er zeigen: Das ist nicht mein Zuständigkeitsbereich! Und damit hatte er Recht: Das Sportboot hatte Charly gut zehn Meter in östlicher Richtung aus Luxemburg herausgezogen ... und wenige Schritte in südlicher aus Deutschland. Die Dreiländerleiche hatte sich endgültig für Frankreich entschieden.

»So Robbie, *jetzt* kannste den Kollegen in Sierck anrufen und ihm sagen, er soll herkommen und sich um seine Leiche kümmern.«

Das musste Kommissar Erwin nicht zweimal sagen. Robbie drückte den saarländischen Kollegen weg, ohne Tschüss zu sagen, und hatte wenige Sekunden später Bernard am Ohr.

Der war gerade ans Moselufer gerufen worden, als Robbie sich meldete. Bernard bedankte sich, dass die Kollegen seine Leiche gefunden hatten, bevor er überhaupt wusste, dass er eine suchte. Bisher hieß es nur, zwischen Sierck und Apach sei eine Yacht namens *Dolly I* ans Ufer geprallt.

Na ja, *geprallt* ist ein bisschen übertrieben, dachte Dorothea bei der Befragung auf der Gendarmerie. Sie war vorsichtig vorgegangen, nachdem sie spontan beschlossen hatte, nicht weiter gemeinsam mit Charly durchs Leben zu gehen. Oder zu schwimmen. Sie hatte eine Uferstelle ausgesucht, bei der die *Dolly* nicht allzu sehr beschädigt werden würde, wenn sie im spitzen Winkel auftraf. Dorothea duckte sich ein wenig, damit sie niemand vom Ufer aus sah, und lenkte nach Steuerbord. Dann verschwand sie in ihre Kabine und überließ die *Dolly I* sich selbst. Hansi und diese Swetlana werden auch gleich ruhiger, dachte Dorothea.

Es funktionierte. Der Aufprall war nicht dramatisch. Dorothea horchte und riss ihre Kabinentür auf, als sie hörte, dass auch die gegenüberliegende Tür aufflog. Swetlana stand im Türrahmen, interessanterweise völlig angezogen. Von Hansi war ein Fluchen zu hören. Und Dorothea spielte die Empörte: »Verdammt, was ist denn da oben los, Charly, bist du wieder so besoffen, dass du Frachtkähnerammen spielst!« Alle drei hasteten an Deck. Von Charly keine Spur. Und gleich kam ein Fußgänger angerannt, der zufällig in der Nähe war und doch etwas gesehen hatte, nämlich, so erklärte er auf Französisch, dass das Boot aufs Ufer zugefahren sei, ohne dass irgendjemand am Steuer stand.

Dorothea setzte die sorgenvollste Miene auf, die sie im Repertoire hatte, und jammerte: »Oh Gott, Charly wird doch nicht über Bord gegangen sein! Wir müssen ihn suchen!«

»Mach dir keine Sorgen, Dolly«, wollte ausgerechnet Swetlana sie trösten, »wahrscheinlich ist er irgendwo an Land geschwommen!«

»Ich hab niemanden schwimmen sehen«, warf der französische Fußgänger ein, »am besten rufen wir die Gendarmerie!« Er zückte ein Handy.

»Verdammt, dann ziehe ich besser was Offizielleres an«, brummte Hansi, »und dem Charly werde ich was erzählen, wenn er wieder auftaucht!«

Es dauerte wenige Minuten, bis die Gendarmerie in Gestalt von Bernard Moulin vor Ort war. Der bat seine beiden Kollegen, ihn bei den Ermittlungen zu unterstützen. Robbie und Kommissar Erwin kooperierten gern.

Die französische Polizei ging von einem Unfall aus. Natürlich musste man den Bericht der Gerichtsmedizin abwarten, aber auf den ersten Blick waren keinerlei Anzeichen einer Fremdeinwirkung oder prämortale Verletzungen festzustellen. Offensichtlich war Charly einfach über Bord gefallen und ertrunken.

»Der hat in seinem Leben Tausende Liter Schampus gesoffen«, witzelte Robbie, »und jetzt stirbt er an einer Lunge voll Moselwasser!«

Ein Kollege der Spurensicherung brachte die Kamera herein, die am Handgelenk des Toten gebaumelt hatte. »Das ist eine Spitzenkamera«, erklärte er, »unterwassertauglich!« Er grinste, als er ein Laptop aufklappte, um die gesicherten Daten zu präsentieren.

Die Kollegen aller drei Länder hatten viel Spaß mit den Aufnahmen, die die Kamera preisgab. Robbie legte den Kopf schief, als glaubte er, die Positionen in der Filmaufnahme seien verdreht. Auch Kommissar Erwin konnte nicht verbergen, dass er nicht auf Anhieb verstand, was er dort sah. Nur Bernard tat unbeeindruckt, so als sei ihm nichts Weltliches fremd. Sie schauten sich die komplette Sequenz an, war ja dienstlich. Da anfangs, vor dem Zoomen, das Kabinenfenster von außen zu sehen war, konnte die Position rekonstruiert werden, die Charly beim Filmen gehabt hatte. Die Schlusseinstellung durchs Kabinenfenster zeigte Swetlana, die zufrieden in die Kamera lächelte. Dann brach die Aufnahme ab. Nein, da kam noch was! Die nächste Szene war aus der Froschperspektive gefilmt: Dorothea, wie sie sich über die Reling beugte, eine Hand ausstreckte. Und wieder zurückzog. Das Bild wackelte. Die Bordwand. Charly musste die Kamera wieder richtig greifen. Dann wieder Dorothea von schräg unten. Ihre Hand überm Knoten.

»Jetzt kommt's«, meinte der SpuSi-Kollege, als ob die vorigen Szenen uninteressant gewesen wären.

»Sag nicht, ich könne nicht mit Knoten umgehen«, hörte man Dorothea sagen, »Ahoi, Charly!« Dann riss sie einmal kräftig am Leinenende.

Mayday!

Ein Schelmenkrimi von Lirot & Schlueter

»Noah-Lukas, mach bitte den Mund zu. Das ist kein schöner Anblick. Und es gibt hier viele Fliegen. Die kommen dann rein.« Geziert nahm die Mittvierzigerin einen Löffel Eis von ihrem Schoko-Krokant-Becher zu sich.

»Aber, Mama! Da ist das Ungeheuer von Loch Ness! Schau doch!«

»Noah-Lukas. Bitte. Wir sind in Koblenz. Am Deutschen Eck. Nicht in Schottland. Und selbst dort ...« Der Eislöffel verschwand wieder zwischen den rot geschminkten Lippen.

»Mama – da hinten im Wasser! Mitten auf dem See. Guck! Schnell!!!«

»Noah-Lukas, hier ist kein See. Das ist die Mosel. Und dahinten ist der Rhein. Da fließt die Mosel nämlich hinein. In den Rhein.«

»Ach, Mama!« Der Kleine weinte fast.

»Daaa, daaa!«, schrie ein anderes Kind.

Ein gemütlicher, dicker Mann mit Schnauzbart und roten Flecken auf seinen Wangen sah hinaus aufs Wasser, zwinkerte und schaute das Glas Moselwein an, das vor ihm stand. Es war sein viertes. Er entschied, dass er für heute genug hatte.

Im *Eiscafé am Deutschen Eck* standen einige Leute auf und rannten zum Ufer. Vorn an der Promenade der Landzunge zwischen Mosel und Rhein liefen Menschen zusammen und zeigten in Richtung Fluss. Ein paar hopsten auf den Bänken herum, riefen aufgeregt durcheinander. Kameras wurden gezückt.

Etwas Langes, Dünnes, Schwarzes verschwand langsam wieder unter die Wasseroberfläche.

»Bù!« *Nein.*

Im Fadenkreuz tauchte das monumentale Reiterstandbild des ersten deutschen Kaisers auf. Allein die eiserne Statue war vierzehn Meter hoch, darunter ein Sockel aus dunklem Stein, mit begehbarer Aussichtsplattform. Steinerne Löwen und verwitterte Wappen zierten das Denkmal Wilhelms I.

Mit ruhiger Hand löste Kapitän Tian Li die Finger des ersten Offiziers Long Peng vom Torpedohebel.

»Periskop sofort einfahren! Wir fallen auf. Viele Touristen hier.«

»Aber es ist hässlich! Und Feind!« Peng griff wieder zum Hebel.

»Nicht jetzt. Erst die Mission.« Der erste Offizier sah seinen Kapitän an und zupfte sich am dünnen Bart. »Wir können Feuerkraft testen.«

Das U-Boot »Kung Hu« der *Ning*-Klasse war 1972 gebaut worden und hatte jeden Test nötig. Es war eines von neunzehn dieselelektrischen Schiffen, die schon lange aus der chinesischen Marine ausgemustert worden waren. Zu klobig. Zu laut. Zu unzuverlässig. Kein Platz. Kein Kühlschrank. Kein USB-Anschluss für den iPod. Einfach nicht mehr zeitgemäß. Technisch auf dem Stand des zweiten Weltkriegs. Und dann noch der Rostfraß. Ein Wunder, dass man über die Nordsee und den Rhein aufwärts so weit gekommen war, ohne auseinander- oder sonst wie unangenehm aufzufallen. Die Sonare und Sensoren der NATO, mit denen alle Wasserverbindungen überwacht wurden, waren auf die akustischen Signaturen moderner Atom-U-Boote wie der *Typhoon-Klasse* der russischen Marine ausgelegt. Ein konventionelles *Kilo* aus dem Iran erkannten sie auch. Mit dem alten Dieselaggregat der *Kung Hu*, das alles andere als rund lief und seine Charakteristik dauernd änderte, wurden sie wahrscheinlich für einen Fischkutter gehalten, der sich auf der Fahrt in die Fanggründe der Nordsee verirrt hatte.

Und das mit der Feuerkraft war so eine Sache. Eigentlich verfügte die *Kung Hu* über sechs Abschussmöglichkeiten für Torpedos: vier Rohre nach vorne, zwei nach achtern. Schlampigkeiten bei der Wartung, das dauernde Verklemmen der Mündungsklappen und nicht ganz so dicht schließende Abdeckungen der Torpedorohre hatten das submaritime Bedrohungspotenzial jedoch drastisch reduziert. Zudem wurden bei Interessenten aus arabischen Ländern auf dem Schwarzmarkt sensationelle Preise für gebrauchte, also bereits auf U-Booten installierte und dann auf unerklärliche Weise verschwundene »Fische« erzielt. Auch der Waffenmeister des Konsortiums, zu dem die *Kung Hu* gehörte, war für solche Verlockungen anfällig gewesen, sodass momentan neben einer einzigen Rakete nur zwei funktionsfähige Torpedos vorhanden waren: einer nach vorne, einer nach achtern. Zumindest wurde ihre Funktionsfähigkeit vermutet. Der Waffenmeister konnte nicht mehr gefragt werden, da er seit dem Ruchbarwerden seiner Transaktion mit einer Nylonschlinge um den Hals im dunkleren Teil des Hafenbeckens von Yangzhou trieb.

Kapitän Tian Li dachte an die Mission und schüttelte den Kopf. Zwei Torpedos mussten reichen. Selbst wenn einer klemmte, war der Erfolg nicht gefährdet. Er brauchte an sich nur einen. Und die Rakete hatten sie ja auch noch, ausreichend zur Zerstörung eines mittelgroßen Ziels. Trotzdem: keine Experimente und sinnloses Herumfeuern! Obwohl diese Reiterstatue spuckhässlich war und ihn an Phuong erinnerte, dieses fürchterliche, keifende Weib vom Fischmarkt in Hongkong mit ihrem großen Bart. Als hätte man sie auf ein Pferd gesetzt und einen Reiher auf den Kopf gelegt.

Kapitän Tian Li sah auf seine Armbanduhr und streckte die Hand aus für den Ausdruck der Koordinaten, den ihm der Navigationsoffizier unterwürfig überreichte. Alles bestens. Drei Uhr nachmittags. Richtige Zeit, richtiger Ort. Noch 24 Stunden. Jetzt weiter diese Mosel hoch. Alle Mann auf Tauchstation! 30 Grad vorlastig. Auf 23 Chi. Tiefe, etwa sieben Meter. Volle Kraft voraus! Bis zur nächsten Schleuse.

* * *

Auf einer kleinen Rheininsel bei Vallendar, im Keller eines als Lagerschuppen getarnten Komplexes stand das Telefon nicht mehr still. Von überall um Koblenz herum, vor allem vom Deutschen Eck wurden Ungeheuersichtungen in die »Scheune« gemeldet – geheimer Leitstand in Niederwerth. Zwei kamen sogar vom Tegernsee in Bayern. Eine von einem Baggersee im Spreewald. Offensichtlich hatte es über die sozialen Netzwerke schon Kreise gezogen. Sämtliche Anrufe in Sachen Ungeheuer bei Polizeidienststellen, dem THW oder sonstigen Notrufstellen wurden nun gebündelt und über das Innenministerium, Bundeswehr und die Marine in die Scheune weitergeleitet.

»Ich kotz hier echt gleich ab.« Der wachhabende Soldat stand mit weiteren Zetteln und zerwühlten Haaren im Türrahmen bei den Kollegen von der elektronischen Auswertung. Die drei saßen in einem schmucklosen Raum, den sie sich mit viel zu vielen Bildschirmen und Oszilloskopen teilten. Überall flimmerte es, grüne Leuchtspuren wurden auf kleine Schirme geschrieben und verblassten wieder. Es tickte und fiepte dumpf. Im Hintergrund rief ein dauerfröhlicher Radiomoderator dazu auf, die besten Nessie-Geschichten per *WhatsApp* einzusenden.

Der wachhabende Offizier rollte die Augen in Richtung Decke. »Macht das weg! Auf Facebook haben sie schon eine Gruppe eingerichtet. *Mosella – Unser Moselmonster.* Schon 347 Mitglieder. Und die ganze Twitterei. Was für eine Hysterie. Mosella! So eine Scheiße! Warum glauben die immer nur, dass diese Monster weiblich sind?«

Die Frau am Monitor, die der wachhabende Offizier in der Rückenansicht für den grobschlächtigsten der drei Männer gehalten hatte, drehte sich um und zuckte die Schultern. Der Wachhabende schluckte und blickte den anderen beiden über die Schultern. »Habt ihr was?«

»Nein, immer noch nicht. Und wir werden auch nichts bekommen. Gar nichts. Echt nicht. Das hier ist der verlorenste Posten der Marine«, antwortete ein junger Matrose mit Bürstenschnitt enttäuscht.

»Was glaubst du, warum ich hierher wollte?«, brummte das Mannweib und sah auf die Uhr, dann wieder in ein Wrestling-Magazin.

»Keine seismischen Anomalien?« Der Wachoffizier ließ nicht locker, wedelte sich mit den Ausdrucken Luft zu. Wie trocken es hier war. »Vielleicht ein Buckelwal auf Abwegen?«

»Im Süßwasser?«

»Gar nichts? Ihr habt also wirklich gar nichts?«

»Nur das Dieselgebollere von den Schleppern. Und von so 'nem uralten Fischkutter«, sagte der Bürstenschnitt.

»Hat sich auf dem Weg in die Nordsee verfahren, wetten? Und wundert sich, dass hier keine Krabben sind«, brummte das Mannweib und vertiefte sich wieder ins Ringerheft.

* * *

»Duìzhǎng!« *Käpt'n!*

Tian Li sah auf. Der Navigationsoffizier drehte ihm das Periskop hin.

Sie waren auf Schnorcheltiefe gegangen, damit der Diesel Luft bekam, und fuhren ufernah, um den selten entgegenkommenden Schleppern kein Radar- oder Sonarhindernis zu bieten. Das Lavieren durch die vielen Moselwindungen war schwierig, Tian Li und seine Mannschaft – jeder Einzelne kam sich vor wie ein von der Nasenotter verschlucktes Kaninchen, das diese nun mehr oder weniger träge durch ihren scheinbar endlosen Schlängelleib würgte. Und dann noch diese Fähren! Zack – waren sie da, materialisierten sich mit ihrem Schiffsrumpf wie ein gewaltiger Felsbrocken vor der *Kung Hu*. Schon dreimal hatten sie Glück gehabt, konnten den Zusammenstoß durch waghalsige Ausweichmanöver im letzten Moment verhindern. Außerhalb der Städte, draußen in der menschenärmeren Gegend mit Weinreben und Rebläusen, tuckerten sie deshalb lieber am Rand der Fahrrinne entlang. Bislang lief das gut. Ein- oder zweimal waren sie zwar gegen etwas geschrammt, aber immer ohne ernsthaften Schaden zu nehmen oder am Ufer aufzulaufen.

»Schauen Sie mal, Käpt'n!«

Li trat zum Periskop. Mit einem Auge sah er zum Navigationstisch und klopfte fragend mit dem Finger auf die Stelle der Karte, wo sie seiner Meinung nach gerade sein mussten. Kurz vor Cochem. Der Navigationsoffizier nickte. Li gab den Befehl zum Manövrieren der *Kung Hu* in die Flussmitte und zog die Optik ein Stück zu sich herunter. »Oh!«

Li blickte auf gerundete und bewachsene Hänge. Die Herbstsonne beleuchtete die Weinberge golden, die Weinblätter färbten sich rötlich. Oben thronte auf einem Hügel die Reichsburg mit Turm: vier Zylinderhüte eines Zauberers um eine größere dreieckige Spitze.

»Wie schön das ist!« Li erkannte Tradition und Größe, wenn er sie sah.

»Dürfen wir auch mal?«, fragten die anderen in das Dieseltuckern hinein. Reihum warf jeder einen Blick durch das Periskop.

»Ooooooooh!«, war die allgemeine Meinung.

»Können wir dort nicht mal anhalten? Auf einen Riesling?«, fragte der Maschinist sehnsüchtig.

»Wäre mal was anderes als immer nur Reiswein«, krähte der Steuermann mit einem scheelen Seitenblick auf den Smutje.

»Nein. Nichts da! Wir haben eine Mission. Vielleicht auf dem Rückweg. Vielleicht«. Li war eisern. Auch wenn er verstand, dass seine Mannschaft kurz vor dem Lagerkoller stand. Egal, sie mussten morgen Abend Punkt 22 Uhr in Remich sein. Luxemburger Seite. 49.543862 Grad nördliche Breite, 6.369982 östliche Länge. Befehl von Jerry Cheung, dem geistig weniger großen Sohn des Großen Mannes. Beiden widersprach man nicht. Man führte deren Order einfach und präzise aus. Auch wenn an sich Unmögliches verlangt wurde, wie zum Beispiel ein U-Boot unbemerkt durch zwölf Mosel-Schleusen zu bringen, die in Jerry Cheungs »großem« Plan schlicht nicht existierten.

Glücklicherweise hatten Kapitän Li und seine Mannschaft sich rechtzeitig vom Anker gemacht und den pazifischen Ozean, die Beringsee, Nordpolarmeer, Nordsee und Rhein ohne nennenswerte Zwischenfälle durchquert, sodass ihnen genug Zeit blieb, die einzelnen Schleusen nur in tiefster Nacht zu passieren – und das mit einem bemerkenswert schlichten Plan, den Li nach dem schweren Kater, verursacht durch ein Pflaumenschnaps-Wetttrinken, hatte austüfteln können: Schleusenwärter aus dem Bett klingeln, kidnappen, zum Schleusen des U-Boots zwingen, danach mit Chloroform betäuben und liegen lassen. Und wenn er dann wieder zu sich kam: die hanebüchene Story von der Chinesen-Gang im feindlichen U-Boot würde ihm sowieso kein Mensch glauben. Zur Sicherheit ließ Kapitän Li aber jedes Mal eine ausreichende Anzahl leerer Schnapsflaschen im Schleusenhäuschen zurück und entsorgte damit gleichzeitig das Leergut, das sich seit Beginn ihrer Reise in der U-Boot-Kombüse angesammelt hatte.

Die Abschusskoordinaten waren in einem verschlossenen Umschlag, den Li von Jerry Cheung bekommen hatte und der pünktlich am morgigen Abend um 21.59 zu öffnen war. Alle Raketen und Torpedos waren klarzumachen. Kapitän Li bestätigte. Und verlor kein Wort über die heikle Waffenlage der *Kung Hu*.

* * *

Punkt 13:25 Uhr setzte Luxair Flug LG4594 vom London City Airport auf dem Luxemburger Flughafen Findel auf.

Jerry Cheung setzte seine Ray Ban mit Goldbügeln auf und verließ die Maschine, nicht ohne der blonden Stewardess ein schmieriges Grinsen zuzuwerfen. Sie wollte ihn, das hatte er sofort erkannt. Vielleicht würde er ihr auf dem Rückflug die Chance geben, ihn in die Flugzeugtoilette zu zerren.

Die Stewardess lächelte zurück. Gequält. *Noch so ein widerlicher Typ.*

Jerry Cheung steuerte den Schalter einer Autovermietung an, bei der er eine extragroße Geländelimousine bestellt hatte.

Die Serviceangestellte vom Autovermieter wollte ihn auch. Das konnte er schon von Weitem sehen. Die Dame am Schalter atmete tief ein, bemitleidete sich, die »fiesester Kunde des Tages«-Karte gezogen zu haben, biss die Zähne zusammen und lächelte trainiert, als sie den ungewöhnlich breiten Chinesen im Rapper-Look und mit nach hinten gegelten Haaren auf sich zukommen sah. Die Übergabeprozedur lief glatt. Wagen bis übermorgen. Kilometer unbegrenzt. Barzahlung mit allen Versicherungen vorab. Auf das Rauchverbot hatte sie extra noch einmal hingewiesen. Und der Kunde würde doch versprechen, den Wagen unversehrt zurückzubringen?

Jerry hörte nicht hin, bleckte lüstern die Zähne und grinste.

* * *

Der geheime Lauschposten der Bundesmarine, der in einem Mehrfamilienhaus im deutschen Niemandsland an der luxemburgischen Grenze saß, wo die in den Ardennen entspringende Sauer auf die aus Luxemburg kommende Mosel traf, registrierte gegen Mittag das Dieseldümpeln eines Fischkutters. Da es sich aus Deutschland wegbewegte und es auch kein Flugzeugträger oder sonstiger Verband der Luxemburger Flotte mit Kurs auf Berlin war, der die Freiheit der westlichen Welt gefährden würde, war die Sache nicht weiter von Interesse. Es sah auch niemand aus dem Fenster und wunderte sich, dass lediglich ein schwarzes Seerohr wie der Kopf eines seltsamen Wesens aus dem Wasser ragte, unaufhaltsam gegen Luxemburg schwamm und langsam abtauchte, als es in die Linkskurve bei Wasserbillig ging.

* * *

Jerry Cheung ließ sich in das Leder der Limousine fallen, verband seinen iPod mit der Anlage, drückte die Playtaste und drehte auf volle Lautstärke. »Yo! Shit! Yo! Shit ...« Das Parkhaus vibrierte, Jerry ließ alle Scheiben herunter und freute sich darüber, wie sich das Quietschen der manchmal durchdrehenden und dann wieder blockierenden Reifen auf dem Bodenbelag in die Songs mischte. *Seine* Songs. Die Songs des großen *God Zylla*, der in Kürze wie eine Supernova am Rapper-Himmel explodieren würde. Er lehnte sich zurück, steckte sich einen Zigarillo an und dachte seinen Plan durch. *Nicht kleckern, sondern klotzen*, so seine Devise. Er grinste verschlagen, als ihm das Wort »bombensicher« in den Kopf kam.

Der Hotelsafe des *Domaine La Forêt* in Remich an der Mosel war an diesem Wochenende prall gefüllt. Das wusste er aus sicherer Quelle. *60 Pence*, dieser amerikanische Möchtegern-Gangsta-Rapper, war mal wieder hier abgestiegen. Machte er seit etwa zwei Monaten. Regelmäßig. Wegen der blutjungen Tochter des Hotelbesitzers, die sich ihm bei der Aftershow nach seinem letzten Gig in der Rockhal in die muskulösen Arme geworfen hatte.

Ja, sie war nur ein Dorf, die Rapper-Welt. Und ihm, dem großen *God Zylla*, entging sowieso nichts. *60 Pence* war bekannt dafür, seine Gespielinnen mit einem Koffer voll kostbarer Klunker zu verwöhnen. Und genau die würde er sich krallen, vom Hehler seines Vertrauens verhökern lassen und damit *MAYDAY!* aufbauen, sein eigenes Plattenlabel, für das sein steinreicher Vater partout nichts locker machen wollte. Auch egal, dann löste Jerry das Problem eben auf seine Weise. Und niemand würde eine Spur zu ihm finden. Da ihn niemand in diesem winzigen Luxemburg vermutete, das in seinem Land sowieso kaum einer kannte.

Jerry Cheung konnte gar nicht mehr aufhören über seine eigene Raffinesse zu grinsen. Er musste nur, wie mit Kapitän Li abgemacht, um 22 Uhr in das Hotel gehen, mit Strumpfmaske über dem Kopf an der Rezeption barsch auftreten und alle Wertsachen aus den Hotelsafes einfordern. Sein Drohmittel: das U-Boot, das dann nahe genug bei dem Luftlinie etwa einen Kilometer vom Moselufer entfernt gelegenen Hotel sein würde. Und zum Beweis dieser in der Tat außergewöhnlichen Bedrohung würde Jerry einen ersten beeindruckenden Raketenschuss auf den Hotel-Parkplatz befehlen, wo die Luxuskarossen der prominenten Gäste standen. Die notwendigen Koordinaten des Ziels hatte er Kapitän Li bereits übermittelt. Codewort für den Abschuss: »MAYDAY!«

Jerry Cheung ballte die Siegerfaust, schnippte den Zigarillo aus dem Fenster der Limousine, schwelgte in Label- und Groupie-Phantasien und stieg aus.

Es war ein Plan, der funktionieren *musste*.

* * *

Es war schon dunkel. Die Sterne lagen verborgen hinter dichten Wolken, das Wasser der Mosel glitzerte schwarz. Schwaches Mondlicht spiegelte sich auf der ruhigen Wasseroberfläche. Die *Kung Hu* befand sich fast in Position vor der Uferstraße *Esplanade* in Remich, glitt die wenigen Meter lautlos und knapp über dem Boden des Flusses sanft dahin. Sehrohrtiefe. Elektrischer Antrieb für alle Fälle. Glücklicherweise machten die Batterien mit. Die Torpedos waren startklar. Zwei jedenfalls. Das musste reichen. Der Navigationsoffizier nickte, Kapitän Li gab das Zeichen zum Ausfahren der Kommunikationsantenne.

Ein dumpfer hässlicher Ton erklang. Gleichzeitig erfolgte ein Ruck, der die Mannschaft der *Kung Hu* geschlossen von ihren Positionen holte. Das Boot schrammte über etwas, das nicht zum natürlichen Sediment des Flusslaufs zu gehören schien. Es klang kreischend und metallisch. Kapitän Li rappelte sich als Erster wieder auf. Mit Panik im Blick sah er sich nach dem Navigationsoffizier um. Der rieb sich die Stirn, verschmierte das Blut aus seiner Platzwunde über der linken Augenbraue, die er sich beim Sturz über den Torpedohebel zugezogen hatte. Li schaute sich nach seinem Ersten Offizier um, registrierte mit Entsetzen dessen aschfahles Gesicht. Und auch er selbst wurde leichenblass, als Long Peng ihm mitteilte, dass beide startklaren Torpedos beim versehentlichen Aufsetzen des U-Boots auf Grund abgefeuert worden waren. Beide waren irgendwo im Moselbett eingeschlagen. Und beide waren Blindgänger. Wie der Steuermann, der mit lüsternen Schlitzaugen wieder in das Playboyheft starrte, das sie einem der von ihnen zeitweise gekidnappten Schleusenwärter abgenommen hatten.

Kapitän Li senkte das Haupt. Und schluckte schwer. Jetzt hatten sie nur noch die eine Rakete. Allerdings ohne Sprengsatz, wie sich nach Prüfung herausstellte …

Li spürte, wie es in seinem Inneren gärte. Rumorte. Es ihn heiß durchlief, kombiniert mit eiskalten Schauern, die an seinem Rücken herabbrannten. Er starrte auf den noch verschlossenen Umschlag mit den Abschusskoordinaten, den er von Jerry Cheung bekommen hatte, ließ das Papier langsam sinken. Der Zorn des Großen Mannes, er würde keine Grenzen kennen, wenn sein Sohn ihm von dieser Blamage brühwarm berichten würde. Mit traurigem Blick musterte Li jedes einzelne Mitglied seiner Besatzung. Alles noch blutjunge Männer …

Kapitän Tian Li setzte seine Mütze auf und strich sich die Uniform glatt. Er salutierte. Und gab den Befehl zum Öffnen der Luke und Schotten.

Einen Tag später saßen sieben Chinesen abends in einem alten Remicher Weinrestaurant am Moselufer. Sie tranken Riesling mit den Einheimischen, deren Sprache sie nicht verstanden, und brachten den Luxemburgern schweinische Seemannslieder bei, deren Sinn sich diesen wiederum nicht erschloss.

Auf dem Grund der Mosel, direkt neben der versunkenen silbernen Glocke von Remich, deren uralte Legende plötzlich wieder auflebte, schaukelte das Wrack der *Kung Hu*.

Es lebe die Weinkönigin!

MONIQUE FELTGEN

Im kleinen, beschaulichen Grevenmacher an der Luxemburger Mosel bereitete man sich seit Wochen auf eine der schönsten, jährlichen Veranstaltungen des Städtchens vor; das ›Drauwen- a Wäifest‹. Im Rahmen dieses dreitägigen Weinfestes findet jährlich die Ernennung der ›Lëtzebuerger Wäikinnigin‹ statt. Freitagsabends wird die Auserwählte in Begleitung ihrer vier Prinzessinnen vor zahlreichen Gästen und Besuchern zur Weinkönigin gekrönt. Zu ihren Ehren wird am Samstagabend ein eindrucksvolles Feuerwerk über der Mosel gezündet.

Um zweiundzwanzig Uhr versammelten sich die geladenen Gäste auf einer eigens errichteten VIP-Plattform am Mose-lufer. Zu dem obligaten Luxemburger Weißwein wurde Fingerfood gereicht.

»Herr Bürgermeister trägt heute einen hübschen Schlips«, sagte die Weinkönigin kokett. »Verstecken Sie damit die Knöpfe Ihres Billighemds?«

Einige Gäste lachten herzlich, andere tuschelten. Der Bürgermeister blickte verlegen in die Runde.

»Prost, Dicker«, fügte die Weinkönigin dann noch unnötigerweise hinzu.

Die Prinzessinnen starrten sich entsetzt an. Mariella zwickte sie in den Arm. »Hallo! Sag mal, geht es noch? Dein Verhalten ist einer Königin unwürdig«, tadelte sie. »Denk an das, was du in der Ausbildung gelernt hast!«

»Ach weißt du, ich scheiß drauf«, fluchte die Weinkönigin verbissen.

Der Musiker löste die Spannung, indem er begann auf seinem Keyboard zu spielen. Viele Gäste bewegten sich zum Rhythmus, andere tanzten. Die Weinkönigin drückte einer ihrer Ehrendamen ihr Glas in die Hand, schnappte sich einen Gast und wirbelte mit ihm über die enge Tanzfläche.

Die Prinzessinnen warfen sich einen Blick zu. »Ist die betrunken?«

»Bitte nehmen Sie Platz«, bat der Präsident des Organisationskomitees. »Das Feuerwerk beginnt in wenigen Minuten.«

Um die Weinkönigin herum saßen die Kulturministerin, der Weinbauminister, mehrere Gemeinderatsmitglieder, der Kommandant der Freiwilligen Feuerwehr, ein weiteres Dutzend Prominenter, sowie die Eltern der Weinkönigin und ihr Bruder. Ihre zierliche Hand umschlang das an diesem Wochenende obligate, überdimensionale Weinglas. Fasziniert vom Feuerwerk nippte sie freudestrahlend am fruchtigen Rebensaft. Sie jauchzte ausgelassen bei den ersten Schüssen. Nach den letzten fulminanten Lichtexplosionen am Abendhimmel applaudierten die Zuschauer minutenlang. Niemand bemerkte, wie der Weinkönigin das Glas aus der Hand rutschte und zu Bruch ging, wie ihr Kopf nach hinten kippte und die Arme schlaff an den Sessellehnen hinabrutschten.

»Ein fantastischer Abschluss, nicht wahr?«, wandte sich eine der Prinzessinnen an die Weinkönigin und bemerkte im gleichen Augenblick den weißlichen, schaumigen Ausfluss um ihre Mundwinkel. Speichel rann seitlich über ihre Wange. Ihre aufgerissenen Augen starrten ins Leere. »Natascha, Hilfe!«, schrie die Prinzessin entsetzt.

Nun starrten alle Gäste auf den schlaffen Körper der Weinkönigin, das letzte entzückte Händeklatschen verstummte schlagartig und schlug in Gekreische, Hektik und Tumult um. Einige Mitglieder des Gemeinderates bewahrten einen kühlen Kopf: »Bitte meine Herrschaften, treten Sie zur Seite.« Die Familienmitglieder der Weinkönigin ließen sich nicht davon abhalten, zu ihr zu stürzen, genau wie die Fotografen der unterschiedlichen Presseorgane und Online-Nachrichtenportale. Grelle Blitze und hysterisches Gekreische versetzten die Zuschauer am Moselufer in Aufruhr. Bald herrschte ungeordnetes Chaos. Nach dem krachenden Feuerwerk und der kurz darauf folgenden Totenstille brauste es nun wieder, einem aufgescheuchten Bienenstock gleich, durch die Menge. Der Kommandant der Feuerwehr winkte die für die Sicherheit zuständigen Feuerwehrleute herbei. »Sorgt dafür, dass niemand die Plattform betritt oder verlässt.«

»Geht klar, Herr Kommandant.«

»Sperrt den Bereich weiträumig ab und haltet mir die Gaffer vom Leibe.«

»Ist ein Arzt anwesend?«, erkundigte sich ein Schöffe.

Eine Frau bahnte sich den Weg durch die Menge. »Ich bin Ärztin, ich kann helfen, bitte lassen Sie mich durch.« Sie schlüpfte an den Familienmitgliedern vorbei und hockte sich neben die leblose Weinkönigin. Sie versuchte mit Beatmung und Herzdruckmassage ihre böse Vermutung zu widerlegen, ein Feuerwehrmann brachte einen Defibrillator, doch nach unendlich langen Minuten brach die Ärztin die Wiederbelebungsmaßnahmen ab. Ihre weit geöffneten Augen und ihr verzweifelter Blick ließen nichts Gutes erahnen. Fassungslosigkeit ließ die umstehenden Familienmitglieder und Ehrengäste erstarren. Es war der tragischste Augenblick, den das Weinfest seit seiner Entstehung im Jahre 1950 erlebt hatte, als sie mit gedämpfter Stimme redete und dabei ihre Hände in den Schoß legte: »Es tut mir leid, sie ist tot, ich kann nichts mehr für sie tun.«

»Seit dem Vorfall hat niemand diesen Bereich verlassen oder betreten?«, wollte Kommissarin Claudine Mangen vom Feuerwehrkommandanten wissen.

»Nein, Frau Mangen. Als der Bürgermeister mich bat, einen Krankenwagen zu rufen und ich das Ausmaß der Situation erahnte, habe ich mir erlaubt, den Tatort abzuriegeln.«

Claudine Mangen beäugte den Kommandanten etwas genauer. »Tatort?«

Er hüstelte und brüstete sich wie ein stolzer Gockel. »Dies ist nicht die erste Drogentote, die mir unterkommt«, flüsterte er vielsagend.

»Aha!«, war alles, was der Kommissarin in diesem Moment einfiel. Sie betrachtete die Leiche von allen Seiten, rutschte auf den Knien umher und erforschte das Gesicht der Toten. Die weit aufgerissenen Augen, die Form der Pupillen und der glasige Blick deuteten tatsächlich auf Drogen hin. »Gebt euch bitte die größte Mühe. In dieser Angelegenheit darf nicht das Geringste übersehen werden«, legte sie dem Beamten von der Spurensicherung freundlich aber bestimmend nah.

»Ihr Verhalten war sehr auffällig«, behauptete der Feuerwehrkommandant.

»In welcher Hinsicht?«, entgegnete die Kommissarin.

»Ich kenne Natascha schon lange. Sie müssen wissen, dass alle Weinköniginnen eine vierjährige Lehrzeit als Weinprinzessin an der Seite ihrer königlichen Vorgängerinnen absolvieren.«

»Na, dann weihen Sie mich mal bitte ein.«

Der Kommandant zog die Kommissarin beiseite. »Die Königin besucht währen der Zeit Önologiekurse, bereichert ihr Wissen und lernt mit Menschen zu reden und umzugehen. Natascha war vorbildlich. Sie konnte sehr gut auftreten, charmant reden und Menschen in ihren Bann ziehen. Außerdem war sie eine überragende Studentin, eine gute Sportlerin, rauchte nicht und verabscheute Alkohol.«

»Das steht in welchem Zusammenhang mit ihrem Verhalten heute Abend?«

»Sie hat sich total daneben benommen, zuerst den Bürgermeister beleidigt, sich dann einen Minister geschnappt und ihn auf die Tanzpiste geschleppt, geflucht und gejauchzt. *Das alles*, liebe Frau Kommissarin, ist tabu für eine Weinkönigin.«

»Sie sind ein guter Beobachter.«

»Irrelevant! *Jeder* hat diese Peinlichkeiten mitbekommen. Aber glauben Sie mir, das war nicht die Natascha, die ich kenne.«

Die Kommissarin spürte, dass etwas nicht mit rechten Dingen zugegangen war, und ihr Gefühl gab ihr meistens Recht. Zweieinhalb Stunden später, alle Personalien der VIP-Gäste waren aufgenommen und die Spurensicherung hatte ihre Arbeit abgeschlossen, transportierte der örtliche Bestattungsunternehmer die Leiche ab. Nach Rücksprache mit der Staatsanwaltschaft wurde eine Autopsie der jungen Dame angeordnet. Die Familienmitglieder und Gäste befanden sich in der Obhut der Unfallbetreuer des Zivilschutzes.

Kommissarin Mangen schaute auf ihre Uhr. »Schon halb eins!«. Sie gähnte. »Ich bin außerordentlich gespannt auf das Resultat der Autopsie.«

»Hast du einen Verdacht?«, fragte Jo Kopp von der Spurensicherung.

»Ecstasy? Eine Partydroge? Keine Ahnung, ich hasse es nur, wenn junge Menschen so sinnlos ums Leben kommen!«

Am Morgen schlurfte Claudine Mangen gegen halb neun in ihr Büro.

»*Moien*. Ausgeschlafen?«

»Überhaupt nicht. Ich konnte nicht mal einschlafen. Das Bild dieses jungen Mädchens verfolgte mich. Wie alt war sie noch?«, fragte die Kommissarin ihren Kollegen, während ein Espresso in die Kaffeetasse lief.

Claude Kaiser öffnete die Akte. »Einundzwanzig.«

Sie schlürfte ihren Espresso. »Für wie viel Uhr ist die Autopsie anberaumt?«

»Neun.«

»Dann mach ich mich wohl besser auf den Weg. Den Herrn Rechtsmediziner lässt man nicht warten.«

Bei der Autopsie waren der Rechtsmediziner, der assistierende Präparator, die Kommissarin, einer der Spurensicherer vom Vorabend, sowie Vertreter der Staatsanwaltschaft zugegen.

Auch in dieser kleinen Runde herrschten Fassungslosigkeit und Ratlosigkeit wegen des jungen Todesopfers in dem kahlen Obduktionsraum.

Der Rechtsmediziner arbeitete schnell und präzise. Manchmal wandte Claudine Mangen den Kopf; sie würde sich nie an den Anblick geöffneter Körper und blutverschmierter Organe gewöhnen. Nach Abschluss der äußeren und inneren Leichenschau wandte der Rechtsmediziner sich an die Anwesenden.

»Allem Anschein nach ist der Tod auf ein Herzversagen zurückzuführen.«

»Herzversagen! Das ist alles?«, entfuhr es Claudine.

»Nein. Die junge Dame litt an einem sogenannten Vorhof-Septum-Defekt, also einem angeborenen Loch zwischen den beiden Herzvorhöfen. Das ist ein Fehler, der recht häufig als Zufallsbefund entdeckt wird, weil er selten großartige Symptome hervorruft. Allerdings besteht ein deutlich erhöhtes

Risiko für das Auftreten von Herzrhythmusstörungen. Unter zusätzlichem Amphetamin-Einfluss kann es deshalb deutlich leichter zum Auftreten von bösartigen und letztendlich tödlich verlaufenden Störungen kommen, wovon im vorliegenden Fall auszugehen ist.

»Amphetamin-Einfluss?«, wiederholte Claudine forschend.

Der Rechtsmediziner nickte. »Ich habe vor Beginn der Autopsie einen »Drug-Wipe Test« durchführen lassen, der positiv auf Amphetamin angeschlagen hat.«

»Der Schnelltest bestätigt also den Drogenmissbrauch?«, hinterfragte Claudine Mangen.

»Yes. Mit einer toxikologischen Analyse im Staatslaboratorium wird versucht, die Droge quantitativ und qualitativ zu definieren. Das dauert allerdings ein paar Tage.«

Zurück an ihrem Arbeitsplatz informierte Claudine ihren Kollegen Claude Kaiser. »Eine Hausdurchsuchung bei der Weinkönigin wird wohl nicht gern gesehen, aber ich muss mich davon überzeugen, dass sie keine Drogen besaß.«

»*Keine* Drogen. Habe ich richtig verstanden? Keine?«

»Hast du! Nach allem, was ich über Natascha erfahren habe und dem Befund der Obduktion, tippe ich auf einen Anschlag, eine vorsätzliche Tat, einen Mord!«

»Hast du einen konkreten Verdacht?«

Sie legte die Stirn kraus. »Nein! Beschaff mir bitte den Befehl für eine Hausdurchsuchung bei der Weinkönigin.«

»Eine Hausdurchsuchung! Bei uns?« Empört überflog der Vater der Toten das Dokument.

»Reine Routine«, beruhigte die Kommissarin. Solange sie nur einen unbestimmten Mordverdacht hegte, sollten keine Gerüchte die Ermittlungen erschweren.

Nataschas Mutter begleitete Claudine in das Schlafzimmer der jungen Frau. »Hätten wir nur von dem Herzfehler gewusst«, schluchzte sie. »Mein Kind könnte noch leben.«

Verlegen strich die Kommissarin der Frau über die Schulter. Sie war noch jung, Mitte vierzig. »Hatte Ihre Tochter noch andere Hobbys als den Wein?«

»Sie spielte Cello. Sehr begabt übrigens. Sie studierte Musikwissenschaft.«

Die Kollegen und der Drogenhund Charly durchsuchten jede Ecke und jeden Winkel. Während der Durchsuchung nahm die Kommissarin das Schlafzimmer unter die Lupe. Auf dem Schreibtisch lag ein dickes Album. Sie öffnete es.

»Das ist Nataschas Protokoll ihrer Tätigkeiten der letzten Jahre als Weinprinzessin. Texte, Bilder, Diplome, alles sorgfältig niedergeschrieben und dokumentiert. Sie war so glücklich, als man ihr mitteilte, sie würde die nächste Weinkönigin.«

»Darf ich das Album mitnehmen?«

»Natürlich. Aber passen Sie gut darauf auf und bringen Sie es zurück.«

Die Durchsuchung blieb wie erhofft erfolglos.

Claudine Mangen wuchtete das Album auf den Rückfahrersitz des Polizeiwagens. »Lektüre für die schlaflosen Nächte«, erklärte sie ihrem Kollegen.

Die Untersuchung der Droge ließ einige Tage auf sich warten.

»*Gudde Moien*! Der Herr Rechtsmediziner persönlich? Du hast die Details der toxikologischen Analyse?«

»Yes, Weazle!«

Kommissarin Mangen lächelte. *Yes* war das Lieblingswort des Rechtsmediziner. Mindestens jeder fünfte Satz begann mit *Yes*. »Wer ist Weazle?«

»MDMA, eine aufputschende Droge. Gehört zur Gruppe der Amphetamine. Seit ungefähr einem Jahr bekannt unter dem Namen Weazle.«

Sofort googelte Claudine den Begriff. Sie las laut vor: *Die tödliche Legende von der sauberen Weazle.*

Die Partyszene wird von einer Droge überflutet, mit der viele Stars kokettieren. Ihr Name klingt harmlos: Weazle. Es handelt sich um eine »reine« Ecstasy-Variante. Jetzt kam es zu Todesfällen.

»Seit einem Jahr bekannt«, fügte sie hinzu. »Und Weazle gibt es auch schon bei uns?«

Der Rechtsmediziner hockte sich auf die Bürokante: »*No!* Ich habe mich schlaugemacht. Sie ist zwar schon in Deutschland aufgetaucht, aber zurzeit hauptsächlich in den USA auf dem Markt.«

»USA?« Die Amerikaner waren zwar oft Vorreiter in der Geburt neuer Partydrogen, aber das war es nicht, was Claudine hellhörig machte. »Hey, danke. Kannst du mir eine Mail mit den Details zu Weazle schreiben. Alles was du schon recherchiert hast?«

»*Yes!*«

Claudine verbrachte den Nachmittag damit, so viel wie möglich über Weazle herauszufinden. Sie begegnete den Informationen aus dem Internet wie immer mit der gebotenen Vorsicht, aber aus vielen Berichten bastelte sie sich eine Theorie zusammen, was der Weinkönigin Natascha wohl widerfahren sein konnte. Natürlich unter Berücksichtigung des bislang nicht bekannten Herzfehlers.

Gegen zwanzig Uhr kehrte Claude Kaiser von einem Einsatz zurück und fand Claudine noch immer an ihrem Schreibtisch. »Überstunden?«

Sie spähte über ihre Lesebrille. »Es besteht eine Theorie zum Tod der Weinkönigin.«

»Dann lass mal hören.«

»Mord aus Eifersucht.«

»Sie war liiert?«

»Nein.« Claudine Mangen erläuterte ihre Theorie.

Er lauschte aufmerksam und nickte immer wieder. »Und jetzt willst du noch nach Grevenmacher zu dieser Prinzessin Marianne Schalbar.«

»Natürlich. Hausdurchsuchung, den Befehl habe ich. Jeff und Charly sind abrufbereit, und das fehlende Element ist ja jetzt auch anwesend.«

Marianne Schalbar heulte Rotz und Wasser. »Mordverdacht? Natascha war meine beste Freundin!«

Claudine konfrontierte die Prinzessin eiskalt mit dem, was sie aus dem Album der Verstorbenen erfahren hatte. »Eine Hassliebe, wenn Sie mir diese Bemerkung erlauben. Natascha hat die letzten Jahre sehr gut dokumentiert. Die unzähligen Fotos in ihrem Album sprechen Bände. Mehr als einmal zeigen Sie ein gequältes Lächeln, da dringt etwas durch Ihre Fassade, Frau Schalbar. Da gibt es zahlreiche Randnotizen im Album der Verstorbenen, wie leid es ihr tut, dass sie bei der Wahl zur nächsten Weinkönigin ihrer besten Freundin vorgezogen wurde.«

»Aber deswegen bringe ich sie doch nicht um!«, schrie die Prinzessin.

»Letzten Dezember reisten Sie gemeinsam zum *Christmas Shopping* nach New York, richtig?«

»Die Erfüllung eines Kindheitstraums. Wir hatten uns geschworen, New York gemeinsam zu erobern.«

»Auch das Nachtleben?«

»Natürlich.«

»Da haben Sie Weazle kennengelernt.«

Mariannes Augenzucken entging Claudine nicht. »Weazle?«

»Die Partydroge Weazle.« Die Stimme der Kommissarin nahm nun einen schärferen Ton an. »Sie haben Weazle gekauft, illegal nach Europa eingeführt und es Ihrer Freundin verabreicht.«

»Das stimmt nicht! Ich habe keine Drogen geschmuggelt, und ich habe meine Freundin nicht umgebracht!«

Der Drogenhund Charly tapste neben Jeff ins Zimmer. Dieser schüttelte bedauernd den Kopf.

»Sehen Sie!«, schrie Marianne nun hysterisch. »Ich verklage Sie wegen falscher Anschuldigung. Verlassen Sie auf der Stelle unser Weingut!«

»Sie ist schuldig, Claude. Ich spüre es.«

»Dann befinden die Drogen sich andernorts. Das Haus ist *clean*, sonst wären Jeff und Charly fündig geworden.«

Claudine blinzelte ihm zu. »Hast du heute Abend schon was vor?«

»*Candlelight Dinner* mit dir?«, scherzte er.

»Ich möchte das Weingut ein paar Stunden lang beobachten.«

Sie mussten nur fünfzehn Minuten warten, da verließ Marianne Schalbar das Haus. Claudine und ihr Kollege huschten ihr hinterher. Die Verdächtige schlenderte zum Moselufer, etwas unterhalb von dem Platz wo die Tribüne der Ehrengäste aufgebaut gewesen war. Zielstrebig näherte sie sich einem Bootsbefestigungssteg, und ohne sich umzusehen kletterte sie in eins der vertäuten Boote. Sie schloss die Kajüte auf und verschwand im Inneren.

Claudine schlich sich mit vorsichtigen Bewegungen hinter ihr her auf das Deck, während Claude am Steg Stellung bezog. Sie spähte durch ein klitzekleines Bullauge.

Marianne Schalbar hielt eine aus der Wand gehobene Holzplatte in einer Hand, in der anderen eine kleine Tüte. Sie klemmte die Platte wieder an ihren Platz und verließ die Kajüte. Die Kommissarin presste sich an die Wand und beobachtete Marianne, wie sie das Tütchen öffnete und ansetzte, den Inhalt in die Mosel zu schütten.

»Halt!«, schrie sie und stürzte aus ihrem Versteck. Sie warf sich auf die überraschte Marianne Schalbar. Der Aufprall war so stark, dass beide über die niedrige Reling in die Mosel stürzten, zusammen mit dem Tütchen und seinem Inhalt.

Nur wenige Sekunden später sprang Claude Kaiser hinterher. Nach einem wilden Gerangel gelang es ihnen, die Verdächtige zu überwältigen und aus dem Wasser zu ziehen. Claudine starrte enttäuscht in den nachtschwarzen Fluss. Die gierigen Fluten der Mosel hatten das Tütchen verschlungen. Ein einsamer Spaziergänger blieb neugierig stehen.

Marianne Schalbar rief verächtlich: »Jetzt verklage ich sie gleich zweimal, denn beweisen können Sie mir gar nichts!«

Die Kommissarin fixierte sie böse. »Ich kann Ihnen vielleicht nichts beweisen, aber Sie müssen mit der Schuld leben, eine elende Mörderin zu sein.«

»Wer gibt denn so schnell auf, liebe Kollegin?« Claude Kaisers Betonung ließ die Köpfe der beiden Frauen herumfahren.

Triumphierend hielt er das Tütchen in der Hand.

»Unbeschädigt?«, fragte die Kommissarin verblüfft.

»Geschnappt und in den Mund gestopft«, erwiderte er. »Ich bin überzeugt davon, dass wir es hier mit Weazle zu tun haben.«

»In den Mund?«

Er nickte. »Wie hätte ich sonst zwei Hände freigehabt, um sie aus dem Wasser zu ziehen.«

Marianne Schalbar verlor die Fassung. »Ich wollte sie nicht umbringen! Ich ahnte doch nichts von ihrem Herzfehler.« Sie schluchzte. »Ich wollte ihr nur eine Lehre erteilen, dieser *Miss Perfect*. Sie sollte sich endlich mal daneben benehmen, ihr makelloses Image zerstören.«

»Meine liebe Frau Schalbar«, erwiderte Kommissarin Mangen. »Von nun an wird bei Ihnen eins nicht mehr makellos sein, und das ist Ihr Führungszeugnis.«

Moselsruh

Arno Strobel

Ich hatte vor, nur ein oder zwei Feierabendbierchen zu trinken, als dieser bedauernswerte Mensch mein Leben kreuzte. Höchstens eine halbe Stunde lang wollte ich mich schlückchenweise für die vollbrachten Leistungen des Tages belohnen, bevor ich mich dann auf den Heimweg zu meiner Inge machen würde.

Ich muss vorausschicken, dass ich ein sehr ausgeglichener Mensch bin. Dafür habe ich auch Einiges getan. Man wird schließlich nicht als Mister Ausgeglichenheit geboren, sondern muss konsequent darauf hinarbeiten, diesen erstrebenswerten Zustand zu erreichen.

Diese armen, gestressten Managertypen in ihren Armani-Anzügen, die gar nicht wissen, wie ihre teure Rolex-Uhr aussieht, weil sie keine Zeit haben sie anzusehen, entlocken mir nur ein müdes Lächeln. Ich kenne jede einzelne der kleinen Farbschattierungen meiner Swatch. Jede mögliche Stellung der Zeiger, wenn sie sich nach der Mittagspause langsam in Richtung vier Uhr schieben, ist mir so vertraut wie Inges Sauerkraut mit Würstchen.

Mein Job als mittlerer Verwaltungsbeamter in Trier ist bestimmt nicht einfach, aber ich habe ihn ja gewollt, bin zielstrebig meinen Weg gegangen. Fast jede Fortbildungsmaßnahme habe ich gekonnt umschifft. Diese hinterlistig versteckten Schritte auf eine Beförderung zu, die dann zwangsläufig mehr Stress bedeutet hätte ... Nicht mit mir! Stress macht unaufmerksam. Das führt dazu, dass man Fehler macht, für die man dann die Schuld den Anderen zuschieben muss. Das ist doch nicht in Ordnung. Nein, ohne mich.

Bei den wenigen Seminaren, die sich gar nicht verhindern ließen, ist es mir durch geschicktes Taktieren gelungen, ein Ergebnis zu erzielen, das mir meine jetzige Tätigkeit dauerhaft sichert.

Ebenso zielstrebig habe ich für mein ausgeglichenes Eheleben gesorgt. Meine Inge ist wirklich eine gute und nützliche Frau. Was hat man davon, eines dieser schlanken, hübschen Models zu Hause sitzen zu haben, die einfach nur schön sind und sonst nichts? Die ständig von fremden Männern angegafft werden und nur Sex im Kopf haben? Meine Mutti – so nenne ich die Inge ja meist – ist da ganz anders. Die kümmert sich um den Haushalt und kann kochen. Und ihre Bohnensuppe ist ein Gedicht. Tja, und Sex … Aber genug jetzt davon.

Ich saß also in einer der wenigen Kneipen von Konz, nicht weit von meiner Behörde am Markt, und war noch ziemlich aufgewühlt, weil dieser junge Mann mir nicht aus dem Kopf gehen wollte, der am Morgen vor meinem Schreibtisch gesessen hatte. Er wollte nach seiner Hochzeit die Lohnsteuerkarte ändern lassen. Eine Angelegenheit, bei der normalerweise jeder Handgriff saß. Als ich jedoch meinen Arm nach dem runden Stempel der Verbandsgemeinde ausstreckte, griff meine routinierte Hand ins Leere. Man kann sich vorstellen, wie durcheinander ich mit einem Mal war. Das konnte, das durfte nicht sein. So etwas war mir noch nie passiert!

»Entschuldigung«, hatte der Mann gesagt und die Stempel schnell wieder auf den Schreibtisch gestellt. An den falschen Platz.

Selbst als er kurz danach das Büro wieder verlassen hatte, brauchte ich noch einige Zeit, bis die einzelnen Stempel wieder genau so hingen, wie es sich gehörte. Den ganzen restlichen Tag habe ich mit den Auswirkungen dieser Situation zu kämpfen gehabt. Jede kleinste Tätigkeit wurde plötzlich von einem Gefühl der Unsicherheit begleitet. Mein Arbeitsplatz, eine Domäne der Routine, war mir plötzlich wie ein Dschungel erschienen, der ungeahnte Gefahren in sich barg.

Das alles nagte also noch an mir, während ich mit einem innerlichen Kopfschütteln die jungen Frauen betrachtete, die ohne einen Anflug von Schamgefühl da herumsaßen in Shirts, die so weit ausgeschnitten waren, dass ihre … Sie wissen schon, ihre *Dinger* fast herausfielen. Ich sah sie mir ganz genau an, das heißt, ich studierte sie, weil ich herausfinden wollte, was diese Frauen dazu trieb, sich so darzustellen. Ein wirklich schwieriges Unterfangen, das eine ganz eingehende Betrachtung des Studienobjektes erforderte.

Gerade, als ich mit der Feinanalyse begonnen hatte, betrat dieser Mensch das Lokal. Er war mittleren Alters, durfte ungefähr mein Jahrgang sein, und ich erkannte auf Anhieb, dass der Mann alles andere als ausgeglichen war.

Er war schlank, und die muskulöse Brust zeugte genau wie die kräftigen Oberarme davon, dass der arme Kerl wohl keine harmonische Beziehung hatte, denn er schien sich in irgendeine schweißtreibende Sportart flüchten zu müssen.

Seine Augen stachen aus dem gebräunten Gesicht hervor, eine Maske, mit der er wohl irgendwas zu kompensieren versuchte. Armer Kerl. Legte sich wahrscheinlich regelmäßig unter ein Solarium und nahm dabei in seiner Frustration sogar das Hautkrebsrisiko in Kauf.

Er trat mit einem übertrieben zur Schau gestellten Lächeln an die Theke, legte seinen Autoschlüssel wenige Zentimeter neben meinem Glas ab und lehnte sich dann lässig an einen Barhocker. Ich warf einen kurzen Blick auf den Schlüssel. Porsche.

Was musste dieser Mensch einsam sein. Hatte sich mit Sicherheit hoch verschuldet, weil er hoffte, durch ein Auto

Anerkennung zu bekommen. Ich nahm einen Schluck von meinem Bier und betrachtete ihn dabei aus den Augenwinkeln.

Er schien es bemerkt zu haben, denn immer noch lächelnd sagte er: »Hallo.«

Zu mir!

Einem für ihn wildfremden Menschen!

Er musste wirklich sehr einsam sein. Ich nickte ihm kurz zu, blickte dann aber schnell in eine andere Richtung. Schließlich war *ich* weder verzweifelt, noch einsam.

Ich sah erst wieder zu ihm hinüber, als ich direkt neben mir mehrere weibliche Stimmen hörte. Es waren drei der jungen Frauen, die ich kurz zuvor noch studiert hatte.

Mit überschwänglichem Getue umarmten und küssten sie den armen Kerl, drückten sich an ihn und kicherten wie Schulmädchen auf dem Klo. Nun musste er sich auch noch mit diesen albernen, halb nackten Frauen abgeben, die wahrscheinlich keinen anderen Gedanken im Kopf hatten als Sex. Kochen konnten die bestimmt nicht.

Während ich das Treiben neben mir beobachtete, wurde mir wieder einmal bewusst, wie ausgeglichen und ruhig mein Leben doch war.

Irgendwann beugte der Mann sich ein wenig über die Theke und sagte an der halb entblößten Oberweite einer Blondine vorbei zu mir: »Trinken Sie ein Bierchen mit? Ich bin übrigens der Uli.«

Ich erschrak ein wenig, denn ich hatte mich gerade wieder an eben dieser Blondine meinen ernsthaften Studien gewidmet. In kürzester Zeit erfasste ich die Situation.

Ich begriff, dass dies ein Hilferuf war, sein verzweifelter Versuch, sich mit einem ernsthaften Menschen zu unterhalten. So nickte ich ihm zu, verzichtete allerdings auf das Bier und bestellte stattdessen ein Wasser. Es war mir wichtig, den weiteren Verlauf des Abends mit wachen Sinnen verfolgen zu können. Die junge Frau – mein Studienobjekt – verzog angewidert das Gesicht, als die Flasche vor mir abgestellt wurde, ersparte mir aber einen Kommentar. Sie war alles andere als der Typ Frau, mit dem ich normalerweise zu tun habe, aber ich lächelte ihr trotzdem zu. Nicht ihr zuliebe. Nein, ich tat es, weil Uli mir einfach leidtat.

Dumm schien sie jedoch nicht zu sein, denn sie fragte mich schon nach wenigen Minuten, ob ich Beamter sei. Sie hatte wohl instinktiv meine Ausgeglichenheit gespürt und mir folgerichtig diesen Beruf zugeordnet. Ein bisschen stolz machte mich das schon.

Jedenfalls war das der Beginn dieses langen Abends, der zwar ganz anders war als meine normalen Abende und überhaupt nicht in mein Leben passte, aber ich hatte schon nach einigen wenigen Bierchen gespürt, dass ich einfach durchhalten musste. Meine soziale Ader hatte sich geregt, und ich fühlte mich ein wenig wie ein Missionar, der ein gutes Werk tat, auch wenn ich mir dafür den Abend mit diesen Frauen um die Ohren schlagen musste.

So ertrug ich das Brüderschaft-Trinken mit allen drei Frauen, wobei sie ihre Dinger an mich drückten, ebenso wie die Tatsache, dass sie mir abwechselnd kichernd die Haare durcheinanderbrachten, während sie mit Uli rumalberten. Mit mir redeten sie nur noch selten, was wohl auf meine gezielt zu diesem Zweck eingesetzte Körpersprache zurückzuführen war. Es ging schließlich nicht darum, mich zu amüsieren, sondern um einen sozialen Dienst. Darum, diesem einsamen, verzweifelten Mann das Zeichen zu geben, dass sich jemand für ihn interessierte, der aus der Kraft seiner Ausgeglichenheit schöpfen konnte.

Uli schmiss eine Runde nach der anderen, und jedes Mal, wenn er für sich und die Frauen Champagner bestellte, orderte er ein Wasser für mich mit. Der arme Kerl. Diese Frauenzimmer schmissen sich alle drei immer enger an ihn heran.

So war es fast eine Erlösung, als der Wirt uns aufforderte auszutrinken und zu zahlen, weil er schließen wollte.

Ich zahlte als erster, und als ich das Lokal verließ, zeigte meine Swatch mir, dass es kurz nach eins war. Ich ging ein paar Schritte bis zu einer nicht so grell beleuchteten Stelle und wartete.

Schließlich verließ auch Uli mit den Frauen die Kneipe. Sie kicherten unentwegt und redeten durcheinander, aber ich verstand trotzdem, dass sie ihn überreden wollten, noch mit zu einer von ihnen nach Hause zu kommen. Mit allen dreien! Sollte das denn gar kein Ende haben? Der arme Kerl tat mir aufrichtig leid, und ich machte mich bereit, nötigenfalls einzugreifen, falls Uli es aus lauter Verzweiflung nicht wagen sollte abzulehnen.

Doch zu meiner Erleichterung schaffte er es, sich gegen das Drängen dieser Frauen zu wehren. Ich hörte, wie er ihnen erklärte, er würde sehr gerne mitkommen, aber er habe am nächsten Morgen früh einen wichtigen geschäftlichen Termin und müsse ins Bett.

Ach, dieser Uli. Einen wichtigen geschäftlichen Termin. Ein Mann wie er. Aber ich verzieh ihm auch diese kleine Angeberei. Immerhin war es eine Notlüge, mit der er sich die Frauen vom Hals schaffte.

Nach mehreren Versuchen, ihn doch noch zu überreden, gaben die drei es schließlich auf und verabschiedeten sich mit Küsschen von ihm. Mein letzter Einsatz im Dienste der Menschlichkeit für diesen Abend konnte beginnen.

Uli sah mich erst, als er mich fast schon erreicht hatte, und blieb überrascht stehen. Ich erklärte ihm, dass ich es nicht verantworten könne, ihn alkoholisiert mit dem Auto fahren zu lassen und bot ihm an, ihn zu chauffieren. Er nahm mit glasigem Blick dankend an, bestand aber darauf, mir das Taxi von seinem Haus bis zu mir zu bezahlen.

Sein Porsche war ganz in der Nähe geparkt, und wenige Minuten später saß ich hinterm Steuer des viel zu teuren Sportwagens. Nachdem Uli mir erklärt hatte, wo er wohnte, ließ er die Rückenlehne ein Stück herunterfahren und schloss die Augen, was mir sehr entgegenkam. Nicht jeder ist in der Lage, einen Akt der wahren Menschlichkeit auch als solchen zu erkennen.

Während ich jetzt so den hinter mir liegenden Abend Revue passieren lasse, fahre ich die Bundesstraße parallel zur Mosel entlang. Als ich den Stadtrand von Trier erreiche, achte ich genau darauf, nicht schneller als 48 Stundenkilometer zu fahren. Als Beamter habe ich schließlich eine Vorbildfunktion den normalen Bürgern gegenüber. Ich fahre über die Konrad-Adenauer-Brücke zur anderen Moselseite und halte mich links in Richtung Zewen.

Als wir nach ein paar Minuten Trier wieder verlassen, beginnt Uli laut zu schnarchen. Nun ist es nicht mehr weit.

Nach zwei Kilometern biege ich in ein schmales Sträßchen ab, das nach einigen Hundert Metern zu einer Art Feldweg wird. Ich halte kurz an, ziehe meine Utensilien aus der Jackentasche und verhelfe Uli zu einem tieferen Schlaf. Den Rest der Strecke fahre ich sehr langsam und hoffe, dieses unpraktische Fahrzeug schafft den holprigen Weg.

Schließlich bin ich angekommen. *Moselsruh.* So nenne ich diesen Platz an der Mosel. Er ist durch hohe Büsche und Gestrüpp erst einzusehen, wenn man unmittelbar davor steht. Von der anderen Seite des Flusses glitzern die Lichter meines Wohnorts Konz freundlich zu mir herüber.

Durch das hier an dieser Stelle etwas steiler abfallende Ufer ist diese Stelle optimal.

Die Vorbereitungen sind schnell getroffen, und als der Porsche mit schmatzenden und blubbernden Geräuschen im Wasser versinkt, schaue ich gebannt zu. Er ist das erste Auto in der *Moselsruh*.

Als nichts mehr von der Karosse zu sehen ist, erfüllt mich das mit Stolz. Wieder einmal habe ich die halbe Nacht damit verbracht, einem armen, nach Hilfe geradezu bettelnden Menschen die Ruhe zu verschaffen, nach der er sich gesehnt haben muss. Wie bei den anderen.

Und das, obwohl ich schon seit dem frühen Morgen im Büro war und kaum die Möglichkeit zu einem Schläfchen hatte. Aber ich bilde mir nichts ein. Es gibt viele treue Bürger, die ebenso Doppelschichten machen. Auch wenn ich im Gegensatz zu ihnen für meine Zweittätigkeit nicht bezahlt werde – das ist eben das Wesen sozialen Handelns.

Ermattet aber zufrieden mache ich mich auf den Weg zur Straße. Wie jedes Mal denke ich darüber nach, dass es besser ist, Mutti nicht mit Einzelheiten des Abends zu belasten. Sie würde sich nur unnötige Gedanken machen, weil ich mich bis zur Selbstaufgabe um einen fremden Menschen kümmere. Nein, ich werde sagen, ich musste länger arbeiten. So wie immer. Aber in letzter Zeit hat sie einige Male ein paar seltsame Andeutungen gemacht.

Ich schaue nach unten, beobachte die Spitzen meiner braunen Schuhe, die abwechselnd vor mir auftauchen.

Ich glaube, ich werde den morgigen Abend zu Hause verbringen. Irgendwie habe ich das Gefühl, Mutti könnte meine Hilfe brauchen.

Revolution Ade!

MISCHA MARTINI

(April 1849)

Das hatte er nun davon, dass er nicht Nein sagen konnte. Egal ob es um den Aufbau von Tischen und Stühlen bei Versammlungen, um Schießübungen der Bürgerwehr im Kaskeller oder um die Vorbereitung von Demonstrationen ging. Immer war Matthias Fischer, allgemein Maathes genannt, dabei gewesen, und nun steckte er in der Scheiße! Und das hier in der unterirdischen *Cloaca maxima* im wahrsten Sinne des Wortes. Im Schein der rußenden Petroleumlampe wirkten die schmalen Ziegel an der Wand, aus deren Fugen der Mörtel über die Jahrhunderte herausgespült worden war, als wären sie lose aufeinandergeschichtet. Aus den dunklen Ritzen hingen weiße Fäden herunter, die ihm kalt und glitschig an Stirn, Wange und Hals entlangstreiften. Darüber wölbten sich größere Quader um die Decke, die den Eindruck machten, jeden Moment herabzustürzen. Auf dem weiteren Weg lagen immer wieder einzelne Steine im Matsch und Kehricht des Gangs.

Der Tunnel war so schmal, dass sich Maathes meist nur in leicht schräger Haltung, eine Schulter nach vorn gereckt, vorwärts bewegen konnte. Sein dunkler Sonntagsrock und besonders die Gamaschen waren bereits vom Matsch verschmutzt. Nun lagen viele Brocken auf dem Boden herum, zwischen denen die beiden Männer wie Störche hindurchstaksten und dabei riskierten, sich die Fußgelenke zu verletzen.

Sein Begleiter, Edgar von Westphalen, der dicht hinter ihm folgte, war zwar von deutlich schmälerer Statur, dafür aber einen halben Kopf größer. Leicht gebückt, den breitkrempigen Hut in der einen Hand, die zweite Petroleumlampe, die sie zur Sicherheit noch nicht angezündet hatten, in der anderen, stolperte er hinter Maathes her. Dabei war er gleich auf den ersten Metern zur unverhohlenen Belustigung seines Vordermanns in eine der widerlichen Vertiefungen getreten. Was sich darin gesammelt hatte, war zu frisch, um von den Römern zu stammen, als der Abfluss noch *Cloaca maxima* hieß. Seit dem Ende der Römerzeit flossen Triers Abwässer wieder weitgehend oberirdisch ab, mit allen damit verbundenen Unannehmlichkeiten. Was hier unten los war, wenn es stärker regnete, wollte er sich lieber nicht vorstellen.

Maathes hatte immer noch ein Grinsen im Gesicht, als er sich vorstellte, wie Edgar von Westphalen noch vor ein paar Monaten als texanischer Freiherr in diesen edlen amerikanischen Stiefeln und im feinen Rock über seine Ranch stolziert war. Als Edgar von der Revolution in Deutschland erfahren hatte, hielt ihn nichts mehr drüben. Im Frühling war er nach Trier heimgekehrt und hatte sich den örtlichen Revolutionären angeschlossen. Aber da war die Sache schon verloren.

»Und Herr Schmall ist sich sicher, dass der Tunnel außerhalb der Stadtmauern endet?«, fragte Edgar.

»Watt haaßt scho sischer? In de letzte honnerd Joar war kaanen mie hei onnen.«

Seinem Vordermann schien der Gestank von Fäulnis, Schimmel und Verwesung und der Ruß der Lampe wenig auszumachen. Doch nun, als dieser stehen blieb und eine Pfeife aus der Tasche zog, wurde es Edgar zu bunt. »Du willst doch jetzt nicht rauchen, wo hier sowieso kaum Luft zum Atmen ist?«

»Scho gud.« Maathes, der nur seine Nerven beruhigen wollte, steckte die Pfeife wieder ein, wobei sie scheppernd an die Blechdose mit dem brisanten Inhalt stieß.

Die Revolution war verloren. Wem nützten noch die Papiere mit den teils wirren Aufzeichnungen? Sie konnten eigentlich nur noch Schaden anrichten, viele aufrechte Kämpfer belasten und ihn selbst obendrein. Es drohten viele Jahre Gefängnis oder gar der kurze Prozess, wenn sie es nicht ins Ausland schafften wie Ludwig Simon, der in höchster Not in die Schweiz getürmt war.

Gestern hatte ihm Edgar zur Begründung, warum die Papiere erhalten werden sollten, in feierlichem Ton den Appell seines Schwagers und Freundes Karl Marx vorgelesen, der eigentlich als Kommissär für die Rheinlande hätte fungieren sollen: "Deutschlands Söhne! Unsere Feinde, die kein Mittel, auch das entwürdigendste, zur Erreichung ihrer verächtlichen Zwecke scheuen, rühmen sich jetzt eines Sieges! Ja, Brüder in Deutschlands Gauen, wir können es uns nicht verhehlen, unsere heilige Sache scheint gefährdet ...« Die Worte klangen Maathes noch im Ohr. Was hieß *gefährdet*? Die Sache war verloren, und sollte die Revolution eines fernen Tages wieder aufleben, so konnten solche Worte, verfasst von einem Mann, der im sicheren Londoner Exil hinter seinem Schreibtisch saß, verheiratet mit Jenny, der Ballkönigin und schönsten Frau Triers, der Revolution wenig nützen.

Für so einen Tinnef riskierte er, hier in der Trierer Unterwelt verschüttet zu werden, und sollte er es schaffen, hier herauszukommen, drohte die Verhaftung. Er wurde bald dreißig und war noch ledig, und mit seinem kleinen Zigarrenladen würde er es sicher nicht weit bringen. Die Dosen mit den Papieren stammten aus seinem Laden und hatten ursprünglich Tabak enthalten. Das streng katholische Bäbbchen, um das Maathes schon seit über einem Jahr freite, würde erst Kinder kriegen, wenn sie verheiratet waren. Er war praktisch noch Jungfrau.

»Solle mer de Kroam nött liewer hei verstobben?« Maathes blieb stehen und hielt das Licht vor einen schmalen Schacht zwischen den Ziegeln.

Edgar ließ sich die Lampe geben und inspizierte die Öffnung.

»Nee, das scheint ein Zulauf zu sein. Wer weiß, ob da nicht wieder was durchkommt, wenn es regnet.« Er behielt die Lampe und ging jetzt vor.

Die in zwei Dosen versiegelten Papiere – Maathes und Edgar trugen je eine unter der Jacke – sollten außerhalb der Stadt gebracht werden. Aber die Wachen an den Stadttoren waren verdreifacht worden und jeder, der in die Stadt hinein oder heraus wollte, wurde gründlich überprüft. Hauptsächlich wurde nach verdächtigen Aufrührern gefahndet, derer die Behörden noch nicht habhaft geworden waren.

Instinktiv schaute Maathes hin und wieder hinter sich, wo sich nach wenigen Metern das Licht der Petroleumlampe im Dunkeln des schnurgeraden Tunnels verlor.

Immer noch gaben Edgars Stiefel bei jedem zweiten Schritt ein schmatzendes Geräusch von sich, das von den Wänden widerhallte.

Ihr Plan konnte nur an einem Sonntagnachmittag funktionieren. Geodät Schmall hatte sie durch eine Ruine in der Neugasse in einen verlassenen Weinkeller geführt, der einen mit Bretter getarnten Durchschlupf in die *Cloaca maxima* besaß. Der Kanal war in der Blütezeit der Stadt errichtet worden und sollte hinaus zum Moselufer führen.

Maathes schätzte, dass sie schon einige Hundert Meter gegangen waren. Bald müssten sie den Hauptmarkt unterqueren, von dort aus war es nicht mehr weit bis zum Simeonstor, eines der Stadttore gleich neben der Porta Nigra, unter dem sie unbemerkt aus der Stadt gelangen wollten.

Neben den losen Steinen im Gang mussten sie Holzbalken ausweichen, die an manchen Stellen die Decke stützten.

»Was ist denn da passiert?«

Maathes lief auf seinen Vordermann auf, weil dieser plötzlich stehen geblieben war. Als Edgar sich bückte, um seinen beim Anrempeln aus der Hand gerutschten Hut aufzuheben, sah Maathes die Bescherung. Der Gang war von Steinen und Erdreich verschüttet.

Als er zum Sprechen ansetzen wollte, streifte etwas mit großer Geschwindigkeit seine Kappe. »Wat woar dat denn?«

»Der Gang ist eingestürzt.«

»Mir iss en Deer bahl an de Kopp gefloren.«

»Wie bitte?« Obwohl der Umzug seiner Familie von Salzwedel nach Trier schon viele Jahre zurücklag, war Edgar des Moseldialektes immer noch nicht mächtig. Bei ihm zu Hause sprach niemand Mundart, selbst das Personal nicht. Auch in der Schule wurde nur Hochdeutsch gesprochen. Sein ehemaliger Mitschüler Maathes war, seit er nach der Quarta das Gymnasium verlassen hatte, wieder in dieses Idiom zurückgefallen.

»En Deer, *ein Tier,* datt gefloren … *geflogen* ist.«

»Das könnte eine Fledermaus gewesen sein, was ein gutes Zeichen wäre. Dann müsste es in der Tat auch einen Ausgang ins Freie geben.« Edgar reichte Maathes die Lampe und begann, die Gesteinsbrocken aus dem Schutt zu ziehen und nach hinten zu rollen.

»Halt die Lampe bitte etwas höher und geh' besser noch ein paar Schritte zurück!« Ein dicker Brocken kullerte an Edgar vorbei. »Pass auf deine Füße auf!«

Maathes schrie auf, die Lampe entglitt seiner Hand.

Im ersten Moment kam es Edgar vor, als habe die Dunkelheit den Geruch von Petroleum angenommen. Wenn die

Augen nichts mehr sahen, waren die übrigen Sinne doppelt geschärft. Nicht nur seine Nase schien sensibler geworden zu sein, auch vermeinte er, neben dem Jammern seines Begleiters von oben dumpfe Geräusche zu hören, wie von eisenbeschlagenen Rädern, die über das Pflaster holperten. Um Hilfe zu rufen, hatte keinen Sinn. In den abenteuerlichen letzten Monaten hatte Edgar eines gelernt: Ruhe bewahren. Er versuchte, seinen Atem zu beruhigen, holte so tief Luft, wie es der Gestank erlaubte, und schob die Hand durch das Revers seiner Jacke zur Weste, wo er die Streichhölzer aufbewahrte. Es waren weniger als er gehofft hatte. Als er das erste anriss, sah er den jammernden Maathes auf dem Boden hocken. Beide Hände umklammerten einen Unterschenkel. Neben ihm lag die Lampe, um deren zerbrochenes Glas sich Erde und Steine vom ausgelaufenen Petroleum dunkel gefärbt hatten.

Bevor er nach seiner Leuchte schauen konnte, versengte ihm das Flämmchen die Fingerspitzen. Mit dem nächsten brennenden Streichholz fand Edgar seine Lampe in bedrohlicher Schieflage. Es schien zum Glück nichts ausgelaufen zu sein. Mit dem letzten Hölzchen brachte er die Lampe zum Brennen. Wenn das Petroleum darin aufgebraucht war und sie im Dunkeln zurück müssten, dürfte es fast unmöglich sein, den Durchschlupf wiederzufinden.

Maathes hatte sich inzwischen wieder aufgerichtet.

»Ett iss, glaawen eich, neist gebroch«, stieß er zwischen zusammengebissenen Zähnen hervor. Die Gamaschen schienen Schlimmeres verhindert zu haben.

Edgar grub mit bloßen Händen weiter. Das Hindernis stellte sich als ein Hügel heraus, aus dem sich die Steine leicht lösen ließen. Die Decke war zusammen mit der darüber liegenden Erde heruntergekommen. Edgars Hände fassten etwas Rundes, das ihn stutzen ließ. Es war ein großer Knochen, wie man ihn beim menschlichen Skelett dem Oberschenkel zuordnen konnte. Der hier konnte aber auch von einem Pferd oder einer Kuh stammen.

»Ich hab' es gleich.« Edgar schob angewidert den Knochen zusammen mit lockerem Schutt zur Seite, um dann den Schädel zu entdecken.

»Watt iss denn dat loa?«

Maathes sagte das in dem gleichen gelassenen Ton, in dem er meistens redete. Keine Spur von Erregung oder Überraschung.

»Der Arme hat vielleicht versucht, da oben einen Stein zu lösen und ist erschlagen worden.«

»Uder man hatt den hei ronner geschläppt unn vergroawen«, kommentierte Maathes.

»Das klingt mir zu aufwendig!« Edgar behielt seine Befürchtung für sich, dass der Ärmste vielleicht ausgerechnet zu dem Zeitpunkt hier entlang kam, als sich die Decke löste. Das konnte ihnen auch jederzeit passieren. Er rieb sich die Handfläche an der Jacke ab, um das eklige gelbe Haar loszuwerden, das sich vom Schädel gelöst hatte.

»Sollen eich emoal? Eisch hann enn Spoaden doabei.«

»Was hast du?« Edgar hatte es die Sprache verschlagen.

»Einen Spaten …« Maathes zog den Spaten aus seiner mantelähnlichen Jacke. Über dem rostigen Blatt war der Stiel auf halber Höhe abgesägt worden. »Mir brauchen doch ebbes, fir dat Laoch zu groawen.«

Diesmal blieb Maathes weit genug zurück, während er dabei zusah, wie Edgar schnaufend mit der Schaufel Steine und Erde abtrug.

»Sollen mir nit doch besser zurückgiehn?« Die Frage stellte Maathes erst, als er bereits kriechend seinem Vordermann durch das frei gegrabene Schlupfloch folgte.

Dahinter musste er sich beeilen, um humpelnd zu Edgar aufzuschließen, der die Lampe in der rechten Hand etwas vom Körper entfernt hielt. Eine Zeit lang war nur das Klacken ihrer Stiefel zu hören. Maathes schwitzte. Der Schmerz in dem lädierten Schienbein hatte nachgelassen. Gerade knöpfte er sich die Jacke auf, als der Tunnel eine Biegung machte.

»Jetzt dürfte es nicht mehr weit sein bis zur Mosel.« Edgar wies mit dem Spaten in seiner linken Hand ins Dunkel.

Maathes kam durch die vielen Steine, die sich aus dem Mauerwerk gelöst hatten, immer wieder ins Straucheln. Als sie kurze Zeit später auf das erlösende Tageslicht zuschritten, stellte sich bei Maathes trotz des schier undurchdringlichen Gestrüpps aus Schwarzerle, Haselnuss und Weiden Erleichterung ein. Bis er die von der Decke bis zum Boden reichenden Gitterstäbe entdeckte, mit dem Schloss an der dicken Eisenkette, die die auf den ersten Blick kaum zu erkennende Gittertür darin verriegelte.

Edgar versuchte bereits, mit dem Spaten Druck auf das rostige Teil auszuüben. Als nächstes warf er sich mit der Schulter gegen das Gitter. Vergeblich. Nun rüttelte er nacheinander an jedem Gitterstab.

»Edgar, gieh' mal riewer!« Maathes hatte einen schweren Stein vom Boden aufgehoben und hielt ihn nun mit beiden Händen hoch über dem Kopf.

Begleitet von einem aus dem tiefsten Inneren kommenden Urlaut wuchtete er den Brocken auf das Schloss. Edgar zuckte unter dem lauten Krachen zusammen. Es war sicher im ganzen Moseltal zu hören. Es folgte das Rasseln der Kette, die samt dem Schloss zu Boden fiel.

Beide verharrten stumm, den Blick auf das Pflanzengestrüpp gerichtet. Als es dort nach einer Weile keine Bewegung gab, zog Maathes das quietschende Tor auf und stellte verschmitzt und erleichtert grinsend fest: »Dat hann eich doamoals beim Kaskeller genausu gemaach.«

Indem er die Äste zur Seite bog und mit dem Spaten eine Bresche schlug, bahnte sich der hagere Edgar einen Weg durch das dichte Gestrüpp. Der fülligere Maathes hatte seine Jacke ausgezogen und musste sich an engen Stellen mit knapper Not durchzwängen.

»Moment«, hielt ihn Edgar zurück, als er endlich ins freie Gelände hinaustreten wollte. »Lassen wir das noch durch.« Er zeigte zum Fluss.

Während Maathes die Jacke überzog und seine Pfeife in den Mund steckte, beobachtete er, wie ein Ruderboot moselaufwärts vorbeizog. Er half Edgar, der seine Jacke abklopfte, den Staub und den Dreck von Schulter und Rücken zu entfernen.

Nachdem sie die Petroleumlampe versteckt hatten, mussten sie den Hang zum Weg emporklettern. Als sie wenig später zurückblickten, war der Eingang des Tunnels in der dicht bewachsenen Uferböschung nicht mehr zu erkennen.

Auf dem Weg zur Anlegestelle der Fähre nach Pallien bestand Maathes auf seinem gemächlichen Sonntagsschritt, bei dem er gemütlich paffend die wenigen entgegenkommenden Ausflügler freundlich grüßte.

»Wat wöllst dau su spiet noch driewen?«, wurde Maathes vom Fährmann begrüßt, nachdem er seine Passagiere von Bord gelassen hatte und mit den beiden ablegte.

»Wenn et kei Viez mieh gift in Pallien, dann foar zerögg!«, war Maathes' Antwort. Beim Übersetzen blieb er demonstrativ stehen, wobei er sich um sein Gleichgewicht bemühte, als habe er etwas getrunken, aber wolle sich dies nicht anmerken lassen. Edgar hatte auf einer Bank Platz genommen. Er schaute sich diskret um. Am Pallier Ufer wartete eine kleine Schar Sonntagswanderer, die nach dem Anlegen fröhlich schwatzend an ihnen vorbei ins Boot strebten. Niemand schien besondere Notiz von ihnen zu nehmen.

Auch auf den Treppenstufen zwischen den Felsen hoch zum Weißhauswald blickte sich Edgar immer wieder um. Maathes hingegen wirkte vollkommen unbekümmert. Er erzählte Anekdoten über lustige Begebenheiten, die ihm angeblich in letzter Zeit zugestoßen waren. Edgar hörte nur mit halbem Ohr zu. Dennoch war er überrascht, wie schnell sie auf einmal hinter dem falschen Biewertal auf dem Weg durch den Wald bergan zum Schusterskreuz in einen kleinen Seitenweg einbogen. Maathes kannte sich in dem Wald gut aus. Etwas abseits vom Weg, unter einem kleinen Felsen, grub Maathes in dem lockeren Sandboden. Statt Schmiere zu stehen, ruhte sich Edgar derweil auf einem Baumstumpf im Farn aus. Sein Hut lag über Maathes' Jacke auf seinen Knien. Als er eine schnarrende Stimme hörte, duckte er sich rasch auf den moosigen Boden.

»Was machen Sie denn da?«

Unter der lauten Stimme zuckte Maathes zusammen. Zwischen den Blättern hindurch erkannte er auf dem unterhalb verlaufenden Waldweg einen hoch gewachsenen preußischen Leutnant mit einer sonntäglich herausgeputzten Dame am Arm, die stehen geblieben waren.

»Maachen Sei sich um meich kaan Sorjen!« Maathes legte diskret den Spaten ab und erhob beide Hände wie zur Kapitulation über den Kopf. »Den huren Biereviez dreiwt schlömm, Herr General. Dässwäjen muss eich in de Bösch.« Dazu furzte er lautstark und lamentierte. »Et gieht nimmie lang gud!«

Grinsend schaute er dem Paar nach, das flugs weitereilte.

Wenig später legte er die beiden versiegelten Dosen in das Loch. Den Hut in der Hand beobachtete Edgar mit würdevoller Miene, wie Maathes hastig den Sand über die Behältnisse schaufelte. Mit Edgars Hilfe verteilten sie Blätter und dürre Äste über der frischen Erde, bevor sie schließlich zusahen, dass sie so schnell wie möglich Land gewannen.

Auf dem Rückweg stellte sich bei beiden nach und nach Erleichterung ein. Zurück in Pallien ließ es sich Maathes nicht nehmen, Edgar auf einen Viez in ein Ausflugslokal einzuladen. Dort war bis in den frühen Abend gefeiert und auch getanzt worden. Nun saßen hier nur noch die Musiker beim Essen. Der ersten Porz, die Maathes und Edgar auf die gelungene Geheimmission kippten, folgten weitere. Wie beim geselligen Maathes nicht anders zu erwarten, tranken sie noch eine Runde mit den Musikern und nahmen erfreut die Einladung an, mit ihnen auf einem Pferdewagen zurück in die Stadt zu fahren. An der Römerbrücke ließen sich die Wachsoldaten bei der Inspektion der Koffer mit den Instrumenten viel Zeit.

Als Edgar und Maathes vom Wagen stiegen und zu Fuß weitergehen wollten, wurden sie von einem Wachmann mit der Frage aufgehalten: »Wo haben Sie Ihre Instrumente?«

Maathes dachte an den Spaten unter seiner Jacke und zeigte auf seinen Begleiter: »Den Herr iss onnseren Dirigent.« Mit seiner frackähnlichen Jacke konnte Edgar durchaus als solcher durchgehen. »Un eich … eich dun singen.« Maathes beugte sich zu dem Uniformierten vor und hauchte ihm seine Alkoholfahne entgegen. »Wölld Ihr ebbes heeren, et koast neist.«

»Hauen Sie nu ja ab!« Der Mann wandte das Gesicht ab und wedelte sich Frischluft zu.

Maathes und Edgar zogen Arm in Arm schwankend weiter. In den stockdunklen Straßen, wo sie kaum die Hand vor Augen sahen, vermissten sie die Petroleumlampe. Bevor sich ihre Wege trennten, versicherten sie sich nochmals gegenseitig, über die Aktion absolutes Stillschweigen bis aufs Sterbebett zu wahren.

Angler morden auch nicht besser

HANS JÜRGEN SITTIG

Am Moselufer, nah bei Trier,
Da saßen Angler zwei, nicht vier.
Sie spürten beide diesen Drang
Nach einem ganz, ganz großen Fang.

Die Köder lagen tief im Wasser
Und wurden nass und immer nasser.
An ihnen war ein Haken dran,
Und das war auch ein Teil vom Plan.

Der Vormittag war vorgerückt,
Noch war'n die Angler ganz entzückt,
Doch dann kam starker Wind ins Spiel,
Was einem Surfer sehr gefiel.

Das Segel schwellte stark die Brust
Und mehrte rasch des Surfers Lust.
Nicht weit vom Ufer schoss er ran
Und kreuzte so der Angler Bahn.

Mit deren Frohsinn war jetzt Schluss.
Sie hassten Surfer auf dem Fluss,
Wenn diese nah am Ufer schnellten
Und sie um ihre Ruhe prellten.

Und dieser hier war noch viel schlimmer.
Er überfuhr die zarten Schwimmer!
Das nimmt ein Angler nicht in Kauf!
So nahm das Unglück seinen Lauf.

Denn bei des Surfers zweiter Runde
Da schäumt es aus des Anglers Munde:
»Jetzt werd ich mir den Kerl mal kaufen
Der wird hier nicht mehr lange laufen!«

Und als der Surfer wiederkam,
Auf seiner unheilvollen Bahn,
Da warf der Angler einen Stein.
Sein Wurf konnte nicht besser sein.

Getroffen fiel der Mann ins Nass.
Der zweite Angler rief ganz blass:
»Oh Gott, der Surfer bleibt verschollen
Das kannst Du doch nicht wirklich wollen!

Wenn der da draußen Dir verreckt,
Dann ist das Totschlag im Affekt!
Hol ihn bloß aus dem Wasser fort,
Sonst ist vielleicht es sogar Mord!«

So taucht' der Angler tief hinab,
Entriss den Mann dem nassem Grab,
Zerrt' ihn ans Ufer – wollt' beleben,
Doch prompt musst' er sich übergeben.

»Was stinkt der denn so aus dem Mund?«
Der andre Angler tat's ihm kund:
»Du brachtest wohl den Falschen an
Der hier, der hat doch Schlittschuh' an!«

(Einem Witz nachempfunden)

Der Kopf des Apostels

SABINE SCHNEIDER UND STEPHAN BRAKENSIEK

Fester als sonst hatte Remigius Fischer die Tür der Sakristei ins Schloss fallen lassen. Lärm war ansonsten eigentlich nicht seine Art, schon gar nicht in der Kirche. Aber heute Morgen hatte er die Abschlusssitzung seiner vierten, mehrmonatigen Gesprächstherapie gehabt, und das Ergebnis war für ihn niederschmetternd gewesen. Seine letzten Hoffnungen hatte er in diesen neuen Therapeuten gesetzt, der seit knapp einem Jahr eine Praxis in Konz hatte. Doch auch dessen neuartige Ansätze hatten bei ihm nicht zu einem befriedigenden Ergebnis geführt. Den letzten Schritt hin zum Frieden mit den ihn quälenden Geistern, den hatte auch Dr. Ramasse-Crottes nicht gemeinsam mit ihm gehen können. Und nun fühlte sich Fischer allein. Auch die Kirche der ehemaligen Reichsabtei St. Matthias mit ihrer noblen Strenge bot ihm heute keinen Trost. Und das, obwohl heute das Fest der Wahl des Matthias zum Apostel war. Doch auch der heutige Tag war dieses Jahr irgendwie anders, denn die Heilig-Rock-Wallfahrt, die erste seit 1996, zog alle Aufmerksamkeit von der altehrwürdigen Kirche im Süden Triers ab, die die einzige primäre Apostel-Reliquie nördlich der Alpen beheimatete: den Kopf des Hl. Matthias.

Im Vorbeigehen sah Fischer die beiden Coring-Schwestern, die wie immer um diese Tageszeit vor dem Standbild des *Guten Hirten* Kerzen anzündeten. Auch Herr Surges war da und las mit der Lupe die Bildzeitung. Und selbst Elisabeth Lübeck kauerte wieder hinter dem Schrank mit dem *Gotteslob*.

Als seine Frau sich vor sechs Jahren das Leben genommen hatte, war Fischer nichts mehr geblieben als seine Arbeit. Und das alles war nur geschehen, weil er vergessen wollte. Vergessen, was 1996, vor nunmehr siebzehn Jahren, geschehen war. Einfach nur vergessen. Auch seine Frau wollte immer vergessen. Doch mit ihr hatte er nie darüber reden können. Und vergessen konnte er gemeinsam mit ihr auch nicht. Sie aber nicht ohne ihn. Und so wurde er Witwer. Als seine Nachbarn ihn schließlich, acht Monate nach dem Tode seiner Frau, halb tot aus dem mit leeren Schnapsflaschen vermüllten Haus in Heiligkreuz herausholten, hatte er innerlich eigentlich mit der Welt abgeschlossen. Doch wider Erwarten ging er auf die Idee seines Hausarztes ein, einmal mit einem Psychologen zu sprechen. Und der holte ihn halbwegs ins Leben zurück.

Der Werkzeugkoffer, den Fischer trug, war schwerer als sonst. Und der alte, schlecht verheilte Bruch schmerzte ihn heute mehr als sonst. Er musste sein rechtes Bein widerwillig leicht humpelnd nachziehen. In seinem Koffer hatte er neben seinem Werkzeug auch die Muffen, Muttern und Rohrteile, die er benötigen würde, um die Verwüstungen von den halbstarken Vandalen in den Toilettenhäuschen des Friedhofs wieder ausbessern zu können. Fischer ging langsam in Richtung des Ausgangs im Westen der Abteikirche. Da wurde er einer kleinen Gruppe von Pilgern gewahr, die erst vor kurzem die Basilika betreten haben mussten. Still standen sie im Halbdunkeln neben dem Eingang und bekreuzigten sich mehrfach.

Wieder völlig in Gedanken erreichte er schließlich den Ausgang und machte sich auf den Weg zum Friedhof hinter der Kirche. Wie immer, wenn er den Totenhof betrat, führte ihn sein erster Gang zum Grab seiner Tochter, das in unmittelbarer Nähe des Zugangs lag. Auch nach siebzehn Jahren hatten ihn die Qualen, die er damals empfunden hatte, als er hatte mit ansehen müssen, wie Andrea brutal vergewaltigt und dann ermordet worden war, nicht losgelassen. Immer, in jeder Minute seines Lebens, waren sie präsent. Er hatte damals nichts tun können, war völlig hilflos gewesen.

Was genau passiert war, daran hatte er keine Erinnerung. Er hatte damals der Polizei keine genaue Beschreibung des Täters geben können, den er eigentlich genau gesehen haben musste, da er damals nur wenige Meter entfernt auf einem Ausflugsschiff auf der Mosel gearbeitet hatte. Und er hatte sich auch in all den Therapiesitzungen der folgenden Jahre nicht an das Gesicht des Mannes erinnern können. Nur seine Stimme, die war ihm unauslöschlich in Erinnerung geblieben. Er hörte sie fast jede Nacht. Alle Ärzte, mit denen er bisher in dieser Sache Kontakt gehabt hatte, hatten ihm übereinstimmend erklärt, dass er seine Erinnerung zum Selbstschutz, wie sie es nannten, in sich eingekapselt hatte. Sie sprachen alle von einer *retrograden Amnesie*. Ein tolles Wort, das klang so gelehrt, als ob man damit alles beschrieben und somit auch neutralisiert hätte. Aber was wussten schon diese Mediziner?

Für das Grab seiner Tochter hatte der Küster von St. Matthias immer Zeit. Er hatte gerade mit der immer hinter dem Grabstein versteckt stehenden Gießkanne am Brunnen Wasser geholt, als sich sein Piepser meldete. Unwillig stellte er die Kanne ab und schaute auf das Display. Es gab Probleme mit dem Fahrstuhl, der das Kirchenschiff mit der Krypta barrierefrei verband. Jemand hatte die Notruftaste in der Kabine betätigt. Das passierte immer wieder. In der Regel war es Fehlalarm, weil Kinder die Nothalttaste drückten oder junge Liebespaare den Aufzug für schrecklich Unmoralisches nutzten. In einem Gotteshaus! Aber was sollte er machen. Er musste wohl oder übel nachsehen.

»Andrea«, sagte er leise, wie nur zu sich selbst. »Du musst kurz warten. Ich bin sofort wieder bei Dir.« Dann nahm er seinen Werkzeugkoffer und begab sich schleunigst zurück in die Kirche.

* * *

In der Kirche war es still. Den Fahrstuhl hatte man vor knapp fünf Jahren in einer aufwändigen Aktion in den südwestlichen Vierungspfeiler eingebaut, da dem Kopf des Apostels seit jeher wundertätige Eigenschaften zugesprochen wurden und gerade die Alten und Gebrechlichen sowie die körperlich Versehrten seine Adressaten waren. Und nachdem es in den 1990er Jahren vermehrt zu Unmut über die steile Treppe zur Krypta gekommen war, hatten die Mönche auf den Einbau eines Fahrstuhls gedrungen. Doch der ach so moderne Apparat war störanfällig. Fischer wusste das. Auch wusste er, woran es haperte. Er kannte die Tücken. Also wischte sich Fischer, nachdem er wenige Stufen erklommen hatte, seine Hände am grauen Hausmeisterkittel ab, öffnete die Tür neben der Kanzel und betrat den Fahrstuhlsteuerungsraum. Abgestandene Luft schlug ihm aus dem weiß gestrichenen Funktionsraum entgegen. Die Kirche war nun mal kein Neubau. Routiniert steckte er die Kurbel in die dafür vorgesehene Vorrichtung und betätigte die Sprechtaste.

»Hallo«, sprach er in den Hörer. »Hier ist der Küster, hören Sie mich?«

Gerade wollte er sich zurücklehnen, um in einen immer gleich ablaufenden Dialog einzusteigen. Die Antwort, die er dann aus dem Gerät an seinem Ohr vernahm, ließ ihm augenblicklich das Blut in den Adern gefrieren. Er hörte die Stimme. Seit siebzehn Jahren zum ersten Mal. Sollte er sich irren? Wer spielte hier mit ihm? Gott? Wollte er ihn prüfen? Oder waren es nur wieder diese Halluzinationen? Er hatte das Gefühl, dass ihm die Sinne schwanden. Es musste ein Irrtum sein!

»Wer spricht da?«, fragte er nach. Seine Stimme klang gefasst und ruhig.

»Hier ist Klaus Kubaljew. Wir stecken mit zwei Personen im Aufzug. Wird es lange dauern?«

Der Mann, Klaus hatte er sich genannt, der Mörder seiner Tochter, steckte im Fahrstuhl zwischen Krypta und Kirchenschiff. Fischer spürte wie sich seine Atmung beschleunigte. Er begann zu hyperventilieren. ER war da. Und er saß fest. ER konnte ihm nun nicht mehr entkommen. Sollte Gott ihn erhört haben? Alle die vermeintlich umsonst gesprochenen Gebete der letzten Jahre?

»Wer ist bei Ihnen?« Fischers Stimme war einige Augenblicke später wieder da. »Gibt es Verletzte?«

Die Sicherheitsvorkehrungen verlangten einen präzisen Ablauf der Kontaktaufnahme.

»Verletzte?«, wiederholte er, nachdem er nur Knacken vernommen hatte. Diese Stimme. Konnte er sich irren?

»Nein, keine«, kam zur Antwort.

Fischer warf sich gegen die Wand des Funktionsraums und dachte nach. War das da im Schacht tatsächlich der Mörder seiner Andrea?

»Kubaljew«, sprach Fischer in den Hörer. »Waren Sie schon einmal in Trier?«

Sekundenlang blieb es still. Dann: »Was soll die Frage? Holen Sie uns hier raus! Schnell.«

»Kubaljew! Im Ernst: Waren Sie schon einmal in Trier?«

Oh Gott, Fischer kam sich so blöd vor. Aber er wartete.

»Ja«, erklang es dann. »Ich bin gläubiger Katholik. Wenn ich kann, dann pilgere ich zu jedem Heiligen Rock. Ist ja das Gewand unseres Herrn.«

Fischer wusste nicht, wie ihm geschah. In seinem Kopf explodierten urplötzlich die Bilder.

»Hallo« klang es aus dem Hörer, der ihm aus der Hand gefallen war. »Hallo, hören Sie mich?«

Fischer verkrampfte sich. Und plötzlich war es, als ob er durch die Zeit gereist wäre. Der Abend auf der *Undine VI* war eigentlich eher gemütlich gewesen. Kapitän Tauert hatte zu einem kleinen Umtrunk mit Gebäck geladen. Schließlich hatte er vor zwei Tagen seinen seit langem anvisierten Magister in Kunstgeschichte gemacht. Nun fehlte ihm in seinem Lebensplan nur noch der Rhein-Schein. Dann würden sich seiner Karriere als Flussschiffer für Touristen ganz andere Dimensionen öffnen: Rhein, Elbe und natürlich die Donau, bis ins Delta. Bei seiner Familie hatte er Sekt besorgt. Den besten, wie er beim Öffnen lachend versicherte. Und Fischer hatte mit ihm getrunken. Nicht übermäßig, aber doch so, wie es ein Kind der Mosel halt so tat. Fahren musste er ja nicht mehr. Seine Tochter Andrea war diesen Abend auf einer Party. Die *Undine VI* lag nicht wie sonst abends üblich am Zurlaubener Ufer, sondern etwas weiter flussaufwärts, auf Höhe der Pferdeinsel. Sie standen an der Reling und blickten auf das Martinskloster. Tauert sang mit gedämpfter Stimme russische Volkslieder. Die anderen Crewmitglieder stimmten irgendwann mit ein und summten mit. Nur er, Fischer, ging ans Heck des kleinen Schiffs, das er wie seine Westentasche kannte, und blickte auf das nur einen Steinwurf entfernte Ufer. Plötzlich hörte er Schreie. Er kannte die Stimme. Es war Andrea, seine Andrea.

»Hallo, hören Sie mich? Wo sind Sie denn … » Der Hörer neben seinen Beinen knackte. Der Mann aus der Aufzugskabine musste tatsächlich in die Muschel hineingeschrien haben. Aber hörte er ihn überhaupt? Sah er nicht vielmehr Andrea, da am Ufer, wie sie mit diesem Mann rang. Der Kerl schlug seine Tochter nieder und riss ihr brutal die Hosen von den Beinen. Andrea! Fischer schrie aus vollem Leib: Andrea!!! Doch niemand hörte ihn. Dann begann der Mann sein schmutziges Geschäft, zog sich die Hose runter und hantierte am Körper der jungen Frau herum. Fischer schrie und schrie. Keiner reagierte, keiner bekam es mit. Nicht einmal im Vorboot verstummte das Balalaikaspiel. Fischer wurde fast wahnsinnig. Was sollte er tun? Ins Wasser springen half nicht. Niemals hätte er rechtzeitig, wenn überhaupt, das Ufer erreicht. Die Mosel hatte hier so manche Untiefe und nicht wenige Strudel. Doch am Ufer schrie seine Andrea.

»Du Schwein«, brüllte er aus Leibeskräften und hatte seine Beine bereits über der Reling. »Lass das Mädchen in Ruhe!«

Wie durch ein Wunder schien ihn der Mann jetzt zu hören. Kurz hielt er in seinem Handeln inne, wendete seinen Kopf in Fischers Richtung und lachte. Er lachte. Lachte! Fischer konnte es nicht glauben. Da quälte der Typ seine Andrea, sein kleines Mädchen, sein Kind – und lachte? Deutlich konnte er das Gesicht des Mannes im Schein der Scheinwerfer der *Undine VI* erkennen, deutlich hörte er, was das Schwein sagte: »Fick Dich doch selbst, Du alter Sack. Wallfahrt ist eben nicht jeden Tag.«

Und dann drehte er sich wieder weg und beendete sein Vergnügen. Fischer wusste, was er tun musste. Laut schreiend sprang er ins Wasser, doch er sprang schlecht. Die Mosel war hier nicht tief und er kam mit seinem linken Bein so unglücklich auf einem Stein auf, das sein rechter Unterschenkelknochen splitterte. Laut stöhnte er auf. Den Schmerz in seinem Bein schien er gar nicht zu spüren, doch Fischer erkannte voller Entsetzen, was der Mann nun, durch seine hilflose Anwesenheit gestört, tat: Er zog ein Messer und durchschnitt seinem Opfer mit einer offensichtlich gekonnten Bewegung blitzschnell die Kehle. Dann lachte er erneut schallend auf, ließ den erschlafften Körper des Mädchens vor sich ins Gras gleiten und verschwand ohne jede Hektik in der Dunkelheit des Martinsufers. Das Messer hatte er zuvor für Fischer gut sichtbar an einem Taschentuch abgewischt und weggesteckt. Fischer verlor das Bewusstsein.

»Sind Sie noch da, verdammt?«, hörte Fischer die Stimme aus dem Hörer. Schweiß rann ihm in langen Bahnen von Stirn und Nacken.

»Wir wollen hier allmählich mal raus. Tun Sie endlich etwas! Das kann ja wohl nicht so schwer sein.«

Er war also tatsächlich weg gewesen, hatte die Gegenwart verlassen und zum ersten Mal seit damals den tatsächlichen Ablauf der unvorstellbaren Tat gesehen, die ihn zum psychischen Wrack gemacht hatte. Oder wollte sein Gedächtnis ihm einen Streich spielen? War alles nur eine Chimäre?

»Nein, ich bin noch hier«, antwortete er, sich allmählich wieder fangend. »Wer ist noch mit Ihnen im Aufzug?«

»Hier ist noch eine alte Frau mit Gehhilfe. Machen Sie schnell. Die Alte macht mich jetzt schon verrückt.«

Fischer musste handeln. Er konnte die zwei Personen im Aufzug innerhalb von drei bis fünf Minuten befreien. Doch dann war der Mann weg. Wenn er also die Situation klären wollte – der Begriff *Rache* kam ihm allmählich in den Sinn –, dann musste er jetzt etwas unternehmen. Aber was?

»Warum haben Sie mir meine Andrea genommen? Warum?«, fragte er schließlich.

»Wen?«, kam es zurück. »Ich kenne Sie ja gar nicht. Woher soll ich da Ihre Andrea kennen?« Den Hörer am Ohr, vernahm Fischer im Hintergrund das Zetern der alten Frau, die offenbar dringend aufs Klo musste. Fischer hatte alle seine Sinne auf Empfang, ihm entging nichts.

»Denken Sie in Ruhe nach, Kubaljew«, sagte er. »Ich hab Zeit. Die Oma bei Dir allerdings nicht.« Fischer war erstaunt über seine kaltschnäuzig zur Schau getragene Grausamkeit. »Und wenn sie es nicht mehr halten kann, dann Prost Mahlzeit. Möchte nicht mit Dir tauschen.«

Es vergingen quälende Minuten. Fischer lauschte der Geräuschkulisse. Im Aufzug schienen die Dinge zu eskalieren. Kubaljew brüllte und fluchte, und auch das Geheule der alten Frau wurde immer aufgeregter.

Irgendwann brach er sein Schweigen: »Kubaljew, was ist jetzt? Sagen Sie mir nun, warum sie es getan haben?«

»Fick Dich«, hörte er, neben dem Stöhnen der alten Frau, das nichts Gutes verhieß.

»Wie? Was höre ich? Durchfall?« Fischer wurde zynisch. »Das ist fein, Du elender Vergewaltiger!«

Damit war es raus. Unkontrolliert zwar, doch ausgesprochen. Endlich. Kurz herrschte Stille in der Leitung.

»Was laberst Du da? Was soll ich sein?«

Im Hintergrund schrie die alte Dame. »Bitte, bitte«, konnte Fischer hören, »ich muss so dringend.« Doch was sollte er tun? Er hatte eine Aufgabe.

»Warte noch eine Minute, Kubaljew. Dann kann ich Dich sehen. Deine Visage, die ich bereits schon einmal gesehen habe.«

Fischer drehte die Kurbel immer schneller. Woher er die Kräfte nahm, war im schleierhaft. Aber es lief. Nun musste er nur noch die Tür öffnen. Doch wollte er tatsächlich das

Gesicht zur Stimme sehen? Wollte er wirklich zusätzlich zu seinen akustischen Halluzinationen auch noch optische haben? Fischer zögerte. Es war seine Chance, er hatte ihn in seinen Fängen.

Aber was wollte er eigentlich mit ihm machen? Diese Frage hatte er sich heute noch gar nicht gestellt. Er hatte noch nie über so etwas wie Rache nachgedacht. Bis heute.

»Hilfe, ich kann es wirklich nicht mehr halten.« Das Rufen der alten Dame riss ihn unvermittelt aus seinen Gedanken. Fischer bekam schlagartig ein schlechtes Gewissen.

»Bitte«, wimmerte die alte Dame nun schon deutlich leiser. Dann, keine drei Sekunden später hörte er Kubaljew schreien: »Scheiße, das ist doch nicht zu fassen ... die Sau, die alte verdammte ...«

Fischer war nun wieder hellwach. Er griff wieder zur Kurbel und begann erneut, sie zu drehen. Doch dann schoss der Gedanke erneut durch seinen Kopf: Was willst du eigentlich mit ihm machen, wenn du ihn dir tatsächlich mit den eigenen Händen schnappen kannst? Noch immer ohne eine Antwort, betätigte er den Hebel zur Öffnung der Tür. Sofort drang ihm ein unerträglicher Gestank entgegen. Fischer musste sich abwenden und erst einmal an einer anderen Stelle des Raums durchatmen.

»He, Aufzugswärter«, hörte er deutlich Kubaljews Schreie durch die noch sehr schmale Lücke, nun nur noch um einiges lauter und aggressiver. »Sollen wir tauschen? Möchtest Du zu mir reinkommen? Komm her und ich breche Dir alle Knochen!«

Fischer kroch langsam wieder auf den Spalt in der Tür zu und schaute ins Innere der Kabine. In seinen Adern gefror augenblicklich das Blut. Nun gab es keinen Zweifel mehr. ER war die Stimme.

Doch während Kubaljew im Aufzug tobte und weiterhin wüste Beschimpfungen ausstieß, wurde Fischer ganz still. Er meinte, etwas gehört zu haben. Ruhig stand er auf und ging zur Tür, öffnete sie und lauschte in die Kirche. Und tatsächlich: er hörte die kleine Glocke der Friedhofskapelle. Aber heute wurde doch niemand bestattet. Fischer zweifelte keine Sekunde. Langsam schloss er die Tür wieder und ging zurück zu dem Schlitz, der seinen Raum mit dem des Aufzugs verband.

»Kubaljew«, sagte er in ruhigem Ton. »Du hast mir meine Andrea genommen. Damals, am Ufer der Mosel.«

Kubaljew schlug im Inneren der Kabine wie ein wild gewordenes Tier gegen jede Wand. »Ich habe nichts gemacht, was nicht okay war. Noch nie! Auf dem Balkan nicht … im Irak nicht …«

»Aber wir waren hier in Trier, und nicht im Krieg«, erwiderte Fischer immer noch völlig ruhig. »Wir feierten die Wallfahrt. Waren alle Brüder und Schwestern.«

»Krieg ist überall, Du Schwachkopf. Du merkst es nur nicht«, kam es aus Kubaljews Kehle.

»Ich weiß nicht warum«, sagte Fischer nach einer Weile, »aber ich vergebe Dir. Mach Deinen Frieden mit Gott.«

Dann verließ er den Raum.

* * *

Pater Philipp, der morgens immer als erstes die Basilika betrat, hatte am nächsten Morgen die 112 gewählt, um die im Aufzug eingeschlossenen Personen befreien zu lassen. Die alte Dame war mit Dehydrierungserscheinungen ins Krankenhaus gebracht worden, während sich der andere Insasse bereitwillig versorgen ließ und empört von dem Küster berichtete, der sie aus schier unerfindlichen Gründen in der Kabine festgehalten, die Rettung verzögert und sie schließlich ihrem Schicksal überlassen hatte. Der Mann müsse wohl verrückt gewesen sein.

Draußen kam Wind auf. Zugluft löschte einige der Teelichter auf den Lichtstellagen vor den Heiligenbildern. Und auf dem Friedhof hinter der Abtei, über dem Grab von Frau und Tochter, brach im anhebenden Sturm der Ast, an dem sich ein Unglücklicher seine Befreiung von der Pein des Lebens erhofft hatte.

Des Försters Gattin

ANSGAR SITTMANN

Nur das eindringliche Geräusch der Kreissäge unterbrach die winterliche Stille, die am späten Dienstagabend das kleine Dorf an der Mosel umhüllte. Der Müller Schorsch macht Holz, würden die wenigen, einheimischen Besucher der Gaststätte an der Moselpromenade sagen, ein eifriger Junge. Selbst mit Mitte dreißig, eigentlich sogar bis zum Tod blieb man in Mehring *der Sohn von* oder *die Tochter von*. *Der Junge. Das Mädchen.* Aber das war in Ordnung. Auch wenn die Jungwinzer mit Internet und deren Sprösslinge mit Wii und PSP ausgestattet waren, schien der Wandel der Zeit nicht komplett auf die Gemeinde überzugreifen. Wie auch? Außer etwas Tourismus, außer Holländern, Briten und Skandinaviern auf der Suche nach moselfränkischem Lokalkolorit und Weinbergen gab es hier eigentlich nichts.

Der Müller Schorsch hieß eigentlich Georg. Und seine Frau Caroline. Was hatten die beiden nicht immer gelacht, gerade zur Weihnachtszeit, wenn Loriots Adventsgedicht im Fernsehen übertragen wurde. Georg war nämlich Förster. Mit Leib und Seele. Diplom-Forstwirt.

Voll Sorgfalt legt sie Glied auf Glied,
was der Gemahl bisher vermied.

Ja, was hatten sie gelacht. An diesem Abend lachte nur er. Ein verrücktes Lachen, unterbrochen von Schluchzern. Tränen schossen ihm in die Augen, liefen seine Wangen herunter und vermischten sich mit Schweiß und Blut.

Sie hatte sicher nicht viel gespürt. Nicht mal geschrien. Nur die Augen weit aufgerissen, als sie zu Boden sank. Die Klin-

141

ge seines Jagdmessers war auch ordentlich lang, und er hatte es mit Wucht zwischen ihre Rippen gerammt. Ein Stoß hatte gereicht. Wie gut, dass der Küchenboden mit Fliesen bedeckt war. Die Blutlache ließ sich leicht beseitigen. Im Schuppen ließ er sie ausbluten. Aufgehängt an einem Fleischerhaken, der sich sonst nur in den Nacken eines Wildschweins oder eines Rehs bohren musste.

Am schlimmsten war der Oberkörper. Wie gerne hatte er ihre Brüste liebkost. Diese kleinen, festen, warmen Brüste. Nun waren die Beine dran. Die Knochen splitterten kaum. Er achtete immer peinlich darauf, dass das Kreissägeblatt ordentlich scharf war. An hochwertigem Material wurde im Hause Müller Schorsch nicht gespart.

Der Schmiedeofen war auch vom Feinsten und hatte jetzt die notwendige Temperatur erreicht, damit darin ihre Überreste verbrannt werden konnten. Georg musste brechen. Er schaffte es nicht mehr ganz bis zum Waschbecken. Seine Montur bekam eine ordentliche Portion ab. Dann brachte er sein makabres Werk zu Ende. Er wusste nicht, was ihn mehr ekelte. Der Geruch seines Erbrochenen oder der ihrer brennenden Haare und Eingeweide. Einen Teil ihrer Oberschenkel hatte er zurückbehalten und sorgfältig in Silberfolie eingewickelt. Das würde er diesem Schwein servieren, mit dem Caroline geschlafen hatte.

Seinen großen Kombi hatte der Dreckskerl an der Finnenbahn geparkt. Ein Trimm-dich-Pfad, idyllisch auf der Moselterrasse gelegen und im Winter kaum genutzt. Insbesondere nicht, wenn es schon früh dämmerte. Aber Georg war unterwegs gewesen. Mit seinem Fernrohr. Ihr Gesicht hatte er genau erkennen können. Und wie sie sich auf und ab bewegte. Die Autoscheiben waren nicht einmal beschlagen gewesen. Vermutlich hatte die Standheizung für eine wohlige Temperatur gesorgt.

Georg legte das Fleisch in die Gefriertruhe. Dann duschte er sich. Das Wasser war heiß. Langsam kam er wieder zu Sinnen. Er suchte nach ihrem Höschen. Angewidert packte er es in eine Plastiktüte. Die Spermaflecken ihres Stechers waren getrocknet.

Sein Haus war das letzte am Rebenhang, dort, wo die Weinberge begannen. Diese malerischen, steilen Wege entlang der Schiefermauern, in denen sich im Sommer zur Freude der Kinder die Eidechsen tummelten. Es war dunkel, aber er kannte die Wege auswendig. Wie friedlich der Ort nun unter ihm lag. Die Mosel glitzerte ruhig im Mondschein. Jenseits der Finnenbahn begann das Waldstück. Ihr Höschen warf er ins Gestrüpp. Die Spürhunde würden es da schon finden.

* * *

»Weihnachten ist doch in vier Tagen, oder?«

Christian und Stefanie schauten sich an und grinsten. Christian biss herzhaft in sein Brot. Mit Schinken und Käse belegt. Dann trank er einen Schluck Bier.

»Ja, Tobias. Am Samstag«, sagte Stefanie.

»Und krieg' ich eine Playstation, Mama?«

»Na, ich weiß nicht, Tobias. Da haben wir doch schon drüber gesprochen. Ich finde, das ist ein bisschen früh mit sieben.«

»Aber Mama«, insistierte der Junge, »Yannick hat auch eine. Und Jonathan.«

Christian schaltete sich ein: »Nun wart's ab, Tobias. Du wirst dich schon freuen. Und wenn du noch Spongebob gucken willst, kannst du den Fernseher anmachen. Du bist doch fertig, oder?«

Tobias nickte, wischte seinen Mund ab und verschwand ins Wohnzimmer.

»Hörst du das, Christian. Der Georg macht noch Holz.«

»Ja.«

»Was machen wir jetzt?«

»Was meinst du?«

»Na ja, die Playstation.«

»Hm, wenn du mich fragst, also ich finde, er kann eine haben. Es gibt ja auch gute Spiele. Ohne Geballer und so.«

»Wenn du meinst.«

Stefanie beobachtete, mit welchem Appetit ihr Mann die Brote verschlang. Sie freute sich, wenn er hungrig nach Hause kam. Und er hatte nun wahrlich keinen einfachen Job als Kriminalkommissar.

»Wie war dein Tag?«

»Du, nichts Weltbewegendes. Viel Papierkram. Du weißt ja, der Fall mit dem Bordellraub in Bitburg ist gelöst. Eigentlich nicht dumm, die Jungs. In solchen Etablissements gibt's immer genug Bargeld zu holen. Wer zahlt da schon mit EC- oder Kreditkarte.«

Stefanie lachte.

»Na, dann steht deiner Beförderung ja nicht mehr viel im Weg.«

»Stimmt. Ich denke, jetzt kommen sie nicht mehr an mir vorbei. Bald kannst du Kriminalhauptkommissar zu mir sagen.«

Er stand auf und griff nach seinen Zigaretten, die auf der Anrichte lagen.

»Danke fürs Abendessen, Schatz«, sagte er und gab ihr einen Kuss. »Ich geh' mal kurz vor die Tür.«

Wenn Stefanie ihn doch bloß nicht so lieben würde. Und der Junge. Würde er noch zu ihm kommen, wenn er die

Mama wegen einer anderen verließ? Scheidungen gab es selbst in Mehring zuhauf, und mangels Masse ergaben sich manchmal die seltsamsten neuen Partnerschaften. Die Frau vom Vogt? Nee, die war doch jetzt mit dem Frick zusammen. Vor Weihnachten würde er Stefanie sowieso nicht damit konfrontieren. Nein, alles mit Anstand. Sie würde auch das Haus behalten können. Es war zwar noch nicht ganz abbezahlt, aber das würde er schon schultern können.

Es war bereits neun, als Stefanie den Kleinen ins Bett beorderte. Christian hatte derweil die Füße auf den Wohnzimmertisch gelegt und sah fern, als plötzlich das Telefon klingelte.

So'n Mist, dachte er. »Kannst du ran, Schatz? Ist bestimmt deine Mutter.«

Er hörte, wie Stefanie abnahm und sich meldete.

»Mein Mann? Ja, einen Augenblick bitte.«

Mit Genugtuung reichte sie ihm das Telefon.

»Für dich.«

»Polizeiinspektion Schweich, Polizeihauptmeister Merten am Apparat. Guten Abend Herr Thoma. Wir haben eine Vermisstenmeldung.«

Genervt richtete sich Christian auf.

»Und? Das liegt ja wohl in Ihrem Zuständigkeitsbereich.«

»Ja, richtig, Herr Thoma. Aber nach Lage der Dinge müssen wir davon ausgehen, dass ein Delikt vorliegt, das sowieso von der Kriminaldirektion Trier übernommen wird. Ein Herr Georg Müller aus Mehring hat seine Frau als vermisst gemeldet. Sie ist heute Nachmittag nach der Arbeit zum Joggen in den Mehringer Wald gelaufen und bis jetzt nicht zurückgekehrt. Verwandte und Freunde hat Herr Müller schon abtelefoniert. Und wir die Krankenhäuser in Trier. Uns wurde mitgeteilt, dass Sie Rufbereitschaft haben. So ist die Lage.«

Stefanie kam mit einer Schale Chips und einer Flasche Wein ins Wohnzimmer und sah, wie Christian kreidebleich den Ausführungen seines Gesprächspartners folgte.

»In Ordnung ... ich ...«, stammelte er, »ich kümmere mich ... also ... Heute bekommen wir keinen Suchtrupp mehr zusammen ... und die Spürhunde. Ich melde mich, Herr Merten.«

Christian sackte im Sessel zusammen und ließ seine Arme über die Lehne baumeln.

»Christian! Was ist los?« Sie strich ihm über den Kopf und spürte kalten Schweiß an seinem Haaransatz.

»Kaum zu glauben. Die Frau von Georg ... Caroline. Er hat sie vermisst gemeldet.«

»Das ist ja furchtbar.«

* * *

Die steilen Hänge hochzulaufen, allen voran die Hundeführer mit den Schäferhunden, verlangte der Hundertschaft einiges ab. Der Weg seiner Frau führte sie in der Regel über die Finnenbahn, wo sie einige Fitness- und Dehnübungen absolvierte, bevor sie im Wald weiterlief, hatte Georg der Polizei mitgeteilt.

Es dauerte nicht lange, und einer der Hunde schlug an.

»Herr Kommissar!«

Christian eilte an die Stelle, wo Carolines Slip gefunden wurde.

»Nichts anfassen. Rufen Sie die Spurensicherung an.«

Unschlüssig und hastig atmend rieb sich Christian das Kinn.

»Das muss nicht zwangsläufig von ihr sein.«, sagte er, obwohl er das Wäschestück natürlich sofort erkannt hatte.

Der Hundeführer schaute ihn verdutzt an.

»Aber, Herr Kommissar! So wie die Hunde angeschlagen haben! Da gibt es für mich keinen Zweifel.«

»Für Sie!«, raunzte ihn Christian an. »Für mich schon! Warten wir erst die labortechnische Untersuchung ab.«

Er sah einen Blutfleck. Hatte sie ihre Tage gehabt? Das hatte er gar nicht gemerkt.

»Okay, weitersuchen! Los!«

Christian lief panisch mit, tiefer in den Wald. Wenn Caroline das Opfer eines Triebtäters geworden war und ihr Slip so nahe an der Finnenbahn lag, konnte ihr Körper eigentlich nicht weit entfernt liegen. Es gab nur eine Straße, die an diese Stelle führte, und die war er hinuntergefahren, ohne irgendwo ein weiteres Fahrzeug zu sehen. Caroline hatte er einige Hundert Meter vor ihrem Haus abgesetzt. War sie danach tatsächlich noch einmal losgelaufen? Sowieso würde die Spurensicherung auf dem Waldboden, den der Regen der letzten Zeit aufgeweicht hatte, leicht feststellen können, wie viele und welche Fahrzeuge in den vergangenen Tagen in unmittelbarer Nähe zur Bahn geparkt hatten.

Mit Einbruch der Dunkelheit wurde die Suche unterbrochen.

»Wir machen morgen weiter. Achtet darauf, wo der Boden besonders gelockert ist.«

Müde und angespannt liefen die Polizisten die Hänge hinunter zu ihren Einsatzfahrzeugen. Was würde sie am nächsten Tag erwarten?

»Man muss von einem Sexualdelikt ausgehen, Herr Mohr«, meinte ein Beamter der Spurensicherung, während sie auf Georgs Haus zusteuerten. »Die Spermaflecken sieht man mit bloßem Auge. Dafür muss man kein Experte sein. Wenigstens hat es uns der Täter einigermaßen leicht gemacht. Eindeutigere DNA-Spuren gibt es kaum.«

Christian nickte.

»Und eins ist klar: Der Täter muss aus unserer Ecke kommen.«

»Warum?«, fuhr ihn Christian an.

»Na hören Sie mal, ist doch klar, oder? Welcher Triebtäter vermutet ausgerechnet an einem ungemütlichen Wochentag im Dezember eine hübsche Joggerin in den Weinbergen von Mehring? Na?«

Als er keine Antwort erhielt, fuhr der Beamte unvermittelt fort:

»Wir werden also einen groß angelegten Speicheltest veranstalten und fangen bei den männlichen Einwohnern an. Auch ohne Leiche. Ich glaube es eigentlich nicht, aber vielleicht wird sie irgendwo festgehalten. Wenn wir den Täter mittels DNA-Abgleich finden, hat die Frau, wenn sie noch lebt, eine Chance.«

Die beiden hatten Georgs Haus erreicht und klingelten an der Tür.

»Und?« Georg schien kaum geschlafen zu haben. Seine Augen waren eingefallen und gerötet.

»Es …«, begann Christian unentschlossen. Er legte seine Hand auf Georgs Schulter. »Es sieht nicht gut aus.

»Caroline …«, schluchzte Georg.

»Wir haben ihren Slip gefunden. Es ist etwas passiert. Wir suchen morgen weiter. Brauchst du irgendetwas? Willst du mit jemandem sprechen?«

»Nein … nein, danke, Christian, ich weiß das zu schätzen …«

* * *

»Mein Gott, Christian, das ist ja alles fürchterlich«, sagte Stefanie, als sie den *Trierischen Volksfreund* studierte. »Ein Triebtäter? Hier in Mehring?«

Es war ein freundlicher Morgen. Die Sonne schien mit voller Kraft und schmälerte die Hoffnungen auf eine weiße Weihnacht. Christian strich lustlos die Marmelade auf das Brötchen.

»Meinst du, mit dem Speicheltest findet ihr den Täter? Vielleicht lebt Caroline doch noch, oder?«

»Was weiß ich«, antwortete Christian barsch. »Und selbst wenn man die Spermaflecken identifizieren kann, ist doch nicht gesagt, dass sie zum Täter gehören.«

»Wie meinst du das?«

»Überleg doch mal! Vielleicht hat sie vor ihrem Waldlauf mit Georg geschlafen ... oder mit irgendjemand anderem.«

Stefanie schüttelte entrüstet den Kopf.

»Das ist aber arg an den Haaren herbeigezogen.«

»Ist es nicht!« Christian schlug mit der flachen Hand auf den Tisch.

»Entschuldigung, Stefanie. Das macht mich fertig. Hier bei uns auf dem Dorf ... ich kann es selbst nicht glauben.«

Er biss in sein Brötchen und trank einen Schluck Kaffee.

»Ach, hast du's gekauft, Stefanie?«

»Die Playstation? Ja, wie abgemacht.«

»Gut. Sehr gut. Wenigstens kann sich unser Tobi an Weihnachten freuen.«

Hundertschaft und Spürhunde suchten den ganzen Donnerstag. Sie durchkämmten den Wald zwischen Mehring und Schweich, liefen die steilen Weinberghänge auf und ab. Erfolglos. Staatsanwaltschaft und Kriminaldirektion bereiteten logistisch den Speicheltest vor. Da Weihnachten unmittelbar vor der Tür stand, wurde er auf den 26. Dezember terminiert. Alle männlichen Einwohner sollten sich freiwillig in der alten Schulhalle melden.

* * *

Ob er rüberkommen könne, hatte er am Telefon gefragt. Er halte die Ruhe im Haus nicht aus, er brauche jemanden bei sich. Ein Tag vor Heiligabend. Und die Ungewissheit, was wohl mit Caroline passiert sei. Christian und Georg kannten sich seit Grundschulzeiten. Sie waren nicht wirklich Freunde. Aber in einem kleinen Dorf lernt man, miteinander auszukommen. Gemeinsam Fußball spielen, an Ostern klappern gehen, wenn die Glocken nicht läuten …

Zum Abendessen bei sich zu Hause, hatte er am Telefon gesagt. Er wolle auch was Feines kochen.

Georg hatte sich offenbar rasiert, frisch geduscht. Nur die Augenringe und die eingefallenen Wangen verrieten seinem Gast, wie er sich fühlte.

Er hatte den Tisch in der Wohnküche eingedeckt, das beste Geschirr herausgeholt, das Silberbesteck, eine weiße Tischdecke, zwei Kristallweingläser.

»Setz dich, Christian, hier, komm. Danke, dass du gekommen bist!«

Christian lächelte verlegen.

»Weißwein? Der ist von Kaufmanns, schön trocken. Du magst doch trockene Weine, oder? Wie Caroline.«

Georg schenkte beiden ein Glas ein. Dann setzte er sich und entfernte den Deckel vom Bräter.

»Prost, Christian!«

»Prost!« Christian nahm einen kräftigen Schluck.

»So, schau mal, sieht der nicht gut aus?«

Georg deutete auf den schmalen, länglichen Braten, der umgeben von Karotten, Rosenkohl und Erbsen in der Sauce lag.

»Hm, ja. Riecht gut.«

Mit einem geschäftigen Gesichtsausdruck beugte sich Georg nach vorne und schnitt mit seinem Jagdmesser ein großes Stück Fleisch ab und legte es auf Christians Teller.

»Und was ist das für ein Fleisch?«, fragte er, während er ein paar Salzkartoffeln dazu legte.

»Wildes Fleisch, ungezähmtes. Heißes.«

Christian zögerte einen Moment. Gregor schaute wie besessen mit offenem Mund auf die Gabel seines Gastes.

»Iss«, sagte er, beinahe befehlend.

»Hm, sehr gut, Georg, ungewöhnlich. Aber ich kann den Geschmack nicht wirklich zuordnen.«

»Wirklich nicht? Müsstest du aber eigentlich.«

Georg starrte ihn an.

»Ach ja? Ich würde sagen Wildschwein.«

»Wildschwein! Das ist gut!«, lachte Georg laut auf. »Nein, nein, weiter, du kennst es, hattest es schon mal im Mund. Bestimmt! Komm, rate!«

Während Christian einen weiteren Bissen zum Mund führte, stand Georg auf, ging zur Anrichte und nahm eine gusseiserne Pfanne. Er setzte sich an den Tisch, hielt die schwere Pfanne in der rechten Faust.

»Na? Kommst du drauf? Zart, wild, heiß ... läufig! Na?«

Christian kaute nur noch langsam und ließ seine Gabel sinken.

»Komm, sag schon, zart, wild, heiß, läufig!«, schrie Georg, »Ja, du kennst sie, du kennst sie!«

Angewidert spuckte Christian den Rest aus. Ehe er irgendetwas sagen geschweige denn aufstehen konnte, hörte er nur noch, wie Georg hysterisch Carolines Namen schrie, und er fiel in dem Moment in Ohnmacht, in dem die Pfanne auf seinen Kopf krachte.

* * *

Die hämmernden Schmerzen waren kaum auszuhalten. Benommen lag er auf der Rückbank von Georgs Wagen. Er konnte die Augen kaum öffnen, sah alles verschwommen. Seine Wange war nass. Er tastete seinen Kopf ab. Blut. Der Schlag mit der Pfanne hatte ihm eine Platzwunde zugefügt. Aber er lebte. Vorsichtig richtete er sich auf. Durch die Windschutzscheibe konnte er erkennen, wie Georg ein Seil um den Ast eines Baums schwang.

In den Menschen, die durchdrehen, erwacht häufig eine ganz besondere Art von Lebensgeistern. Georg wollte ihn also aufhängen! Alles würde auf einen Selbstmord hindeuten. Eine Verzweiflungstat, nachdem er Caroline umgebracht hatte. Denn es war natürlich seine DNA, die mit den Spermaflecken auf Carolines Höschen übereinstimmte.

Langsam gewöhnten sich seine Augen an die Dunkelheit. Viel Zeit würde ihm nicht bleiben. Auf dem Beifahrersitz entdeckte er Georgs Jagdmesser. Er nahm es an sich, stieg aus dem Auto und bewegte sich auf Georg zu, der gerade dabei war, die Schlinge zu knoten. Er war nur noch etwa einen Meter von Georg entfernt, als ein kleiner Ast mit lautem Knacken unter seinem Schuh zerbrach. Georg fuhr herum. Zu benommen für einen Kampf, setzte Christian mit letzter Kraft zu einem Sprung an und stieß das Jagdmesser in Georgs Hals. Wie ein nasser Sack fiel er um. Blut quoll aus seinem Mund, und er röchelte.

»Dreckschwein, gleich ist es vorbei«, presste Christian hervor, und wartete, bis Georgs Körper sich nicht mehr bewegte.

* * *

»Danke Papa! Danke Mama!«

Tobias hatte es gehofft, aber war sich keineswegs sicher gewesen. Endlich war Weihnachten. Freudestrahlend öffnete er das Paket mit der Playstation.

»Weißt du was, Papa? Mit deinem Verband siehst du aus wie ein Inder.«

»Wer den Schaden hat …«

»… spottet jeder Beschreibung«, beendete Stefanie den Satz ihres Mannes.

»Und? Wie geht es dir?«

»Okay.«

»Unglaublich, was vorgefallen ist. Mir wird ganz schlecht, wenn ich daran denke. Und ihr habt tatsächlich Reste im Schmiedeofen gefunden?«

»Unsere Spezialisten. Ja. Der Fall ist geklärt.«

Stefanie ging in die Küche und holte die Weihnachtsgans aus dem Ofen. Die drei setzten sich an den Tisch. Stefanie servierte, und Christian schenkte Wein in die Gläser.

»Und die Flecken? Du weißt schon«, sagte sie, ohne vor ihrem Sohn ins Detail gehen zu wollen.

Christian hielt kurz mit dem Einschenken inne. »Um Georgs Motiv herauszufinden, wäre es vielleicht interessant zu wissen, mit wem Caroline geschlafen hat. Aber für uns ist der Fall erledigt. Arme Caroline.«

»Ja, arme Caroline. Und ihr armer Liebhaber.«

»Hm, ja, armer Tropf«, pflichtete Christian bei, trank einen Schluck Wein und schnitt ein Stück von der Gänsebrust ab.

Der Wandersarg

Simon Reinsch

Es war bereits kurz vor 18 Uhr, als Thomas seinen klapprigen alten Golf Kombi vor dem Haus von Frau Becker in Neumagen-Drohn parkte, nicht weit vom historischen Denkmal des Neumagener Weinschiffs. Sonst kam er immer schon gegen vier, aber heute hatte er eine Ausnahme machen müssen. Seine Ex-Frau Angelika hatte ihm überraschend zugestanden außerplanmäßig seinen Sohn zu besuchen, und diese Gelegenheit hatte er sich nicht entgehen lassen können. Zwar wusste er, dass sie sich damit nur ein bisschen Zeit für eine ihrer Freizeitbeschäftigungen erkauften wollte – wie auch immer ihr gegenwärtige Stecher hieß – aber das nahm er billigend in Kauf. Also hatte er den Tag mit Ruben verbracht, und kam folglich erst jetzt dazu, sich um die alte Frau zu kümmern.

Sie war eine eigenartige Person. Schon vor Langem hatte sie sich komplett zurückgezogen, verließ quasi nie ihr Haus und erlaubte auch keinerlei Besuch. Dass sie bei ihm eine Ausnahme machte, grenzte an ein Wunder. Noch verwunderlicher war allerdings die Tatsache, dass er sich darauf eingelassen hatte, sie zu pflegen. Ständig nörgelte sie an ihm herum, beschimpfte ihn als Versager und hatte an allem etwas auszusetzen. Ihre Zahlungsmoral ließ ihn jedoch über all das hinwegsehen. Es war schließlich nicht gerade einfach, einen Job zu finden, bei dem man für ein bis zwei Besuche pro Woche so viel Geld bekam, und das auch noch schwarz.

Thomas stellte die beiden Tüten mit den Einkäufen neben sich auf den Boden und klingelte an der Haustür. Keine Reaktion. Bestimmt war sie mal wieder eingeschlafen. Er kramte den Schlüssel aus der Hosentasche, schloss die Tür auf, und betrat leise das Haus. Es war dunkel wie immer, da die Alte sich weigerte ihre Rollläden zu öffnen, aus Angst, jemand könne sie beobachten. Die Dunkelheit wurde nur übertroffen von dem typischen, muffigen Geruch der alten Wohnung. Der blieb im Gegensatz zur Dunkelheit auch, als er das schwache Licht im Flur einschaltete. Sonderlich hell war es jetzt zwar immer noch nicht, aber wenigstens konnte er etwas sehen. Er zog die Haustür zu und stellte die Einkaufstüten auf den Küchentisch. Dann ging er ins Wohnzimmer, um Frau Becker zu wecken. Wie erwartet saß sie auf ihrem Lieblingsstuhl. Was er jedoch nicht erwartet hatte, war die Tatsache, dass sie mittlerweile verstorben war. Der Stuhl war anscheinend unter ihr zusammengebrochen. Beim Sturz hatte sie sich dann den Kopf an der Tischkante aufgeschlagen. So saß sie nun da, auf den Trümmern ihres Stuhls, den Kopf auf dem Sofatisch in einer Blutlache.

Thomas hatte vor einiger Zeit, als er wieder einmal arbeitslos gewesen war, kurz bei einem Bestatter in Traben-Trarbach ausgeholfen. Diese Erfahrung kam ihm jetzt in mehrerlei Hinsicht zugute. Zum einen erkannte er sofort zweifelsfrei, dass Frau Becker nicht mehr zu retten war. Zum anderen verkrafteten sein Kreislauf und sein Magen die Situation deutlich besser, als man das hätte erwarten können. Das Problem war allerdings der Stuhl. Den hatte er Frau Becker erst letzten Dienstag zurückgebracht. Er war neulich mit der Jacke daran hängen geblieben und hatte ihn umgeworfen, worauf ein Teil der filigranen Schnitzerei zerbrochen war. Also hatte er ihn mitgenommen und repariert. Die Reparatur hatte ihm zwar einiges an Kopfzerbrechen bereitet, Frau Becker jetzt aber anscheinend noch deutlich mehr. Was sollte er jetzt tun? Die Frau war nicht gerade umgänglich gewesen. Niemand hatte sie gemocht. Wenn er sich jetzt bei der Polizei melden würde, hatte er keine Chance. Sie würden feststellen, dass seine Spuren am Stuhl waren, und auch sonst überall im Haus, vermutlich sogar an Frau Beckers Kleidung selbst. Es musste also zwangsläufig der Anschein entstehen, als hätte er sie umgebracht. Außerdem konnte er ja schlecht erklären, was er in ihrer Wohnung zu suchen gehabt hatte.

»Hallo Herr Kommissar, da komme ich doch heute Abend zum Schwarzarbeiten vorbei, und da ist die arme Frau mausetot. Ich war das aber nicht!« Nicht gerade glaubwürdig. Und selbst wenn sie ihm glauben würden, finanziell wäre er damit erledigt. Es gab also keine andere Möglichkeit, oder?

Dass Frau Becker nie ihr Haus verlassen hatte, würde ihm sicherlich zugute kommen. Es würde ewig dauern, bis jemand ihr Fehlen feststellen würde. Er ging ins Schlafzimmer, öffnete den Kleiderschrank und zog ein Bettlaken heraus. Im Badezimmer fand er Eimer und Lappen sowie Putzmittel, in der Küche eine Rolle dicker, schwarzer Müllsäcke. Auf der Kommode im Flur lag ein Paar Handschuhe, das er sich anziehen konnte. Und dann machte er sich daran, Frau Becker mitsamt den Bruchstücken ihres Lieblingsstuhls in dem Laken zu verpacken. Ein ordentliches Bündel, das er zusätzlich in einem Schwerlastsack verstaute. Ein Glück, dass sie so leicht und dünn war. Anschließend wischte er den Tisch ab und putzte zügig durch. Aber wie sollte er die Alte aus dem Haus schaffen, ohne dass jemand etwas bemerkte? Sein Blick fiel auf die Kommode im Flur. Ja, das konnte funktionieren. In Kommodenform würde sie gewiss nicht auffallen. Und wenn er sie eh schon verschwinden ließ, dann konnte er doch gewiss auch ihr Portemonnaie mitnehmen, oder? Das war immer prall gefüllt, und ihr würde es sowieso nichts mehr nützen …

Wenig später verließ Thomas das Haus mit einer Kommode auf einem Rollbrett. Den Inhalt des Schränkchens, eine tote Frau, ein kaputter Stuhl und zwei volle Einkaufstüten, konnte man von außen nicht einmal erahnen. Nachdem er alles mit enormer Kraftanstrengung im Kofferraum verstaut hatte, setzte er sich ans Steuer und fuhr vorsichtig ortsauswärts in Richtung Leiwen. An der Mosel entlang gab es keinerlei Möglichkeit von der Straße abzufahren, aber sobald er die Gelegenheit hatte, bog er links ab, den Berg hinauf.

Er erreichte den Waldrand bei Einbruch der Dämmerung. Das kam ihm natürlich sehr gelegen, so würde er wahrscheinlich ungestört bleiben. Sein Auto parkte er etwas abseits hinter einem Holzlager, wo es nicht auffallen würde. Dann nahm er sich Frau Becker vor. In ihrem Schrank würde er sie wohl kaum vernünftig transportieren können. Andererseits hätte sie dann wenigstens eine Art Sarg. Nein, so stark war er nicht, dafür war die Kommode viel zu schwer. Außerdem müsste er dann ein größeres Loch ausheben. Also schulterte er den Schwerlastsack mit der Leiche, schloss den Kofferraum und machte sich auf den Weg weiter in den Wald hinein. Nach einigen Minuten hatte er eine geeignete Ruhestätte gefunden. Vorsichtig legte er seine Fracht unter einem Baum auf den Boden und bedeckte sie anschließend mit einigen Ästen. Die einsetzende Dunkelheit musste jetzt reichen, um ihm ein paar Minuten Zeit zu verschaffen. Er lief zurück zum Auto, griff sich den Spaten, den er aus dem Keller der Toten entwendet hatte, und machte sich auf den Rückweg zu seinem Versteck.

Es konnten nur noch wenige Meter bis zu Frau Becker sein, als er in der Dunkelheit vor sich eine Bewegung wahrnahm. Erschrocken blieb Thomas stehen und lauschte auf das Rascheln. Etwas schien seinen Sack gefunden zu haben, ein Wildschwein vielleicht? Das wäre zwar ekelhaft, würde ihm aber unter Umständen die Entsorgung der Leiche abnehmen. Dann begann das Wildschwein zu fluchen.

»Dass diese Idioten immer ihren Müll im Wald abladen müssen! Wenn ich die erwische, dann ...«

Die Männerstimme brach abrupt ab, krächzte etwas Unverständliches, und wich einem unterdrückten Schrei, gefolgt von Würgegeräuschen. Scheiße, der Mann hatte in den Sack gesehen! Jetzt blieb ihm nicht viel Zeit. Thomas griff den Spaten fester, hob ihn langsam an und zielte auf die Stelle, wo er inzwischen in der Dunkelheit den Kopf des Mannes erahnen konnte. Sein Herz schlug so laut, dass sein Gegenüber ihn jeden Moment bemerken musste. Dann schlug er mit aller Kraft zu. Ein hässliches Knacken, dann Stille, nur durchbrochen von dem Pochen in seiner Brust. Verdammt, jetzt hatte er wirklich jemanden umgebracht. Er hatte sich doch nur selbst schützen wollen. Warum hatte der Kerl ihm auch in die Quere kommen müssen? Damit hatte er ihm keine andere Wahl gelassen. Thomas musste sich setzen. Von der Ruhe, mit der er Frau Becker gefunden hatte, war nichts mehr übrig. Ein paar Mal tief durchatmen.

Als sein Kopf wieder klarer wurde, traf ihn die Tragweite seines Problems wie ein Schlag ins Gesicht. Jetzt hatte er schon zwei Leichen, die er verschwinden lassen musste. Wie in Trance begann er zu graben. Tiefer, immer tiefer! Schon bald taten ihm die Hände weh, aber er durfte nicht aufhören.

Irgendwann hatte er es endlich geschafft. Ein Loch, groß genug, um die beiden Toten verschwinden zu lassen. Er ließ sie hineingleiten, vergewisserte sich, dass nicht noch irgendwelche verräterischen Hinweise um ihn herum verstreut lagen, und schaufelte schließlich die Erde zurück an ihren Platz. Was aufgrund der beiden Leichen nicht mehr in das Loch passte, verteilte er möglichst unauffällig in der Umgebung. Schweißnass besah er in der Dunkelheit sein Werk. Natürlich konnte man noch sehen, wo er gegraben hatte, aber nur, wenn man wusste, wo man suchen musste. Thomas war sich jedoch sicher, dass er daran nichts ändern konnte. Ein letzter Blick zurück, dann machte er sich auf den Rückweg zum Auto.

Nachdem er den Spaten auf der Rückbank seines Wagens verstaut hatte, stand er vor dem nächsten Problem. Er hatte noch immer die Kommode im Kofferraum. Die musste er dringend entsorgen, aber wie? Vergraben war unsinnig, verbrennen zu auffällig, zurückbringen zu gefährlich. Dann kam ihm die rettende Idee. Niemand würde dieser Kiste etwas anmerken, sie war weder voll Blut, noch sonst irgendwie auffällig. Und wer sollte sie mit ihm in Verbindung bringen? Folglich konnte er sie doch einfach auf den Sperrmüll bringen, oder? Als er vorhin aus Richtung Bernkastel-Kues gekommen war, hatte er in Piesport welchen am Straßenrand stehen sehen, da würde er die Kommode dazustellen. Erleichtert schnallte er sich an, startete den Wagen und machte sich auf den Weg dorthin. Er würde besser die

Hauptstraße meiden, und zwischen Neumagen-Drohn und Piesport einen Landwirtschaftsweg nehmen.

Er hatte noch nicht einmal die Hälfte des Weges geschafft, als im Licht seiner Scheinwerfer eine Gestalt auftauchte. Ein Jugendlicher stand leicht schwankend auf der Fahrbahn. Ein paar Meter neben ihm lag ein großer Haufen Schrott im Graben, der vermutlich mal ein Auto gewesen war. Das hatte ja gerade noch gefehlt! Unter normalen Umständen hätte Thomas jetzt natürlich angehalten und geholfen, gegebenenfalls auch die Polizei verständigt, aber das kam nun definitiv nicht in Frage. Er konnte sich in seiner gegenwärtigen Lage keinen Kontakt mit der Polizei erlauben. Bremsen war somit keine Option. Er lenkte nach links, um auszuweichen, doch der Junge folgte ihm. Verdammt, hatte er nicht schon genug Leichen für einen Tag gehabt? Seufzend trat er auf die Bremse und brachte das Auto kurz vor dem Betrunkenen zum Stehen. Der klopfte auf die Motorhaube, ging zur Beifahrerseite und setzte sich dreist neben Thomas ins Auto.

»Hallo, ich bin …«, begann der Fremde nuschelnd, wobei sein Name in einem Aufstoßen unterging. »Mein Auto ist kaputt. Also nicht mein Auto, das von meinem Vater. Ich hab die Kurve nicht gekriegt.«

Irritiert beäugte Thomas die Straße. Hier war überhaupt keine Kurve.

»Aber bitte keine Polizei, ich bin doch betrunken! Ist ja niemandem was passiert. Nur dem Auto. Scheiße, mein Vater wird echt sauer sein.«

Keine Polizei. Bei diesen Worten entspannte sich Thomas ein wenig. Da war er also drum herumgekommen. Jetzt musste er nur noch den plappernden Jugendlichen loswerden.

»Und wie kann ich dir jetzt helfen?«, fragte er noch immer verdutzt seinen unerwarteten Sitznachbarn.

»Mein Handy ist kaputt, und ich muss dringend nach Hause. Fahr mich nach Piesport!«, antwortete dieser und schnallte sich an.

Eigentlich hätte er sich ein solches Verhalten nie gefallen lassen, aber er entschied, dass es momentan das Beste war, wenn er sich nicht wehrte, sondern den Jungen mitnahm und danach erst den Schrank entsorgte.

»Okay, da muss ich sowieso hin«, sagte er und gab Gas.

»Boah, danke, ey! Du hast mir echt das Leben gerettet«.

Damit kann ich meine Bilanz auch nicht mehr ausgleichen, dachte Thomas.

»Sag mal, hast du eigentlich Alkohol da? Ich könnte echt was vertragen auf den Schreck«, fragte der Fremde und drehte sich suchend nach hinten um.

»Nein, ich hab nichts, aber ich glaube du solltest sowieso nichts mehr trinken«.

»Scheiße, ist das Blut an dem Spaten?«, schrie der Junge plötzlich. »Lass mich raus! Du bist doch verrückt. Hilfe!«

Noch bevor Thomas reagieren konnte, schnallte er sich ab, öffnete die Beifahrertür, und sprang aus dem fahrenden Auto. Dabei verhedderte er sich im Gurt und hing noch halb auf seinem Platz.

Entsetzt trat Thomas auf die Bremse. Der Wagen wurde langsamer, dann verschwand sein Beifahrer völlig aus der Tür. Direkt darauf gab es einen Schlag, ein dumpf polterndes Geräusch, das Auto hüpfte und kam schließlich zum Stehen. Hastig riss er die Fahrertür auf, rannte um sein Auto herum und sah nach dem Jungen. Der lag blutend hinter dem rechten Hinterrad. Puls hatte er keinen mehr. Der dritte Tote für heute also. Wenigstens dieses Mal keine Kopfverletzung.

Die Polizei rufen konnte er natürlich immer noch nicht. Die Leiche liegen lassen auch nicht. Er ging im Kopf die Möglichkeiten durch. Viele waren es nicht. Was auch immer er tat, er musste sich schnell entscheiden. Der Junge hatte gesagt, er habe den Wagen seines Vaters zu Schrott gefahren. Wenn er jetzt verschwinden würde, würde man eventuell glauben, er sei aus Angst vor der Reaktion seines Vaters weggelaufen …

Im Nu war die Leiche verstaut. Dieses Mal sollte die Kommode nicht nur zum Transport, sondern auch als Sarg dienen. Er drehte an einer Kreuzung und fuhr zurück nach Neumagen. Ein paar Minuten später parkte er kurz vor dem Sportplatz an der Mosel. Dort war eine kleine Schiffswerft mit einer abschüssigen Rampe, die ins Wasser führte. Auf dem Grund des Flusses würde die Leiche so schnell keiner finden. Bliebe nur zu hoffen, dass die gegenüberliegende Feuerwehr nicht gerade zu einem Einsatz gerufen wurde.

Als erstes ließ er den Spaten verschwinden. Wie einen Speer warf er ihn mit aller Kraft vom Ufer weg. Es platschte leise, als er ins Wasser eintauchte. Nun war die Kommode an der Reihe. Dieses Mal hatte er kein Rollbrett, das er nutzen konnte. Und er musste den Schrank weit genug ins Wasser tragen; werfen konnte er ihn nicht. Thomas ächzte, als er den provisorischen Sarg aus dem Kofferraum hob. Das Teil war verdammt schwer! Mühsam schleppte er sich Schritt für Schritt auf die Mosel zu. Er konnte kaum sehen, wo er hintrat. Langsam watete er ins Wasser, schließlich musste er vom Ufer weg. Plötzlich gab der Boden nach, Thomas rutschte im Matsch aus und fiel auf den Rücken. Die Kommode folgte seiner Bewegung und landete unsanft auf seiner Brust. Er fühlte, wie die Luft aus seinen Lungen wich, wie sein

Rücken in den Schlamm gedrückt wurde. Mit aller Kraft versuchte er, sich von dem Schrank zu befreien, jedoch vergeblich. Er konnte seine Arme nicht bewegen, die Kommode lag zu schwer darauf. Immer tiefer sank er in den Schlamm, unfähig sich zu wehren. Das Wasser stieg um ihn herum an, bald würde es sein Gesicht erreichen. Wie auch immer er sich bewegte, die Kommode ließ sich nicht beeindrucken und drückte ihn weiter erbarmungslos auf den Boden. Eine schreckliche Angst überkam ihn. Er musste um Hilfe schreien. Aber dann würde man ihn zusammen mit der Leiche finden, das wäre sein Untergang. Wenn er aber nicht schrie, würde er im wahrsten Sinne des Wortes untergehen, das war viel schlimmer. Er wollte tief Luft holen, um zu schreien, aber als er den Mund öffnete, kam ihm nur noch Wasser entgegen. Es füllte seine Lunge, er keuchte, pure Panik erfüllte ihn, während er langsam im weichen Moselschlamm versank.

Brauneberger Seelenfrieden

F. G. KLIMMEK

Das ist ja wirklich ein erlesenes Tröpfchen, vollmundig, rund. Das ist …«, er schnüffelte am Glas, ließ den Schluck durch den Mund rollen und gab Geräusche von sich, die nach seiner Auffassung von einem Weinkenner in dieser Situation erwartet wurden, »… als wenn einem ein Engelchen – na, Du weißt schon, mein Bester.«

Ich ergänzte in Gedanken »auf die Seele pinkelt – Du Prolo!«

Von solchen Kalibern wie Georg Maierfeld, pardon, Herrn-Direktor-Maierfeld-aber-Du-kannst-ruhig-Schorsch-zu-mir-sagen, wurde ich regelmäßig heimgesucht, wenn der aktuelle Jahrgang in Flaschen gefüllt wurde. Maierfeld war in Personalunion Generaldirektorpräsident und Aufsichtsratsvorsitzender der größten europäischen Firma für Zweikomponentenkleber und suchte schon frühzeitig den Wein aus, den er en gros für seine Geschäftsfreunde als Weihnachtspräsent benötigte. Er war außerdem Mitte fünfzig, übergewichtig, und in allererster Linie ein komplettes Arschloch.

Zum Glück war er kein Gedankenleser. Schließlich lebe ich von solchen Typen.

Er war vor drei Tagen angekommen und machte heute zum ersten Mal einen entspannten Eindruck. Gleich am ersten Abend hatte er lamentiert, dass die Haftex, ein Konkurrenzunternehmen, dabei war, ihm das Wasser abzugraben. Angeblich hätten sie eine umweltschonendere Art der Herstellung gefunden, wenn sie auch bisher an seinen Dumping-Endverbraucherpreis nicht ranreichen konnten. Immerhin war das für seine Lobbyisten in der Landesregierung ein willkommener Aufhänger, ihn mal wieder um die Erhöhung ihrer Schmiergelder anzugehen.

»Mieses, geldgeiles Pack!«, hatte er geflucht, doch nur halbherzig in seiner Wut, wohl wissend, dass er sie letztlich auf der Schwarzgeldschiene doch wieder überrollen würde.

Das endgültige Heilmittel zur Wiederherstellung seiner Zufriedenheit war, wie so oft, ein Wein aus meinen besten Juffer-Parzellen, dem wir uns seit heute Mittag widmeten. Wenn sonst wirklich nichts mehr half, schaffte es mit tödlicher Sicherheit meine Cuvée *Brauneberger Seelenfrieden*, die innere Ausgeglichenheit und charakterliche Souveränität der gestressten Klientel zu restaurieren, die ich hasste, aber deren Geld ich brauchte.

Ich bin nämlich nicht nur Winzer, dabei in dieser Eigenschaft höchst angesehen und von meinen Kollegen in vielerlei Gremien hineinkomplimentiert. Ich bin obendrein – leider, wie ich in Situationen wie dieser manchmal hinzufügen muss – auch Gastronom, der nebenher eine 8-Zimmer-Pension betreibt, die, wie alle in unserer Gegend, auf das Motto »Wein, Weib und Gesang« gegründet ist. Persönlich kann ich auf den Gesang gut verzichten, auf den Wein selbstverständlich nicht, und auf Weib nur höchst ungern.

Da ich, wie gesagt, in unserem Dörfchen nicht ganz unbekannt bin, werden Sie mir hoffentlich verzeihen, dass ich mich Ihnen nicht vorgestellt habe. Das werde ich aus naheliegenden Gründen auch nicht tun. Nennen Sie mich deshalb der Einfachheit halber nur Willi.

»Das Zeug ist ein wahres Wundermittel.« Das *Zeug* war ein Riesling aus bester Lage, und wenn ich blutenden Herzens mitansehen musste, wie sich so ein Banausenknilch wie Direktor Schorsch den Wein hineinkübelte, kam ich mir vor wie ein vom Schicksal Geschlagener, der dazu verdammt war, seine Perlen samt Austern sackweise an die Säue zu verfüttern.

»Das ist noch besser als Baldrian, um mich wieder ins Lot zu bringen«, salbaderte Direktor Schorsch weiter. Mir wurde gleich zweimal schlecht. Erstens bei dem Gedanken an Baldrian, zweitens, weil es Menschen gab, die diese Flüssigkeit in einem Atemzug mit Wein nennen konnten. »Ein paar Gläschen, und schon fühl' ich mich wie auf Wolke 7.«

Jetzt war es wieder so weit! Mit dem Burschen ging die jovial-schwelgerische Art durch, die sich immer dann bei ihm einstellte, wenn er seinen Pegel erreicht hatte.

»Dieses Zeug verschafft mir immer meinen Seelenfrieden, wenn sonst nichts mehr hilft. Willi, Du Teufelsbraten, da hast Du dir wirklich prima Namen für den Wein ausgesucht. Wenn ich mir das so recht überlege, hast Du mir nie verraten, wie Du dadrauf gekommen bist. Komm, lass gehen, wie kommt man auf sowas?« Dabei knuffte der Mann mit dem begrenzten Sprachschatz mich verschwörerisch-intim mit seiner fetten Faust in die Rippen, eine Geste, die ich so liebe wie eine herausgefallene Zahnfüllung am Sonntagmorgen.

Da sollte mich wirklich der Teufel holen und in der Hölle braten, wenn ich ihm dazu die Wahrheit sagte.

»Ach, bei Cuvées kommt so was meistens einfach aus einer Laune heraus. Die Lagennamen dagegen haben meist einen konkreten Hintergrund.« Jetzt würde ich den Kotzbrocken schon in die falsche Richtung bugsieren. »Nicht unbedingt historisch verbrieft, aber irgendeine Geschichte steckt schon dahinter. *Zeller Schwarze Katz* zum Beispiel, oder noch besser *Kröver Nacktarsch*. Das ist richtig interessant. Angeblich hat der Kellermeister einem vorwitzigen Lehrjungen den nackten Arsch versohlt, so, wie man die Szene auf dem Etikett

166

sieht. In der Realität ist der Ursprung aber ein ganz anderer. Da sind die Weinbauern nämlich zur Lese ohne Hose in den Berg gezogen. Und das hatte folgenden Grund ...«

Geschafft. Solche Superschlauen von eigenen Gnaden wie mein anbiedermeierischer Schorsch waren am leichtesten zu manipulieren. Dem Kerl würde ich meine Geschichte noch nicht einmal dann erzählen, wenn er mich zu seinem Alleinerben einsetzte. Obwohl, irgendwem würde ich sie schon gerne offenbaren. Ich weiß auch nicht, warum der Trieb, ein Geheimnis herauszuposaunen, irgendwann so übermächtig wird. Geht das jedem Täter so, wenn er sein Geheimnis nur lange genug mit sich herumgeschleppt hat?

Egal, warum es so ist – es ist so. Den Blödmann hier würde ich sogar noch belügen, wenn er mich nur nach der Uhrzeit fragte, aber zu Ihnen habe ich komischerweise Vertrauen. Weiß der Henker, warum. Und nach zehn Jahren, da treibt es einem einfach den Mund auf. Also, wenn Sie die Geschichte hören wollen? Und wenn ich mir so mein Direktorchen angucke, ist Kröver Nackt*arsch* wirklich keine schlechte Überleitung.

* * *

»Heute war es zu viel, Old Boy, viel zu viel. Heute hast Du einen Tritt in den Arsch verdient. Und ein paar saftige Schläge in die Schnauze!«

Der erste Gedanke, der mich durchzuckte, war: Ach, du Scheiße, die dusselige Kuh hat ihm alles gebeichtet! Ist es denn möglich, dass selbst kluge Frauen in gewissen Lebenslagen so reagieren, als gäbe es nur ein momentanes Blödgefühl und sonst nichts auf dieser Welt, als wären sie ohne Gehirn geboren worden, als hätten sie nicht einen Funken der Bauernschläue ihrer apfelschwingenden Urmutter abgekriegt?

Doch verwarf ich diese absurden Ideen gleich in der nächsten Sekunde. Natürlich hatte Betty den Mund gehalten. Der Kerl hatte uns einfach bloß beobachtet und war uns gefolgt.

Die Grables kamen schon seit den frühen neunziger Jahren zu uns. Er, Arnie, war früher auf der Airbase in Spangdahlem stationiert gewesen und rangierte damals bereits relativ hoch in der Militärhierarchie, sie, Betty, um einiges jünger als ihr Mann, doch frisch verliebt und noch frischer verheiratet. Nach einigen wenigen Jahren war nicht viel vom alten Glanz geblieben. Mit Arnie ging es beruflich nicht weiter, und Betty, der dralle Pferdeschwanztyp, vertrieb sich das langweilige Kaserneneinerlei in einem Wittlicher Sportstudio, wo sie sich, jetzt kurzhaarig und drahtig, vom Körperkultvirus hatte infizieren lassen.

Als ihm dann eine interne Regel aus Altersgründen das Fliegen verboten und er schon vorher aus denselben Gründen das Na-Sie-wissen-schon drangegeben hatte, waren sie zurück in die USA gegangen. Aber weil sie nun mal ihre besten Jahre in Deutschland verbracht hatten, war es nur zu verständlich, dass für ihn und seine Frau ein anderer Anlass gefunden werden musste, immer wieder in unsere schöne Gegend zurückzukehren. Für ihn war es der Wein, und der Anlass für seine Frau war ich.

Mir hatte sie schon damals als langhaariges Countrygirl gefallen, wenn sie bei uns kurz anhielten, um auf dem Rückweg in die Kaserne eine Kiste Wein mitzunehmen. Und später, als Aerobicjunkie ohne Babyspeck, gefiel sie mir noch besser. Früher blieben sie nur auf ein paar Minuten, jetzt mieteten sie immer für mindestens eine Woche.

Arnie nutzte die Zeit, um aller Welt und in erster Linie sich selber zu beweisen, dass ein ausgemusterter Soldat nicht zwingend ein Kulturvakuum in seinem ehemaligen Helmständer haben musste, und klapperte eine historische Stätte in der Umgebung nach der anderen ab. Betty machte anfangs noch gute Miene zum langweiligen Spiel, aber als Arnie plötzlich seine erwachte Intellektualität auf die Spitze trieb und Dorfmuseen frequentierte, um sich in staubigen Archiven über Hexenverfolgungen und Bauernkriege in Good-old-Germany kundig zu machen, war bei ihr der letzte Zahn gezogen. Passenderweise schützte sie deshalb zunächst Zahnschmerzen vor und später den üblichen Weiberkram mit Migräne und allem, was so dazu gehört, um zu Hause, sprich in meiner Pension, bleiben zu können.

An dieser Stelle noch weiter drumrum zu reden, wäre eine Beleidigung Ihrer Intelligenz. Es kam, wie es kommen musste, und für das Französische Bett meines Freundes Vinzenz fingen harte Zeiten an. Denn weil bei mir die Zimmer, unabhängig von der Jahreszeit, fast immer ausgebucht sind, ging ich natürlich kein Risiko ein und traf mich mit Betty täglich zum nachmittäglichen Matratzentest zwei Häuser weiter bei meinem besten Freund in unserer alten Fetenbude, die er in nostalgischer Wehmut kaum verändert und also gut abgeschottet hielt.

Alles hätte bis zum Ende der Zeit bzw. von Bettys Attraktivität so weiterlaufen können, hätte sich Arnie für seinen Urlaub einen soliden deutschen Wagen und nicht in seinem völlig unangebrachten Nationalstolz einen elenden Amischlitten gemietet. So aber brach eines schönen Tages beim Durchfahren eines Schlaglochs auf unserer vom Lastwagenverkehr schwer gebeutelten Dorfstraße nicht nur der vordere rechte Querlenker, sondern auch die deutsch-amerikanische Freundschaft. Denn als Arnie unfallbedingt zu einer total unpassenden Zeit wieder bei der Pension erschien, sah er gerade noch seine Frau mit mir in Vinzenz' Haus verschwinden. Ich hatte Arnie nie viel Phantasie zugetraut, doch er musste wohl genug Seifenopern im heimatlichen TV gesehen haben, um zu realisieren, was dies zu bedeuten hatte.

In seiner feinfühligen Cowboymentalität machte er sich erst gar nicht die Mühe, vor der Tür auf uns zu warten, sondern stürmte mit den bereits zitierten Worten in unseren Hobbyraum wie die Kavallerie in die Tipis der Sioux. Getragen von einer Woge aus Wut und Vernichtungsdrang übersah er dabei in seiner Scheuklappenperspektive Tuapapa, der ihm den Weg zum Bett verstellte, ihn stolpern und in hohem Bogen auf die Terracottafliesen krachen ließ.

Tuapapa war ein schräger Typ. Sein Körper war lang und dünn und so verbogen, dass der Bursche mit seinem Hungerödem in der Leibesmitte glatt als Fotomodell für Brot für die Welt hätte durchgehen können. Auch sonst hatte sich der Schnitzer keine besondere Mühe gegeben, sieht man von der Ausgestaltung des Schädels ab. Der war echt beeindruckend. Phantastisch herausgearbeitete Zähne, durch die eine spitze Zunge stach. Glupschaugen eines Basedowkranken, die jeden Betrachter zu fixieren schienen, egal, in welcher Ecke des Raumes er sich befand. Und mörderische Hörner, die fast waagerecht an die fünf Zentimeter aus seiner Stirn herausragten und aus einem undefinierbaren, elfenbeinernen, unzerstörbaren Material zu bestehen schienen.

Vinzenz hatte dieses fast einen Meter hohe Teufelssymbol der Osimosi-Inseln mitgebracht, als er vor Jahren in seiner Flower-Power-Zeit in den entlegensten Winkeln der Welt herumhippiete und von überallher den absonderlichsten Krimskrams mit in unser rückständig-urdeutsches Dorf schleppte, in dem ein Joint von seiner kriminellen Gewichtung her gleich hinter einem Attentat auf den Kaiser rangierte. Paradoxerweise war ausgerechnet diese Hausbackenheit

170

unserer Gegend der Grund dafür, dass Vinzenz immer über eine wohlgefüllte Reisekasse verfügen konnte; denn seine gesamte Verwandtschaft war heilfroh, ihn in seiner Sturm-und-Drang-Zeit auf Distanz halten zu können. Jedenfalls hatte Vinzenz, wenn er alle paar Monate wieder hier auftauchte und von uns Ortsgebundenen gebührend bestaunt wurde, immer irgendwelche Kuriositäten dabei, die dann in unserem Fetenzimmer neben den bereits angesammelten Kugelfischen, Seeigeln, Kaftanen, Wasserpfeifen und einem ausgestopften Krokodil landeten. Tuapapa, der so wunderbar als Halterung für Jeans, Blusen und was sonst noch so entfernt werden musste, dienen konnte, fand seinen Platz direkt am Bett.

Nun mag man einwenden, dass es einer erotischen Atmosphäre nicht unbedingt zuträglich ist, wenn man in den entscheidenden Momenten einem wahrhaftigen Teufel ins Gesicht schaut, aber immerhin kommen seit Jahr und Tag über 90% aller Verheirateten mit dieser Allnachtssituation ganz gut zurecht. Und wenn man wie ich und die anderen Jungs auf dieser alten Lagerstatt die ersten und gelegentlich sogar erfolgreichen Gehversuche unternommen hat und dabei immer von dieser abturnenden Schnitzerei beglotzt worden ist, dann registriert man irgendwann so einen überseeischen Holzknüppel nicht mehr und fiedelt fröhlich drauflos. Klar, dass Betty ebenfalls am Anfang mit Tuapapa ihre Schwierigkeiten gehabt hatte, aber nach relativ kurzer Zeit gewann auch bei ihr die Fleischeslust die Oberhand. Mit anderen Worten, Augen zu und durch.

Doch dies alles sollte nun ein Ende haben, denn der undankbare Arnie war dabei, sich nach einer viel zu kurz geratenen Schrecksekunde wieder aufzurappeln und den Vernichtungsfeldzug gegen seinen zuvorkommenden Gastwirt, der ihn im Grunde nur entlasten und von unliebsamen Pflichten befreien wollte, mit aller Härte fortzusetzen. Wobei es allen Anschein hatte, dass auch das untreue Weib seinen Teil abkriegen sollte. Deshalb zog sich die entsetzte Betty instinktiv die Decke über ihren und ich Tuapapa über Arnies Kopf, beides mit kräftigem Schwung. Ich halte es für müßig zu betonen, dass bei dieser Aktion Bettys Kopf erheblich weniger Schaden nahm als der von Arnie, in dessen Schädelkanne sich Tuapapas Hörner tief eingegraben hatten.

Vinzenz, aufmerksam geworden durch das plötzliche Verstummen des rhythmisch quietschenden Bettes, aufgeschreckt durch die Schreierei und angelockt durch das Gepolter, stand wie angenagelt in der Tür. Mit weit aufgerissenen Augen starrte er auf eine Szenerie, die sein Fassungsvermögen überforderte, und brabbelte in einer Tour »Mein Gott, mein Gott, mein Gott!«, obwohl es doch genau dieses Wesen war, das mit dem Geschehenen am allerwenigsten zu tun hatte. Den Teufel Tuapapa schien er dagegen gar nicht zu bemerken. Wohl aber das Blut, das immer noch aus der klaffenden Schädelverletzung gepumpt wurde und sich ausbreitete, als hätte jemand eine Doppelmagnum-Flasche Dornfelder fallen gelassen. Von diesem Bild schien Vinzenz schlagartig ermüdet, denn er schloss überraschend die Augen und knallte hinterrücks mit einem solch trockenen Knacks auf den Boden, dass ich schon glaubte, der Teufel von den Osimosi-Inseln hätte ein weiteres Opfer gefordert.

Parallel dazu fing Betty, die ein Auge über ihre Decke hinweg riskiert hatte, in einer mir bis dato unbekannten Tonlage derartig laut zu kreischen an, dass ich kurzfristig mit dem Gedanken spielte, Tuapapa zu bitten, hinsichtlich der Familie Grable eine Generalbereinigung vorzunehmen. Den

Gedanken verwarf ich allerdings gleich wieder, beließ den hornverbohrten Teufel in seiner Lage und meine schalldämpfende Maßnahme bei einer Ohrfeige, die augenblicklich eine dem Ernst der Situation angemessene Friedhofsstille einkehren ließ. Das einzige Geräusch, das in den nächsten Minuten zu hören war, bestand im Quietschquatschen meiner Schuhe, als ich im verzweifelten Ringen um eine probate Lösung, ohne es zu realisieren, den sich beständig ausweitenden Dornfelder See durchwatete.

Zum Glück schlug Vinzenz seine Augen bald darauf wieder auf. Und das war gut so, weil ich seine Hilfe dringend beim Wegwischen der Spuren brauchte. Ganz im Gegensatz zu ihm hielt nämlich Arnie seine Augen für immer geschlossen und stellte uns damit vor nicht geringe Probleme. Seinen Wagen hatte er noch selber in die Werkstatt geschafft, sodass wir uns um den nicht zu kümmern brauchten. Aber wohin mit der Leiche?

Als könnte sie Gedanken lesen, ging Bettys Blick in Richtung ihres dunkelrot eingefassten Ehemanns, und Augen und Mund öffneten sich synchron bis an die Grenze des biologisch Machbaren. Bevor es erneut zu einem Soundcheck aus Little Richard und den Mond anheulendem Wolfsrudel kommen konnte, scheuerte ich ihr wieder eine mit der altbekannten Wirkung. Nachdem ich anschließend gut eine Viertelstunde auf sie eingeredet hatte, war in ihr die Erkenntnis so weit gesackt, in Windeseile ihre Sachen zu packen und Deutschland so schnell wie möglich zu verlassen. – Ich habe übrigens von ihr nie wieder etwas gehört.

Ich will Sie hier nicht mit Details langweilen, wie Vinzenz und ich das Blut samt meinen durchsafteten Schuhen und Strümpfen beseitigten und alles taten, um es so aussehen zu lassen, als wäre das Ehepaar Grable Hals über Kopf wieder in die Staaten geflogen. Das ist die übliche Mörderroutine und kann in jeder zweiten Kriminalstory nachgelesen werden. Bemerkenswerter ist da schon, dass wir in der folgenden Nacht, als in unserem verschlafenen Dörfchen nur die Katzen unterwegs waren, angetan mit unseren Winzermonturen wie späte Arbeiter, Arnie auf dem Hang neben, jedoch in gebührendem Abstand von meinem Haus unter einen Berg von ausgemachten Rebstöcken packten, die verbrannt werden sollten. Die Diskussion, ob ihm Tuapapa als einzige Grabbeigabe dorthin folgen sollte, war emotionsgeladen, aber kurz. Klar, dass wir uns über die Jahre an den nützlichen Teufel gewöhnt hatten, doch siegte die Vernunft, die eindeutig für die Spurenbeseitigung plädierte. Also lautete das Urteil über den mörderischen Tuapapa auf Tod durch den Scheiterhaufen, und es wurde am nächsten Nachmittag vollstreckt.

Der Abend war längst angebrochen, als die Asche erkaltet war und wir, die einzigen Menschen weit und breit, beim Herumstochern nur Tuapapas Hörner und neben ein paar Knochenresten von Arnie dessen verkohlten Schädel fanden. Während sich Vinzenz auf den Weg machte, um die im Feuer geläuterten Hörner als Andenken bei sich zu verstecken, hockte ich mich in den Schutz einer Mauer aus Feldsteinen, die Knochenreste in den Kitteltaschen, den Schädel in der Hand und die wirrsten Ideen im Kopf, unschlüssig, was ich mit dem Ding anfangen sollte. Als völlig skurrile Gedanken mein Hirn durchwanderten und ich dazu den Schädel im Takt wie einen Ball hüpfen ließ, kam es bei »Sein oder nicht sein, das ist hier die Frage. Ob's edler Riesling oder Müller-Thurgau leichter machen, des Schicksals ...« zu einer Nachlässigkeit, die mir mein Spielzeug aus den Händen gleiten und den Hang hinabkullern ließ. Zunächst langsam, dann in größeren Schwüngen, und schließlich in einem grandiosen Schlusssprung mitten auf die Straße und unter den Zwillingsreifen eines Speditionslastwagens. In dem Glauben, eine Katze überfahren zu haben, machte der Fahrer eine Vollbremsung und kam gleichzeitig mit mir am Unfallort an, wo sich nur einige kleine, grauweiße Splitter auf dem Asphalt finden ließen. Ich konnte den Mann vollends beruhigen, indem ich ihm erklärte, dass mir nur eine zwar kunsthandwerklich getöpferte, aber lediglich mit ideellem Wert ausgestattete Vase aus der Hand gerollt sei, und ließ den tierlieben Menschen erleichtert seine Fahrt fortsetzen.

Noch erleichterter war allerdings ich, weil das Corpus Delicti nun unversehens durch eine Fügung des Schicksals oder meinetwegen auch ein allerletztes Einschreiten Tuapapas seiner verräterischen Form beraubt und auf ein handliches Maß reduziert worden war. Damit hätte die Angelegenheit insgesamt erledigt sein können, hätte ich mich nicht durch die Tatsache, unverhofft von so vielen Augenpaaren angestarrt zu werden, zu einer gänzlich irrationalen Handlung hinreißen lassen. Ich glaube nicht an das redensartlich schlechte Gewissen und solchen Unsinn, doch als ich mich von mindestens einem Dutzend Nachbarn beobachtet fühlte, die vom Bremsenquietschen und dem quergestellten Laster hervorgelockt worden waren, hatte ich keinen sehnlicheren Wunsch, als mich so schnell wie möglich des belastenden Inhalts meiner Kitteltaschen zu entledigen. Mit einer Geschwindigkeit, die gerade noch als unverdächtig durchging, verschwand ich daher in meiner Pension und dort im Weinkeller, wo ich in der hintersten Ecke die prall gefüllten Taschen durch das Spundloch in ein altes Weinfass entleerte, in dem sich eine Weinsorte befand, die bei mir intern die Bezeichnung »Salatsauce«

trug. Zwar ursprünglich aus einer Spitzenlage stammend, war das Zeug durch einen Fehler beim Keltern so sauer geworden, dass ich mir schon ernsthaft überlegt hatte, mich überhaupt nicht mit einer Vermarktungsstrategie zu befassen und die Suppe einfach durch den Ausguss laufen zu lassen. Doch jetzt erschien es mir als Rettung in höchster Not.

Am anderen Morgen hätte ich mich für meine Blödheit verfluchen können angesichts dieses Kuckucks, das ich mir selber ins Nest gelegt hatte. Es wäre so simpel und gleichzeitig so schlau gewesen, die Knochenreste auf dem Juffer oder bei einem Waldspaziergang zu verstreuen. Aber nein, ich Trottel musste mich von Situation und Stimmung überrumpeln lassen und wie ein Idiot handeln. Jetzt hatte ich die Knochen im riesigen Fass und kriegte sie nicht mehr raus, selbst wenn ich alles ablaufen ließe. Ich war wirklich ein kompletter Esel, aber damit musste ich nun leben.

Da wir schon mal beim Esel sind – der Mensch ist ein Gewohnheitstier. Ich bin da keine Ausnahme. Deshalb verdrängte ich nach einer gewissen Zeit die Erinnerungen an das unselige Eingreifen Tuapapas nicht nur, ich ertappte mich sogar dabei, dass ich an dem besagten Fass vorbeigehen konnte, ohne einen Gedanken an die Vergangenheit zu verlieren. Nach einigen Jahren kam es so weit, dass ich, abgelenkt durch das drohende Damoklesschwert einer kurzfristig angesetzten Steuerprüfung, ohne nachzudenken mein Glas unter ein Fass hielt, um mir einen Beruhigungsschluck zu gönnen.

Und wie der Teufel es wollte - es war eben dieses besagte Fass.

Ich merkte es nicht nach dem ersten, auch nicht nach dem zweiten, erst recht nicht nach dem dritten Glas. Ganz im

Gegenteil. Eine wohltuende Leichtigkeit durchfloss meinen Körper, ausgehend von einem vollmundig-abgerundeten Geschmack, der meinen Gaumen streichelte und meinen Magen mit einer besänftigenden Wärme auskleidete, die mir jeden erbsenzählerischen Finanzinspektor als einen Freund erscheinen ließ. Was ich da getrunken hatte, drang erst in mein Bewusstsein, als ich bereits in meinem Bett lag und mich in freudiger Erwartung zukünftiger Ereignisse, die nur positiv sein konnten, wohlig ausstreckte. Und nicht einmal diese Erkenntnis vermochte es, meinen so gewonnenen Seelenfrieden zu trüben.

Als ich am Morgen den vergangenen Abend Revue passieren ließ, war ich so erschrocken, dass ich zunächst alles als bösen Traum abtun wollte. Es konnte und durfte nicht sein, dass ein Mensch aus diesem verteufelten Leichenfass getrunken hatte. Aber zurück im Weinkeller musste ich konstatieren, dass bei eben diesem Fass ein leeres Glas stand, das bei näherer Examination immer noch einen dermaßen verlockenden Duft verströmte, dass sich kein Freund des Rebensaftes seiner Faszination entziehen konnte.

Ich zwang mich, jeden Denkimpuls zu unterdrücken und füllte mir wie in Trance eine Probe ab. Schon als sich meine Nase dem Glas näherte, wusste ich, dass ich nicht geträumt hatte, und als der erste Schluck über meine Zunge rollte, stellte sich augenblicklich dieses unbeschreibliche Glücksgefühl entspannter Gelassenheit ein, das gestern wie ein Wunder über mich gekommen war.

Apropos Wunder. Es muss eines gewesen sein, denn wie will die Chemie mit Unterstützung der übrigen Naturwissenschaften eine solche Wirkung von Knochenresten auf Salatsauce erklären? Mir kann es egal sein, ich bestehe nicht auf universitärer Aufklärung. Mir ist die wunderbare Wirkung allemal genug.

Brauneberger Seelenfrieden, das war der passende Name für diesen Tropfen.

Scheiß auf alle Steuerprüfungen dieser Welt, auf die abgetauchte Betty, auf miese Gäste und noch miesere Weinlesen, Schädlingsplagen, Pilzbefall, Missernten und Kostenexplosionen, scheiß sogar auf den Mord an Arnie. Egal, welche beängstigenden, beklemmenden, selbst Horror-Visionen in mir heraufdämmerten, es brauchte nur einen Schluck, um sie in die Bedeutungslosigkeit zu verbannen.

Ich habe diesen außergewöhnlichen Wein in der Zwischenzeit gelegentlich besonders guten Gästen des Hauses kredenzt, und alle waren begeistert. Ausnahmslos. So ausnahmslos, dass mir mein Fass zur Neige zu gehen droht. Und das, obwohl ich jüngst dazu übergegangen bin zu versuchen, die Nachfrage durch Erhebung eines exorbitanten und mir beinahe selber peinlichen Verkaufspreises zu regulieren. Aber nein, sie bestellen weiter, machen Reklame im Bekanntenkreis und bringen zur Einquartierung und Verkostung vor Ort ihre Freunde mit.

Droht mir dies allmählich auch über den Kopf zu wachsen, kann ich doch nicht verleugnen, dass die Entwicklung über den finanziellen Aspekt hinaus weitere erfreuliche Facetten hat. So hat sich bei mir jetzt schon zum zweiten Mal ein holländisches Ehepaar eingemietet, Henk und Corry Mijer, dessen Anwesenheit ich nicht missen möchte. Beide verfügen über einen ausgezeichneten Geschmack, Henk in Bezug auf Weine, und Corry was Männer anbelangt. Deshalb verliebte sich gleich bei ihrem ersten Besuch Henk in meine Aus- und Spätlesen und Corry in mich. Zwischen ihr und mir ist nichts vorgefallen, alles rein platonisch – bis jetzt.

Corry erinnert mich im Übrigen stark an die junge Betty. Henk scheint mir ein rundum verträglicher Mensch zu sein, der allerdings immer dann ganz schön aus der Haut fahren kann, wenn er sich einbildet, einen Grund zur Eifersucht zu haben.

Irgendwie kommt mir diese Konstellation bekannt vor.

Nicht, dass sie mir unangenehm wäre. Sie könnte vielleicht auf lange Sicht sogar mein Problem mit dem irgendwann einmal aufgebrauchten *Brauneberger Seelenfrieden* lösen. Womit letztlich alles auf die eine Frage hinausliefe, die ich nur würde durch die Tat beantworten können: haben Holländer eigentlich ein anderes Aroma als Amerikaner?

Ein wahrer Ermittler

GUIDO M. BREUER

Seit einer gefühlten Ewigkeit tritt der Alte in die Pedale dieses Foltergerätes, das ihm unter der Bezeichnung Fahrradergometer vorgestellt wurde. Sein schlechteres Bein schmerzt, auch der Kopf. Etwas übel ist ihm schon den ganzen Morgen. Wohlfühlen geht anders. Ein immer stärker werdender Anflug von Schwindel scheint Hirn und Magen auf eine unheilvolle Weise miteinander zu verbinden. Die Therapeutin gibt den in einer fest installierten Doppelreihe radelnden Insassen des weiß getünchten, medizinisch kühlen Raumes gerade Anweisungen, die die Behandlung der Pulsmessgeräte betreffen. Er kann diesen Ausführungen jedoch nicht folgen. Die Frau, die ihm gegenüber strampelt, zieht ihn in seinen Bann. Ihre Stimme hat ein Timbre, das ihm durch Mark und Bein geht, als sie in einem seltsam anmutenden Plauderton erzählt:

»Die wenigen Menschen, die mich kennen, halten mich für schräg. Dabei bin ich genau das Gegenteil: geradlinig und offen. An mir gibt's nichts zu kapieren, nichts zu interpretieren. Meine Mama sagt immer, die Stephanie ist simpel, aber sauber. Mama kennt mich überhaupt nicht. Kein bisschen. Aber in diesem Punkt hat sie recht. Ich gehe zu einem Menschen, den ich töten will, sage hallo, ich bin eine Auftragsmörderin, ich werde Sie nun töten. Ja, und dann mach ich's. Nun, ich habe mich vielleicht gerade falsch ausgedrückt. Ich will niemanden töten in dem Sinne, dass ich Spaß daran hätte. Ich verdiene mein Geld damit, und ich tu's einfach. Aber es soll mir keiner sagen, ich wäre nicht authentisch. Und da ist nichts Schräges dran, glauben Sie mir.«

Lorenz Bertold betrachtet die Frau, die sich Stephanie und eine Auftragsmörderin nennt, argwöhnisch über den Griff seines Fahrradergometers hinweg. Ihre langen schwarzen Haare hat sie sehr glatt und sorgfältig zu einem Zopf gebunden, was ihre kantigen, aber dennoch attraktiven Gesichtszüge betont. Auffällig sind die Springerstiefel, an deren Außenseite jeweils etwas festgeschnallt ist, was wie Wurfmesser aussieht. Die muskulösen, für eine Frau ihres Wuchses gar nicht mal so langen Beine (Lorenz fällt bei seiner Betrachtung die Bezeichnung »kompakte Stampfer« ein) stecken in sehr kurzen Hot Pants, darüber fällt eine Weste ins Auge, wie sie Großwildjäger tragen, und deren Patronenschlaufen mit Munition verschiedener Kaliber befüllt sind. Etwas sehr seltsam gewandet für eine Anwendung in der Rehabilitation, findet Lorenz. Scheinbar unbeeindruckt davon lässt er langsam seine Füße mit den Pedalen kreisen, er achtet seit mehreren Minuten sehr sorgfältig darauf, dass sich sein Puls immer in dem Bereich hält, den die Physiotherapeutin empfohlen hat. Nun konzentriert er sich besonders darauf, dass sein Herz nicht schneller werden wird, nachdem diese Stephanie sich ihm auf jene seltsame Weise vorgestellt hat. Sie würde dies sofort bemerken, denn sowohl seine Herzfrequenz als auch seine Trittleistung in Watt werden hinter ihm auf einem LCD-Display für alle sichtbar angezeigt. Kühl will er wirken. Beherrscht. Er überlegt, was Kommissar Wollbrand dazu sagen würde.

Jemand neben ihm beginnt in diesem Moment leise vor sich hin zu murmeln: »Der erfahrene Ermittler hatte schon so manchen Galgenvogel erlebt. Diese Frau jedoch überraschte selbst ihn. Er würde nackt schwimmend die Mosel an einem Silvesterabend durchqueren, wenn diese Stephanie wirklich eine Profikillerin sein sollte. Auch wenn ihre Erscheinung schon irgendwie bizarr war. Auszuschließen war nichts, vor allem nicht in einem Krimi, aber das ging nun wirklich zu weit.«

Lorenz Bertold dreht den Kopf zur Seite und schaut den alten Mann mit dem grauen Bürstenschnitt, der neben ihm radelt, mit großen Augen an.

»Kommissar Wollbrand?«

Der Alte nickt ihm freundlich zu. »Sehr wohl. Und Sie sind Lorenz Bertold, nicht wahr? Ich danke Ihnen für meine Existenz.«

»Was? Wie?«

Lorenz hört sich nicht sehr geistreich an, als er das sagt, das ist ihm selbst auch sofort klar. Der alte Kriminaler neben ihm lächelt jetzt gutmütig verzeihend und meint: »Geben Sie mal besser genau acht auf das, was diese Stephanie Ihnen erzählt. In einer Rehabilitation kann man eine Menge über sich selbst lernen, nutzen Sie die Chance.«

Lorenz versteht nicht wirklich, was hier vor sich geht, aber er beherzigt den Rat des Kommissars und wendet sich wieder Stephanie zu. Die Frau lächelt ihn an, als habe sie ihm vorhin lediglich erzählt, dass sie Mutter zweier Kinder sei und die Rehabilitationsklinik in Bernkastel Kues besuche, da sie nach drei Bandscheibenvorfällen ihren Rücken wieder auf Vordermann bringen muss. So hat sie sich ihm eben kurz vorgestellt, als sie gemeinsam den Raum betreten und warten mussten, bis die Leiterin dieser Veranstaltung, die man hier gemeinhin als *Anwendung* bezeichnet, mit den unvermeidlichen Instruktionen begonnen hat. Er dagegen hatte sich selbst, soweit er sich erinnern konnte, nicht vorgestellt. So ist er jetzt überaus verwundert, als die Frau sagt: »Herr Bertold – oder darf ich Sie Lorenz nennen? Also, mein lieber

Lorenz, Sie treffen mich hier keineswegs zufällig. Ich weiß, dass Sie in der Seniorenresidenz Burgblick zu Nideggen in der Nordeifel wohnen, dass Sie sechsundsiebzig Jahre alt sind und Ihren in letzter Zeit bedenklichen Allgemeinzustand hier an der schönen Mosel aufpolieren wollen.«

»Von *Wollen* kann gar keine Rede sein«, knurrt Lorenz. Stephanie lacht kurz auf und fährt dann fort: »Natürlich, so etwas mussten Sie jetzt sagen. Diese Knurrigkeit ist ja Ihr Markenzeichen.«

»Ich verstehe nicht ganz«, meint Lorenz verwirrt.

»Das glaube ich Ihnen gerne.« Die Frau grinst frech, zieht ein Butterfly-Messer aus ihrer Weste und beginnt damit herumzuspielen. »Sie verstehen immer nur das, was Ihr Autor Ihnen ins Hirn legt. Sie sind nur eine Romanfigur. Wenn man Sie mit Dingen konfrontiert, die in einem Krimi normalerweise nicht vorkommen, müssen Sie zwangsläufig versagen. Da kann Ihnen auch Ihr Kommissar Wollbrand nicht helfen. Wie könnte er auch, den haben Sie ja auch nur erfunden.«

»Was für ein Unsinn«, knurrt Lorenz. Er weist auf seinen Nebenmann, der dem Gespräch der beiden aufmerksam lauscht. »Da sitzt er doch, genau so real wie ich hier auf dem Rad hocke!«

»Genau das meine ich doch.« Stephanie schüttelt missbilligend den Kopf. »Und hören Sie doch endlich mal auf zu knurren. Wie oft hat Ihre Lektorin schon gesagt, Sie sollen nicht in jedem zweiten Satz knurren? Das ist ja nicht auszuhalten. Aber nein, ich beginne mich selbst zu verwickeln. Das sagt ja nicht Ihre Lektorin, sondern die des Autors, der Sie erfunden hat.«

»Was für ein Quatsch!«, ruft Lorenz aus. Die anderen Rehabilitanten schauen erschrocken auf und sehen den Alten verwundert an. Lorenz senkt seine Stimme, als er sich zusammennimmt und nun ruhiger fortfährt: »Es mag ja sein, dass ich den Kommissar Wollbrand erfunden habe. Zugegeben. Erwischt. Aber ich bin ebenso real wie Sie, das können Sie mir getrost glauben, Kindchen.«

Kommissar Wollbrand mischt sich nun ein, indem er so laut vor sich hin murmelt, dass die beiden ihn verstehen können: »Der in Ehren ergraute Ermittler war schon ein wenig beleidigt, dass man ihm in seiner Anwesenheit die Existenz absprach.«

»Sie halten sich da jetzt mal ganz raus«, herrscht Stephanie ihn an. »Sie sind eine Erfindung zweiten Grades und damit überhaupt nicht verkehrsfähig!«

Dann wendet sie sich wieder Lorenz zu und sagt freundlich lächelnd und mit sehr sanfter Stimme zu ihm: »Wissen Sie, mein lieber Lorenz, ich verstehe mich ein wenig auf die Wahrsagerei. Ich sage Ihnen voraus, dass Sie hier sehr bald auf ein Mordopfer stoßen werden. Jetzt könnten Sie einwenden, dass ich Auftragsmörderin und deshalb das Auftauchen einer Leiche in meinem Umfeld nichts Absonderliches sei. Aber ich sage Ihnen, dass es keineswegs mein Auftrag ist, irgendjemanden hier zu töten. Mein Mordopfer soll niemand geringerer sein als Sie selbst. Und wie soll ich das anders bewerkstelligen als Ihnen zu beweisen, dass Sie gar nicht wirklich existieren?«

»Was für ein Quatsch«, wiederholt Lorenz und tippt mit einem Zeigefinger an seine Schläfe.

»Kein Quatsch«, beharrt die Killerin auf ihrem Standpunkt. Nun beginnt sie beiläufig, mit dem Messer ihre Fingernägel zu säubern.

»Ist es Ihnen noch nie seltsam vorgekommen, dass Sie ständig in wilde Kriminalfälle verwickelt werden, obwohl Sie nur ein harmloser Pensionär sind, der in einem beschaulichen Seniorenheim wohnt? Wohin Sie auch gehen, was immer Sie tun: es geschieht ein Mord, Opa Bertold ermittelt und weiß mal wieder zufällig mehr als die Polizei. Dass ich nicht lache. Eine männliche Miss Marple in der Eifel. Und jetzt auch noch an der Mosel. Firlefanz! Ich wiederhole meine Wahrsagung: Sie werden bald hier in Bernkastel-Kues auf ein Mordopfer stoßen, und dies wird Ihnen völlig selbstverständlich erscheinen, weil Ihnen als Protagonist einer Krimiserie so etwas ständig passiert.«

»Wahrsagerei ist Mumpitz!«, ruft Lorenz aus. »Ich glaube Ihnen kein Wort. Und überhaupt – warum sollte ich Ihnen glauben, dass Sie eine Auftragsmörderin sind?«

»Weil es einem normalen Patienten wohl kaum möglich ist, so etwas hier bei sich zu tragen«, antwortet die Frau und richtet eine Pistole auf ihn. »Kennen Sie diese Waffe?«

Lorenz betrachtet die Pistole, deren Mündung ihn dunkel und bedrohlich angähnt. »Das ist eine Walther P99«, meint er dann. »Meine Enkelin hat so eine als Dienstwaffe.«

»Sehen Sie«, grinst Stephanie triumphierend. »Sie zucken noch nicht einmal zusammen, und dabei ist es absolut unglaubwürdig, hier im Reha-Zentrum während der Kardio-Anwendung auf eine Profikillerin zu treffen, die dieselbe Waffe benutzt wie Ihre Enkeltochter. Aber da Sie so uneinsichtig sind, bleibt mir nichts anderes übrig, als Sie zu erschießen, obwohl ich damit meinen Auftrag nicht erfüllen kann, denn es liegt ja auf der Hand, dass es nicht möglich ist, eine erfundene Romanfigur mithilfe einer Pistole zu töten. Es sei denn, wir befinden uns gerade in einer Geschichte.«

»Versuch nur dein Glück, Mädchen«, knurrt Lorenz.

»Er tut es schon wieder«, kommentiert Kommissar Wollbrand.

»Ach was, jetzt fallen Sie mir nicht auch noch in den Rücken!«, beschwert Lorenz sich. »Ich knurre hier in dieser Geschichte herum so viel ich will.«

»Ha! Jetzt geben Sie also zu, sich in einer Geschichte zu befinden?«

»Nein!«, ruft Lorenz erbost aus. »Los, schießen Sie schon, wenn Sie ein Kerl sind – oder … was weiß ich was Sie sind?«

»Wie ich schon mehrfach sagte, ich bin eine Auftragsmörderin«, antwortet Stephanie langsam und betont. »Und jetzt werde ich Ihnen eine Kugel durch den Kopf jagen.«

»Ich glaub's ja nicht«, stöhnt Lorenz auf. Dann sieht er wie in Zeitlupe den sich krümmenden Finger am Abzug der P99, hört den Schuss, als dringe dieser aus weiter Ferne an sein Ohr, dann kommt ein Projektil zwar in Überschallgeschwindigkeit, aber dennoch deutlich sichtbar auf ihn zu, schlägt in seine Stirn ein, hinterlässt dort ein winziges Loch, gerade einmal neun Millimeter im Durchmesser, flutscht durch sein Hirn und tritt am Hinterkopf wieder aus, dort ein wesentlich größeres Loch hinterlassend. Lorenz erkennt daran, dass Stephanie ein Hartmantelgeschoss verwendet hat, welches beim Durchschlagen seines Schädels nur ein wenig aufgepilzt ist und deshalb eine entsprechende Austrittswunde hinterlassen hat. Ganz anders als seine Enkeltochter Rita, die eher eine Mannstopp-Munition verwendet hätte, die im Hirn steckengeblieben wäre und dort mehr Unordnung verursacht hätte als nur einen schmalen Schusskanal. Eigentlich müsste er jetzt sofort tot sein, doch stattdessen verspürt er nur Übelkeit und den unangenehmen Schwindel, der ihn bereits den ganzen Morgen begleitet.

»Herr Bertold?«

»Was?«

»Herr Bertold?«

»Lebe ich noch?«

»Herr Bertold, sind Sie noch bei uns?«

Die Physiotherapeutin stützt den Alten, der gerade dabei ist, seitlich vom Sattel zu rutschen.

»Geht es Ihnen nicht gut?«

»Ich – ich weiß nicht«, stammelt Lorenz. »Wie soll es schon einem alten Mann gehen, dem gerade eine Kugel durch den Kopf gejagt wurde?«

Die junge Frau lacht auf. »Ich wurde ja vorgewarnt, dass Sie ein seltsamer Kauz sind.« Dann wird sie ernst und schnuppert an Lorenz herum. »Sagen Sie, haben Sie etwa getrunken?«

»Oh«, antwortet Lorenz und erinnert sich wieder an den gestrigen Abend, der bis fast in den Morgen andauerte und vor allem von der Einnahme einer ungehörigen Portion Moselwein geprägt war.

»Ich glaube, ich habe tatsächlich etwas übertrieben«, meint er dann und bemüht sich, dabei nicht zu knurren. »Zuerst war da dieser Federweißer, aber dann konnte ich des Namens wegen dem Kröver Nacktarsch nicht widerstehen und trank wohl zu viel.«

Die Physiotherapeutin schüttelt den Kopf. »Und ich glaube, es ist besser, Sie brechen hier ab und machen einen Spaziergang an der frischen Luft. Das dürfte Ihnen gut tun.«

»Das denke ich auch«, pflichtet der Alte ihr bei. Ächzend bringt er seine Füße nebeneinander auf dem Boden zu stehen, greift nach seinem Gehstock und verlässt so schnell es ihm möglich ist den Raum. Er beherrscht seinen Drang, sich noch einmal umzusehen und nach dieser mordlüsternen Stephanie und nach Kommissar Wollbrand zu suchen. Bald hat er das Gebäude verlassen, lässt den Komplex der Rehaklinik hinter sich und strebt den Hang hinab, zwischen den Rebstöcken hindurch und über die Straße zum Ufer der Mosel. Am Wasser angekommen, setzt er sich hin und beugt sich hinunter, um seine glühende Stirn mit dem frischen Nass zu kühlen. Dann zuckt er zusammen, als er den Körper sieht, der sich unter der Wasseroberfläche befindet. Sein Schrecken gilt weniger dem Umstand, dass er einen Toten erblickt. Vielmehr ist es das Messer, das in der Brust des Mannes steckt. Die Vorhersage der Auftragsmörderin schießt ihm ins Gedächtnis. Doch schnell schüttelt er den abstrusen Traum ab und konzentriert sich auf die kriminelle Realität.

»Wahrsagerei ist Mumpitz«, knurrt er verbissen. Und er weiß, Kommissar Wollbrand denkt dasselbe. »Mein Leben ist nun mal ein Krimi«, murmelt Opa Bertold und packt die Leiche, um sie aus dem Wasser zu ziehen.

Moselochse am Spieß

MONI REINSCH

Es war gar nicht so einfach, als Reiseberichterstatter für ein
großes deutsches Hochglanzmagazin unerkannt Ferienre-
gionen unter die Lupe zu nehmen, in denen man zuvor schon
einmal gewesen war. Letzte Woche hatte er sich in Portugal eine
Gegend herausgesucht, über die er bislang noch nie berichtet
hatte. Da hatte er sich völlig ungezwungen bewegen können.

Fernando hatte seinen Porsche Cayenne heute Morgen
direkt an der B 53 auf dem Parkplatz des Wellness- und Spa-
Resorts »Zum goldenen Hirsch« abgestellt, hatte dort einge-
checkt und auf Anfrage erklärt, dass er möglicherweise
abends außer Haus sei und keinen Tisch reservieren wolle. Er
hatte kurz einen Termin mit dem Masseur für den kommenden Vormittag verabredet, weil ihm sein Massage-Stil schon
beim letzten Mal gut gefallen hatte. Fest, aber nicht medizinisch, kräftig, aber nicht schmerzhaft. So hatte er es gerne.
Beim Essen und beim Wein sollte es ruhig anders sein, aber
Massagen und Sex waren genau so nach seinem Geschmack.

Er hatte überlegt, ob er seine Freundin mitbringen sollte,
aber Maria hatte keine Lust, mit ihm an die Mosel zu fahren.
Sie fand die Gegend provinziell und kleinbürgerlich, die
Menschen spießig und ohne Anspruch. Das hatte er auch so
ähnlich in seinen letzten Bericht geschrieben, und die Menschen hatten aufgeschrien. Er wunderte sich, dass überhaupt
so viele Moselaner seinen Bericht wahrgenommen hatten. Er
war fast sicher, dass diese Leute sonst nie sein Magazin lasen,
aber irgendjemand musste darüber gestolpert sein und hatte
die ganz große Welle ausgelöst.

Fernando musste die Mosel dieses Mal auf eine andere Weise bereisen als sonst. Er hatte darüber nachgedacht, sich ein eigenes Fahrrad zu besorgen. Er wollte keinesfalls einen teuren Fahrradträger für seinen Porsche kaufen müssen, da er sich sicher war, dass er nie wieder freiwillig Fahrrad fahren würde. Darum hatte er sich für ein Leihfahrrad entschieden.

»Möchten Sie ein E-Bike oder ein herkömmliches Rad?«, fragte die junge Dame an der Rezeption freundlich, woraufhin Fernando sich genötigt sah, den Bauch einzuziehen, die Schultern zu straffen und selbstverständlich auf einem konventionellen Rad zu bestehen.

»MTB oder Tourenrad?«, fragte die junge Dame weiter.

»Was würden Sie denn empfehlen?«, fragte Fernando und lächelte sie mit seinem charmantesten Lächeln an, was er sich nur dann erlauben konnte, wenn Maria nicht in der Nähe war, geschweige denn seine Frau, mit der er aber schon seit Jahren nicht mehr verreiste. Oft legte er dann noch einen Geldschein auf die Theke, und die Nacht war gesichert. Billiger als er es bei einer Professionellen hätte haben können, und meistens einfallsreicher, weil die jungen Dinger sich geschmeichelt fühlten und es für eine echte Affäre hielten statt für einen günstigen Gelegenheitsfick.

»Es kommt darauf an, wie Ihre Pläne sind«, erwiderte die Angestellte und ignorierte seine Pose. »Wenn Sie auf dem Moselradweg bleiben möchten, können Sie zwischen Trier und Koblenz über zweihundert Kilometer fast ebenerdig fahren. Da reichte früher sogar das traditionelle Hollandrad. Unsere Tourenräder haben einundzwanzig Gänge und Gelsattel, damit ist der Moselradweg sehr komfortabel zu bewältigen. Falls Sie aber durch die Weinberge fahren und die eine oder andere Moselschleife abkürzen möchten, indem Sie die Strecke über den Berg nehmen, würde ich Ihnen unbedingt ein Mountainbike empfehlen. Die Routen sind auch getrennt ausgeschildert, Sie können sie überhaupt nicht verfehlen«, erklärte die Rezeptionistin eifrig.

»Sehe ich aus, als würde ich mit Rentnern und Familienvätern und deren Sprösslingen um die Wette fahren wollen? Das Mountainbike ist auf jeden Fall das richtige Gefährt für mich«, beteuerte Fernando und war froh, dass er sich Fahrradunterwäsche und Fahrradhosen mit Geleinlagen gekauft hatte. Seine Frau hatte ihm ein Sortiment vom Discounter mitgebracht, aber er weigerte sich, im gleichen Look wie Millionen andere Deutsche über den Radweg zu strampeln. Natürlich war er in einem Fachgeschäft gewesen und hatte sich ein Marken-Outfit zugelegt. Blieb nur zu hoffen, dass seine neue Sachbearbeiterin im Finanzamt einsah, dass das für ihn notwendige Arbeitskleidung war. Am Telefon hatte sie jung geklungen, das war vielversprechender als bei dem bisherigen männlichen Sachbearbeiter, mit dem er um jede Ausgabe hatte feilschen müssen.

»Möchten Sie die Kaution in bar hinterlegen oder darf ich Ihre Kreditkarte als Sicherheit einbuchen?«, fragte die Angestellte und riss Fernando aus seinen Gedanken. Er schob die American Express über die Theke und wusste, dass das Hotel sich über die Transaktionsgebühren ärgern würde. Wenn er schon an der Tür sah, dass Häuser nur noch Mastercard und Visa akzeptierten, hatte er meist schon keine Lust mehr dort einzukehren. Im letzten Jahr hatte er mit einer Golfzeitschrift verhandelt, für die hätte er viel lieber geschrieben, aber nach dem Eklat um seine frühere Berichterstattung von der Mosel hatte sich das Blatt für einen anderen Journalisten entschieden.

»Führen Sie auch Fahrradkarten?«, erkundigte sich Fernando, obwohl er das Interesse an der nüchternen Angestellten verloren hatte und eigentlich nur noch weg wollte.

»Selbstverständlich, unser Sortiment finden Sie dort gegenüber an der Wand. Aber auch wenn ich uns damit um einen Umsatz bringe, würde ich Ihnen davon abraten. Die Wege sind hervorragend ausgeschildert.«

Er bedankte sich, nahm ein Fahrradschloss in Empfang, quittierte und zog sich auf sein Zimmer zurück. Der Obstkorb und eine Flasche Graacher Himmelreich im Weinkühler machten ihm deutlich, dass diesem Haus seine Kritik durchaus gefallen hatte, denn er hatte sich für mehr qualitativ hochwertige Häuser und gegen den Staub und Muff der heimischen Kleinstbetriebe ausgesprochen.

Fernando betrachtete sich im Spiegel. Er hatte ein wenig Bauch angesetzt. Es würde ihm guttun, wenn er häufiger Fahrrad fahren würde. Das figurbetonte Trikot und die enge, kurze Hose waren nicht so vorteilhaft, wie er es sich gewünscht hätte. Die Schuhe waren bequemer als erwartet, aber den Helm, auf dem seine Frau bestanden hatte, warf er auf das unbenutzte, zweite Bett. Wenn es ihm um Sicherheit ging, benutzte er ein Kondom, aber ganz bestimmt nicht diesen lächerlichen Helm.

Das Fahrrad war ungewohnt für ihn. Wie jeder Junge in den Siebzigern hatte auch er einst ein Bonanza-Rad besessen, natürlich mit dem obligatorischen Fuchsschwanz am glänzenden Edelstahlbogen. Seitdem hatte er auf keinem Rad mehr gesessen, aber man sagte ja, Rad fahren würde man niemals verlernen. Grundsätzlich war er sehr sportlich, schon um bei den Frauen Eindruck zu schinden, aber Rad fahren gehörte noch nie zu seinen Disziplinen. Im vergangenen Jahr war er an einem anderen Abschnitt der Mosel gewesen, aber letztlich sah es doch überall gleich aus. Niedliche Fachwerkhäuser, enge Gassen, urige Kneipen, meist zuletzt in den Fünfzigern generalüberholt. Die Leuchtreklamen und Schilder der Gaststätten waren noch immer dominiert von Weinlaub und wuchtigen Weinrömern auf dicken, grünen Stielen. Was ihm aber im letzten Jahr nicht aufgefallen war, waren die Schilder direkt am Moselradweg, die jeweils eine einheimische Spezialität priesen, nämlich Moselochsen geschmort, gedünstet, als Braten, am Spieß oder als Steak. Dazu gab es meist Rieslingsoße, manchmal auch Zwiebeljus. Unerwarteterweise servierte man ihn nicht mit Pommes frites oder Kroketten, sondern *an* Bratkartoffeln oder *an* gratinierten Erdäpfeln.

Fernando besah sich die Strecke, die er hinaufstrampeln sollte, um auf der anderen Seite an der nächsten Moselschleife herauszukommen und dann gemütlich über den Moselradweg oder sogar mit dem Bus zurückzufahren. Er würde es nie schaffen, dort oben anzukommen. Die Weinberge waren steil und nach Süden ausgerichtet. Eine Gruppe Holländer grüßte ihn im Vorbeifahren, eine Familie mit Fahrradanhängern und Gepäck fuhr zügig in die Gegenrichtung. Die ersten wenigen Kilometer waren noch einigermaßen flach, dann kam ein Anstieg, den er deutlich lieber mit dem Geländewagen gefahren wäre als mit dem Geländefahrrad. Als eine Schautafel auf der rechten Seite die unterschiedlichen Traubensorten erklärte, stieg Fernando ab und tat so, als würde er das Schild lesen. Ein Weinbauer fuhr mit seinem Traktor zwischen den eng stehenden Rebenreihen hindurch und pflügte die Erde um. Er schaltete den Motor ab und betrachtete ihn. Dann drehte er das Radio leiser, das er von innen an die Scheibe gelehnt hatte.

»Mit Musik geht wohl alles besser, was?« fragte Fernando, der sich beobachtet fühlte.

»Nee, DeutschlandRadio Kultur, sehr interessante Sendungen. Aber Sie sind hier sicher in Urlaub, da möchten Sie so was vielleicht gar nicht hören«, murmelte er in einem Dialekt, den Fernando nur schwer verstehen konnte.

»Ja, ja, genau. Ich habe im Radio gehört, an der Mosel soll es so schön sein, das wollte ich mir einmal selbst ansehen«, erklärte Fernando und blickte weiter auf die Tafel.

»Ah, gut, dass Sie das im Radio gehört und nicht in der Zeitung gelesen haben. Sonst hätten Sie womöglich ein völlig falsches Bild von uns bekommen«, sagte der Winzer ohne weitere Erklärungen.

Fernando hielt es für besser, nicht nachzufragen.

»Woher kommen Sie denn?«, fragte der Winzer, dem wohl nach einem Schwätzchen zumute war.

»Aus der Frankfurter Ecke.«

»Ah, aus dem teuren Taunus. Na ja, da können wir ja nicht mithalten. Wir gelten hier ja als Provinz. Und welche Strecke haben Sie sich für heute vorgenommen?«

Fernando wusste genau, warum er immer in unpersönlichen, großen Häusern logierte und nicht in kleinen Pensionen mit Familienanschluss. Er wollte gerne in Ruhe gelassen werden.

»Nach Graach«, erklärte er knapp.

»Na, da haben Sie sich ja einiges vorgenommen«, brummelte der Mann. Er wies an den Himmel. »Ungewöhnlich warm heute für April. Die ersten Gleitschirmflieger sind schon in der Luft. Im Sommer ist hier vielleicht was los am Himmel. Sie müssen dann noch mal wieder kommen. Oder im Herbst zum Weinfest. Viel Spaß dann noch, ich muss mal wieder.«

Er warf den Motor des Traktors wieder an, griff nach seinem Radio und hörte laut einen Bericht über ein Förderprogramm für junge Violinisten.

Fernando fluchte innerlich, dass er keine Wasserflasche mitgenommen hatte, aber sein Fahrrad hatte keine Halterung und an einen Rucksack hatte er nicht gedacht. Er fuhr ein Stückchen den steilen Anstieg hinauf, bis er absteigen musste und sein Rad weiter schob. Hinter sich hörte er nach einer Weile wieder das Tuckern des Traktors näherkommen. Sein Handy klingelte in diesem Moment, und er war froh, einen Grund zum Stehenbleiben zu haben.

»Fernando Valdossa«, meldete er sich, als gerade der Winzer neben ihm hielt und wiederum Motor und Radio abstellte. Sein Chef war am Telefon und wollte wissen, wie es an der Mosel so lief.

»Ich bin noch bei der Recherche. Die Moselbauern scheinen sich seit unserem Feature mächtig Mühe gegeben zu haben. Alles etwas mehr *fashionable*. Es sieht in diesem Jahr alles ein bisschen weniger nach *vintage style* aus, als ob die Einheimischen unsere *message* verstanden hätten, aber ich mache mir noch ein genaues Bild und sende Ihnen dann einen Plot. Ich bin gerade auf dem MTB unterwegs.« Er stockte und hörte seinem Gesprächspartner zu. »Mountainbike, Chef, man merkt, dass Sie inzwischen auch in die Jahre kommen. Sie hätten sich wohl eher für ein E-Bike entschieden?«, frotzelte Fernando. »Also, was ich sagen wollte, im Moment habe ich einige Gleitschirmflieger im Blick, ich könnte mir vorstellen, dass wir da auch einen Artikel platzieren können. Völlig neues Marktsegment, Chef. Ja, ja, ich melde mich, ciao.« Er verstaute das Handy in der kleinen Tasche, auf dem Rücken seines Trikots.

»Soll ich Sie vielleicht auf den Berg hoch mitnehmen?«, fragte der Winzer.

Fernando wandte sich überrascht zu ihm um, schwieg aber.

»Ihr Velo können wir auf den Pflug legen, ich habe Kabelbinder dabei, damit kann man alles festzurren. Und Sie können hier vorne neben mir sitzen. Besser schlecht gefahren als gut gelaufen.« Er lachte laut über seinen eigenen Witz. »Oben zeige ich Ihnen den kürzesten Weg ins Tal«, versprach der Winzer. »Man muss sich ja nicht immer gut deutsch an die Schilder halten. Die Einheimischen wissen meistens die besten Schleichwege.« Dabei legte er das Fahrrad auf seinen Pflug und zog weiße Plastikstreifen aus der Hosentasche, mit denen er das Rad befestigte. Umständlich kletterte Fernando in den Traktor und setzte sich seitlich auf den Radkasten.

»Traubensaft?«, fragte der Winzer und hielt ihm eine angebrochene Flasche entgegen.

Fernando kämpfte mit sich. Sein Durst war fast unerträglich, aber er konnte doch unmöglich aus der gleichen Flasche trinken wie dieser Unbekannte.

»Sie müssen nicht. Später, unten im Tal, da können Sie einen der köstlichen Weine trinken, die meine Kollegen und ich jährlich zur goldenen Kammerpreismünze vorstellen. Aber wenn Sie jetzt Durst haben, tun Sie sich nur keinen Zwang an und trinken Sie ein Schlückchen mit mir.«

Fernando hatte gerade seine Meinung geändert und wollte seine Hand ausstrecken, als dem Mann die Flasche aus der Hand glitt und auf der geteerten Straße zerschellte.

»So ein Mist, da muss ich wohl nachher einen Besen mitbringen, damit sich kein Radfahrer die Reifen aufschneidet«, erklärte der Winzer und startete den Traktor.

Die Strecke war steil und wechselte von Teer auf Schotter. Fernando war froh, dass er sich den Anstieg ersparte. Der Winzer war wohl doch nicht so gesprächig, wie es ursprünglich den Anschein gehabt hatte. Er schaltete das Radio wieder ein und schwieg. Als sie oben waren, trafen sie auf einen anderen Weinbauern. Der Traktor hielt, und Fernando hatte Gelegenheit, die atemberaubende Aussicht zu genießen. Auf dem Bergkamm sah er rechts und links von sich Moselschleifen, steile, sonnenbeschienene Weinberge, schroffe Felspassagen. Ein Schiff zog einen schäumenden Wasserkeil hinter sich her, während über ihnen Gleitschirme und Greifvögel in der Thermik kreisten. Es war kitschig schön.

»Jupp, hilfst du mir mal?«, bat der Winzer, und Fernando sah, wie der Angesprochene ein Taschenmesser zog und die Kabelbinder durchtrennte. Der Tonfall des Winzers war schroffer als vorhin, seine Hochdeutschkenntnisse schien er unterwegs verloren zu haben, er brummelte seinem Kumpel etwas auf Dialekt zu, was Fernando kaum verstehen konnte.

»Sag mal, Theis, wie soll er denn von hier runterfahren?«, fragte der andere Winzer.

»Graacher Himmelreich« war das einzige, was Fernando verstand, daran erinnerte er sich noch vom Etikett in seinem Zimmer.

»Sie fahren jetzt hier zwischen den Rebstöcken durch, einfach bis zum Ende, dann kommt eine kleine Schanze, die können Sie mit Ihrem Velo aber locker überspringen. Und dann geht es einfach nach unten«, erklärte der Winzer.

Fernando bedankte sich und fühlte sich plötzlich irgendwie unwohl in Anwesenheit der beiden Moselaner. Er setzte sich auf sein Rad, fragte noch einmal nach dem Weg und fuhr entgegen seiner eigenen Orientierung zwischen den noch fast kahlen Rebstöcken hindurch über den frisch gepflügten, steilen Untergrund, auf dem seine Räder ins Schlingern kamen.

»He, guck mal da, der Bussard«, hörte Fernando die Stimme des Winzers noch hinter sich rufen. Er blickte instinktiv in die Höhe, spürte, wie sein Fahrrad wie angekündigt über eine kleine Schanze schoss, vom Boden abhob und ins Nichts stürzte. Unter sich sah Fernando noch das Moselausflugsschiff und einen frisch gepflügten Weinberg, leider aber fast dreißig Meter unter sich! Der Weinberg hatte nämlich jäh an einer Felswand geendet.

»Theis, warum hast du den da runtergeschickt?«, schrie Jupp und lief, sich rechts und links an den Weinstöcken festhaltend, an die Kante, während er sein Handy aus der Hosentasche nestelte, um den Rettungshubschrauber anzufordern.

Theis lief eine Reihe weiter den Berg hinunter und zeigte in die Tiefe, als sein Kollege ins Telefon schrie, ein Radfahrer sei abgestürzt und stecke mit dem Brustkorb auf einem Weinbergspfahl.

»Sieh mal an, Moselochse am Spieß«, sagte Theis kopfschüttelnd und mit einem feinen Lächeln. Dann verfolgte er mit den Augen den Bussard.

Späte Rache

ROSI NIEDER

Dass es heiß werden würde an Pfingsten, das hatten sie ja vorausgesagt. Dass aber auch noch so etwas Schreckliches passieren würde an diesem Wochenende, an dem Helmut und ich mit dem Wohnmobil an die Mosel fuhren, das konnte ja keiner vorhersehen. Es ging nach Lösnich, weil dort Weinfrühling gefeiert wurde und verschiedene Winzer die unterschiedlichsten Ess- und Trinkgenüsse boten. Vor allem aber, weil es dort einen großen, unparzellierten Wohnmobilstellplatz gab, auf dem man selbst bei großem Andrang immer noch reichlich Platz finden konnte. So einfach ist das nämlich nicht an den Wochenenden, wenn alle gleichzeitig unterwegs sind.

Wir fanden einen Platz. Sogar einen schönen, großen auf der Wiese unten an der Mosel mit genügend Abstand zu den Nachbarn. Ich mag es nicht, wenn die Wohnmobile so eng nebeneinander stehen, dass man die Unterhaltungen der Nachbarn hört. Oder das Gebell ihrer Köter, die jeden ankläffen, der vorbeikommt.

Rechts neben uns stand einer mit gelbem Nummernschild, links einer mit SLS-Nummer. Saarländer. Nette Leute, mit denen wir gleich ins Gespräch kamen. »Isch bin die Birgit, das ist Fritz, mein Mann und das hier ist Chico«, sagte sie, nachdem sie uns wortreich darüber informiert hatte, dass es am Ortseingang abends Spanferkel gäbe, dass morgens der Bäcker um 8.15 Uhr mit den Brötchen käme, dass an diesem Wochenende in Kröv der Mitternachtslauf stattfände und sie eigentlich ganz gerne das Feuerwerk gucken würden.

Alles unter Chicos allerhöchsten Kläfftönen. Ich hatte den Eindruck, dass Helmut, der erst einmal das Stromkabel anschloss und die Campingstühle auslud, sich deswegen am liebsten schon einen anderen Platz gesucht hätte. Immer diese Hunde.

Am späten Nachmittag saßen wir dann doch unter der Markise der Saarländer, schlürften Weinschorle und tauschten Reiseerfahrungen aus. Obwohl ich nur ein knappes Top und eine kurze Hose trug, schwitzte ich aus allen Poren. Birgit noch viel mehr, auch wenn sie ihrem umfangreichen Körper mit einem flatternden Strandkleid, mindestens in Größe 48, viel Luft bot. Es war heiß. Ehrlich, ein bisschen bin ich ja schon stolz darauf, dass ich selbst mich durchaus noch in jugendlichem Outfit zeigen kann und dass mich die meisten Leute mindestens zehn Jahre jünger schätzen. Und so ein paar anerkennende Blicke der Männlichkeit um mich herum tun ja auch ganz gut. Vor allem, weil man sie von dem eigenen Mann nach fast dreißig Jahren Ehe nicht mehr unbedingt erwarten darf. Wir saßen also da und erzählten, als für mich plötzlich ein Albtraum begann.

Ein riesiges Wohnmobil schob sich durch die Reihen auf der Suche nach einem freien Platz. Das war nichts Ungewöhnliches. Auf solchen Stellplätzen – nicht zu verwechseln mit Campingplätzen mit Gartenzwergidylle – gibt es ein ständiges Ankommen und Abreisen. Dieses Mobil hier war ein Hingucker. Nobelmarke, so groß wie ein Bus und hintendran ein Anhänger mit so einer Mini-Ausführung eines deutschen Prestige-Autos. Und wo fand der einen Platz? Genau gegenüber von uns auf der anderen Seite des Zufahrtweges. Natürlich nicht in der Reihe, so wie die anderen, nein der stellte sich quer. Solche Angeber-Camper stellen sich immer quer und nehmen vier Mal so viel Platz ein wie die anderen, die dafür die gleiche Gebühr bezahlen.

Während sich unsere Männer gerade Gedanken darüber machten, dass man sich für den Preis eines solchen Wohnmobiles in unserer ländlichen Gegend locker ein Einfamilienhaus bauen könnte, fragte mich Birgt, ob wir abends gemeinsam zum Weinfrühling in den Ort gehen sollten. Genau in diesem Moment stieg der Besitzer des Nobelmobils aus. Ich traute meinen Augen nicht.

Das war doch ... Karl!

Oh mein Gott, hätte ich nicht so geschwitzt, wäre ich vermutlich blass geworden. Karl, dieser Saukerl. Fast hätte ich ihn nicht erkannt, weil er so wenige Haare auf dem Kopf hatte. Aber dieses Auftreten, diese Körpersprache, diese Augen, dieses Gesicht, nein das hatte ich nicht vergessen. Unbändige Wut stieg in mir auf. Wie lange war das her? Sicher fünf Jahre. Oh nein, ich hatte nicht vergessen, wie sehr er mich gedemütigt hatte. Nie würde ich das vergessen. Dieses Ekel! Damals hätte ich ihm am liebsten den Hals umgedreht. Und jetzt kam alles wieder hoch. Sofort rückte ich meinen Stuhl in die andere Richtung, damit er mich nicht erkannte. Wie verdammt klein war doch die Welt.

Vermutlich hatte ich nur abwesend mit »Jaja« auf Birgits Frage geantwortet. Mit meinen Gedanken war ich jedenfalls völlig abwesend. Ich hoffte nur, dass Helmut nichts gemerkt hatte. Dessen Augenmerk war allerdings in diesem Moment auf die Frau gerichtet, die auf der anderen Seite des Gefährtes ausstieg. Eine junge Frau mit roten Haaren. Mit knallroten Haaren. »Geliebte, wetten?«, flüsterte Helmut Fritz zu.

»Sieht aus wie die beim Biathlon, wie häischt die noch?« murmelte der zurück.

Kathi Wilhelm, dachte ich mir. Ja genau, und so eine ähnlich gute Figur hatte sie auch. Fast empfand ich eine Spur von Eifersucht, obgleich ich ihn doch so sehr hasste.

Meine Güte, was war ich blöd gewesen! Da hätte ich doch damals fast meine Ehe aufs Spiel gesetzt wegen so einem, der erst den großen Charmeur gespielt, mich dann knallhart ausgenutzt und schließlich gnadenlos abserviert hatte. Ich hatte ihm seine Liebesschwüre tatsächlich geglaubt, hatte seinen luxuriösen Lebensstil genossen. Fünf Monate lang hatte ich seinetwegen Flattertiere im Bauch gehabt, und dazu noch ein sauschlechtes Gewissen. Fünf Monate hatte ich Helmut belogen und Karl immer wieder Interna aus unserer Firma verraten. Und genau darum schien es ihm immer nur gegangen zu sein. Viel zu spät hatte ich dann zu ahnen begonnen, dass Karl bei seinen undurchsichtigen Geschäften nicht immer fair spielte. Für mich war es damals mehr gewesen als eine heimliche Affäre. Er hatte mir so viel versprochen. Alles gelogen!

Zwei riesige, sehr edel aussehende Doggen kletterten nun fast aristokratisch elegant aus dem Luxusmobil, von dem ich nicht wissen wollte, mit welchen Mitteln es finanziert worden war, auf den Rasen. Diese beiden Kälber, die ihm mehr bedeuteten als alles andere auf der Welt, hatte ich schon damals nicht ausstehen können! Als der winzige Chico sich jetzt fast die Seele aus dem Leib kläffte, knurrten sie nur arrogant zurück.

Irgendwie kam es mir an diesem Abend gerade recht, dass wir mit Birgit und Fritz zusammen zum Spanferkelessen beim Winzer gingen. Wenn Helmut gegrillt hätte, wie er das sonst so gerne tut, hätte ich mich den ganzen Abend lang vor den Blicken von Karl verbergen müssen. Und vielleicht sogar noch mit ansehen müssen, wie er mit seinem neuen Spielzeug, dieser rothaarigen Tussi …

Wegen der Hitze rann der Wein wie Wasser durch meine Kehle, als wir später bei einem Winzer im Garten saßen und sie, die Rothaarige, Karl und die zwei großen Hunde, die genauso überheblich wirkten wie ihr Herrchen, an uns vorbei die Straße entlang stolzierten. Während Chico erneut kläffte und ich mein Gesicht hinter einem Taschentuch versteckte, weckte der tiefe Groll in mir fieberhafte Rachegedanken.

In dieser Nacht konnte ich kein Auge zutun. Zum einen wegen der Hitze im Mobil und zum anderen, weil ich mir mein beschwipstes Hirn zermarterte, was ich ihm bloß antun konnte. Ich musste das loswerden, ich musste etwas tun!

Luft aus den Reifen lassen?

Mit einem Nagel Schrammen in den Lack kratzen?

Den Auspuff verstopfen?

Ich überlegte, was in den Internet-Foren so alles zur Sprache kam. Gift? Ach je, was einem nachts für Gedanken durch den Kopf schießen! Als Helmut nachmittags die Toiletten-Chemie gesucht hatte, hatte er im Schränkchen noch eine halbe Flasche Frostschutzmittel für den Kühler entdeckt, und er hatte kichernd bemerkt, dass man das Zeug bei diesen Temperaturen ruhig daheim lassen könne. Genau vor so etwas hatten die Hundebesitzer im Internet doch einmal gewarnt, bei der Aufzählung, was für Hunde alles tödlich sein könnte …

Jawohl, seine Hunde mussten dran glauben! Das waren die einzigen Lebewesen, für die dieser Mistkerl echte Gefühle hegte. Meine Rachegedanken wurden immer mächtiger. Irgendwann gegen drei Uhr nachts musste ich aufs Klo. Leise öffnete ich das Schränkchen, nahm das Frostschutzmittel und schlich mich hinaus. Helmut schnarchte. Der Holländer in dem Mobil nebenan auch. Barfuß schlich ich weiter. Es war totenstill. Kein Auto auf der Straße zwischen Ürzig und Kinheim auf der anderen Moselseite, kein Schiffstuckern. Ich hoffte, dass neben Karls Luxusmobil die Hundeschüsseln standen, so wie ich das bei den vielen anderen Hundebesitzern gesehen hatte. Die Nacht war nicht sehr dunkel. Ich hoffte, dass um diese Zeit alle selig vor sich hin schnarchten und mich niemand beobachte. Da standen sie, die Hundeschalen, gleich neben dem Hinterreifen. Hinein mit der Flüssigkeit. Der Saukerl würde schön blöd gucken, wenn seine Lieblinge plötzlich alle viere von sich strecken würden.

Mein Herz klopfte bis zum Hals, als ich in meinem dünnen Nachthemdchen und auf Zehenspitzen um das Cockpit des großen Fahrzeuges herum zurückschlich.

Und dann hätte ich fast einen Herzinfarkt bekommen, denn in meiner gebückten Haltung prallte ich beinahe mit einem Mann zusammen, der mir ebenfalls schleichend ganz nahe am Fahrzeugblech entgegen kam. Um ein Haar hätte ich einen Schrei ausgestoßen, so sehr erschrak ich. Instinktiv beschloss ich, mich rasch in eine andere Richtung zu bewegen, damit der Typ nicht sehen konnte, in welchem Wohnmobil ich verschwand. Also rannte ich barfuß um ein paar der anderen Mobile herum, ehe ich es schließlich wagte, ganz leise die nur angelehnte Tür unseres Mobils zu öffnen.

Auch für den Rest dieser Nacht würde ich kein Auge mehr zubekommen. Wer schlich da nachts um drei um Karls Wohnmobil herum? Vor Schreck hatte ich nicht viel erkennen können. Karl war es jedenfalls nicht gewesen, seine Glatze hätte im Mondschein geleuchtet. Dieser hier war groß und dunkelhaarig gewesen.

Die nächste halbe Stunde verbrachte ich damit, wie eine Irre durch den kleinen Schlitz am Fenster nach draußen zu starren. Aber es geschah nichts mehr. Ob der Kerl verschwunden war? Oder ob er auf der mir nicht einsehbaren

Seite gerade einen Einbruch wagte? Konnte mir nur recht sein. Schön, dass er sich ausgerechnet Karls Angeberkarosse vorgeknöpft zu haben schien. Aber was wäre, wenn er mich identifizieren würde, wenn das mit den Hunden passiert sein würde, wenn erst die Polizei ermittelte …

Mit zunehmend klarem Kopf taten mir nun auch die Hunde leid. Was hatte ich da nur gemacht? Ich war doch keine Mörderin! Am liebsten wäre ich ein weiteres Mal ausgestiegen und hätte die Flüssigkeit aus den Hundeschüsseln wieder ausgeschüttet. Vielleicht würden sie das Zeug ja auch gar nicht mögen. Vielleicht hätte ich ja doch besser nur seinen Smart verkratzt. Wie gut, dass Helmut in seinem typisch männlichen Tiefschlaf lag und von alledem nichts mitbekam.

Irgendwann musste ich dann wohl doch noch in einen leichten Schlaf hinübergeglitten sein. Normalerweise liebe ich es, morgens vom Vogelgezwitscher geweckt zu werden, wenn wir irgendwo in der freien Natur mit dem Wohnmobil stehen. Ich liebe diese Atmosphäre der Ruhe, der Entspanntheit auf den Stellplätzen. An diesem Morgen weckten mich keine Vogelstimmen, auch nicht das Hupen des Bäckerautos, das morgens frische Brötchen bringt. Es war das Brummen eines Wohnmobiles ganz in der Nähe. Immer wieder gibt es Frühaufsteher, die morgens schon sehr früh abreisen. Manche sogar deshalb, weil sie dem Kassieren der Stellplatzgebühr entgehen wollen. Solche gibt's auch. Aber so früh? Die Sonne war längst noch nicht aufgegangen, doch weil mir sofort wieder die Gedanken an die Geschehnisse der letzten Nacht in den Sinn kamen, schnellte mein Kopf in Sekundenschnelle nach oben, um nach draußen zu schauen.

Und dann sah ich nur noch, wie das Luxusmobil langsam durch die Reihen tuckerte und oben auf der Straße in Richtung Kreisel verschwand. Fast hätte ich mich erleichtert zurück aufs Bett fallen lassen, denn zu so früher Stunde waren die Hunde sicher noch nicht draußen gewesen und hatten das Zeug geschlürft. Da sah ich noch gerade in den Augenwinkeln etwas, was mir die Nackenhaare nach oben stehen ließ. Da, auf der Wiese, gleich neben dem Platz, wo eben noch das riesige Nobelmobil gestanden hatte, lag jetzt ein Körper. Kein Hund, ein Mensch! Karl! So hell war es schon, dass ich seine Glatze deutlich erkennen konnte. Er lag da – wie tot – neben den Hundeschüsseln. Der hatte doch wohl nicht mit der Rothaarigen irgendwelche nächtlichen Spielchen gespielt? Mit Hundeleine und so? Aus der Hundeschüssel geschlürft? Kaum auszudenken! Ob Menschen wohl auch von so einem Frostschutzmittel sterben konnten? Was hatte ich getan?

Mein Herz klopfte, ich schwitzte und doch war mir plötzlich kalt. Tausend Gedanken rasten in meinem Kopf hin und her wie auf einem verschlungenen Autobahnkreuz.

Alles glitt wie in Trance an mir vorbei. Die Schreie von Birgit, als sie als erste zum Bäckerauto gehen wollte und den Toten entdeckte. Die Menschentraube um den Anhänger und den Smart, der zurückgelassen worden war. Die Polizei, die kurz darauf erschien und den Tatort sicherte. Der Frühstückstisch, den Helmut liebevoll gedeckt hatte nach diesem Schreck in der Morgenstunde. Die Befragungen der Polizei.

Auch als Birgit mit weinerlicher Stimme erzählte: »Ei ich hann ja erscht gedenkt, da liescht en Besoffener unn da war der dooot, mausdooot! Unn dann hann ich geschreit unn dann kam der Fritz, unn der Chico hat noch an dem Doode un überall erum geleckt. Unn dann ist der Chico auf einmal umgefalle wie en nasser Sack und hat alle viere von sich gestreckt. Oh mein armer Chico. Hat bestimmt en Herzinfarkt gekricht von all der Uffrejung. War ja auch net mehr der Jüngschte.«

Ich las dann später irgendwann im Trierischen Volksfreund, dass man im Zuge der Ermittlungen auf einige dubiose Machenschaften im Geschäftsgebaren des Toten gestoßen war und dass der bekannte Geschäftsmann mit irgendeinem Zeug vergiftet worden war. Jedenfalls nicht mit Frostschutzmittel, wie ich erleichtert registrierte. Man vermutete eine Abrechnung mit der Halbwelt. Die Rothaarige hat man nie gefunden, das Wohnmobil auch nicht. Haarefärben ist ja auch ein Klacks, und für protzige Wohnmobile gibt es sicher einen lukrativen Schwarzmarkt und für deutsche Doggen vielleicht ein neues Herrchen. Womöglich war der nächtliche Schleicher ihr Komplize gewesen? Ein Gaunerpärchen, das Karl ausgetrickst hatte? Mir war es egal. Manche Dinge erledigten sich eben von selbst. Für Karl tut es mir jedenfalls überhaupt nicht leid. Der wird mir nirgendwo mehr begegnen.

Und der kleine Kläffer?

Na ja. Einer weniger.

Der schüchterne Jakob

Peter Friesenhahn

Ich halte das nicht mehr aus, ich werde noch verrückt hier drin.« Gerda wischte mit einem Tuch das vom Dunst beschlagene Wohnwagenfenster trocken und schaute entsetzt nach draußen. Es regnete in Strömen, und das seit Tagen. Die Campingplatzwiese am Pündericher Moselufer glich einer Seenlandschaft. Überall standen Pfützen, in denen Regenblasen zerplatzten. Kleine Bäche liefen zwischen den Wohnwagen und Vorzelten her. Aus Mauselöchern und Maulwurfshügeln quoll die braune Brühe, vereinigte sich mit den schlammigen Rinnsalen der Wiese und schoss als schmutziger Wasserfall über die Uferböschung in den steigenden Fluss. Gelbbraun war das Wasser der Mosel. Unaufhörlich trommelte der Regen auf das Dach der Campingwagen, es war kein kurzer Schauer, kein vorbeiziehendes Sommergewitter, dieser Dauerregen mit seinem prasselnden Stakkato legte die Nerven vieler Camper bloß. Es war der Regenhorror, der da literweise vom trüben Himmel fiel. Die Luft war feucht, warm und nass.

Kurt, Gerdas Mann, saß im Vorzelt und rauchte.

»Ich halt das nicht mehr aus, Kurt«, schluchzte Gerda. »Geh mal zum Jakob, frag den mal, ob er das Zimmer noch vermietet, in dem Mama und Papa mit mir immer Urlaub gemacht haben, ich muss hier weg, sonst werde ich wirklich noch verrückt.«

Kurt zog seinen Friesennerz an und ging los.

Jakob hatte den Winzerbetrieb von den Eltern geerbt. Er war etwas schüchtern und lebte zurückgezogen und allein in dem großen Haus mit den Nebengebäuden am Ortsausgang in Richtung Briedel.

»Sau… Sauwetter«, begrüßte ihn Jakob, ein wenig stotternd.

»Das kannst du laut sagen«, erwiderte Kurt. »Genau wegen dem Wetter bin ich hier, Jakob. Gerda dreht mir durch, der Regen macht sie fix und fertig. Da bin ich auf die Idee gekommen, wir könnten doch bei dir in den Fremdenzimmern für den Rest unseres Urlaubs einziehen. Auf dem Platz da unten kann man keinen Urlaub mehr machen. Was meinst du?«

Jakob senkte den Kopf, schaute auf den Boden, dachte angespannt nach, hob den Kopf wieder und schüttelte ihn unmerklich. Er druckste herum, und nach einer Pause sagte er leise: »Ich … ich glaube, das geht nicht. Ich hab noch nie die Fremdenzimmer ver… vermietet.«

»Aber Jakob, du kennst uns doch schon lange, fremd sind wir dir ja auch nicht, mach doch mal eine Ausnahme. Bei dem Sauwetter, hast du eben selbst gesagt, kann man doch keinen Campingurlaub machen. Siehst du doch ein, oder?«

Jakob ging einen Schritt zurück und hob die rechte Schulter hoch. So blieb er einen Moment nachdenklich stehen, ließ dann die Schulter langsam hinunter, sah Kurt an, zeigte mit dem Finger nach oben und sagte: »Da … da oben ist kein Klo.«

»Wie, kein Klo?«, fragte Kurt.

»Ist eben kein Klo für euch, wenn ihr da einziehen wollt.«

»Wie haben denn die Eltern von der Gerda das damals gemacht?«

Jakob schluckte, drehte sich und zeigte auf die Tür auf der anderen Hofseite. »Die mussten immer auf dieses Klo, auf das da gehen, auch nachts, und … und sogar wenn es geregnet hat.«

Kurt hielt dagegen: »Aber das macht uns nichts aus Jakob, wir sind als Camper dran gewöhnt, dass wir nachts über die Wiese zum Sanitärgebäude gehen. Und der Weg auf dem Platz ist erstens weiter als der hier und zweitens zurzeit nasser und matschiger. Also das wäre nicht das Problem.«

Jakob drehte die Handflächen aneinander und rieb sie dann an seiner Jacke. »Ist auch keine Bettwä... Bettwäsche mehr da für die alten Betten.«

»Auch kein Problem, Jakob. Wir bringen unsere Schlafsäcke mit und ein paar Decken, das wird schon gehen. Tu der Gerda doch den Gefallen.«

Jakob druckste: »Ja, ja, aber ich meine nur, das ist für die Gerda unbequem und Arbeit. Ist doch auch kein richtiger Ur... Urlaub dann.«

»Lass das mal unsere Sorge sein Jakob, wir kriegen das schon hin, Gerda ist hart im Nehmen, nur der Regen hier, der viele Scheißregen macht sie im Wohnwagen verrückt. Wir helfen dir dafür im Weinberg.«

Jakobs rechte Hand wanderte langsam hinter seinen Rücken, fasste in die hintere Hosentasche, packte den darin steckenden Kamm und fuhr damit langsam durch seine schütteren Haarsträhnen. Nach einer ganzen Weile sagte er leise: »Wenn's aufhört zu regnen, könnt ihr ja wieder auf den Platz zurückgehen.«

»Danke Jakob, habe ich doch gewusst, du lässt uns nicht im Regen stehen, ich sag Gerda gleich Bescheid. Danke, bist ein feiner Kerl, Jakob.« Kurt setzte die Kapuze auf und stapfte durch den Regen davon.

Jakob blieb noch eine Weile stehen und steckte den Kamm in die Hosentasche zurück. Er dachte nach. Zugesagt hatte er eigentlich nicht. Kurt hatte ihn überrumpelt, er mochte im

Grunde keine Leute um sich haben, er kam gut allein zurecht. Aber das Wetter war wirklich unmöglich.

Waren die Zimmer eigentlich sauber? Er war schon lange nicht mehr in diesen Räumen gewesen.

Jakob stieg die überdachte Außentreppe hoch, die in die Räume des Nebengebäudes über der alten Schmiede führte, und öffnete die Tür zu den Zimmern. Eigentlich waren es drei Räume. In einem hatte seine Mutter eine Vorratskammer mit vielen Regalen angelegt. Es standen immer noch selbstgemachte Marmeladen und einige Flaschen aufgesetzter Nusslikör herum. Von der Decke hing ein waagerechter Holzstab. An ihm hingen früher die Blut- und Leberwürste zum Trocknen. Der Geruch dieser Würste war nicht aus dem Zimmer zu kriegen. Jakob zog tief die Luft ein.

Als ob sie noch lebten. Gleich würde seine Mutter rufen: *Jakob, geh bitte in die Kammer und bring eine Blutwurst mit.* Eigentlich hätte er die Kammer nach dem Tod seiner Mutter aufräumen und einige Gläser entsorgen müssen. Aber er konnte kein Glas Marmelade wegschmeißen.

Das Rezeptbuch, das seine Mutter von ihrer Mutter bekommen und weitergeführt hatte, lag in einem Regal. Der Schutzumschlag war aus braunem Packpapier und sah abgegriffen und fleckig aus. Unser Familienkochbuch, dachte Jakob, die ganzen leckeren Rezepte. Er strich ganz sachte über das Papier und ging den schmalen Flur weiter, öffnete die Tür zu dem ersten Fremdenzimmer. Ein großes Bettgestell aus dunklem Holz, drei blaue Matratzen mit weißen Streifen, daneben ein Stuhl und in der Ecke eine kleine Kommode. Er schaute zur Decke. Spinnweben wohin er auch blickte.

Hier müsste geputzt werden. Er drehte den schwarzen Lichtschalter herum, die Glühlampe ging mit einem lauten Knall kaputt. Alle Leitungen in diesem Teil des Hauses lagen noch auf Putz, es hatte für Jakob auch keinen Sinn sie zu erneuern.

Er schloss die Tür, stieg die Außentreppe hinab und ging in die alte Schmiede, in der er hin und her ging und nachdachte. Hier war ein guter Platz zum Nachdenken. Jakobs Opa war Schmied gewesen. Als er starb, blieb alles so liegen und stehen. Die alte Esse, der Amboss, die Gerätschaften, alles so wie früher, als ob die Zeit stehen geblieben wäre. Es roch sogar noch nach Kohle und Qualm. Zuerst müsste er den Klo sauber machen, Toilettenpapier besorgen, dann das Zimmer reinigen, das Fenster putzen und den Boden schrubben.

Er nahm Eimer, Putzmittel und Lappen und begann, die Toilette zu säubern.

Dann füllte er den Eimer mit frischem Wasser, stieg nach oben in das Zimmer und öffnete das Fenster. Mit einem Besen, um den er einen Lappen gebunden hatte, entfernte er zunächst die Spinnweben von der Decke und den Wänden. Die rotbraunen Rostflecken im Waschbecken waren nur mühsam mit Scheuerpulver zu beseitigen, der Wasserhahn war schwer aufzudrehen, es roch unangenehm aus dem Abfluss, und das Wasser floss nur langsam ab. Jakob schraubte das gebogene Metallrohr unter dem Becken auseinander und entfernte eine schwarze, stinkende Masse. Er setzte das Rohr wieder zusammen. Nun lief das Wasser wieder ab.

Zufrieden betrachtete Jakob seine Arbeit und ging die Treppe hinunter.

Kurze Zeit später kam Gerda mit einem Schirm über den Hof.

»Hallo Jakob«, rief sie mit ihrer tiefen, verrauchten Stimme, »lange nicht gesehen, das is nett von dir, dass du uns aufnimmst. Ich werd im Wohnwagen noch verrückt! Der Scheißregen! Kann ich mal das Zimmer sehen?«

Jakob nickte nur und dachte: Sie blubbert noch genau wie früher, wenn sie redet.

Er ging die Treppe hinauf, Gerda folgte. Sie trat ein, schaute sich um und meinte: »Hier müsste aber zuerst mal sauber gemacht werden.«

Jakob legte die Stirn in Falten, drehte sich zu ihr hin, und wollte etwas erwidern, aber Gerda war schneller und zählte auf: »Dann brauchen wir Bettwäsche. Paar Handtücher, Waschlappen, Seife bringen wir selber mit, die Vorhänge gehören gewaschen und der Boden geputzt. Die Matratzen müssen wir mit einem Teppichklopfer vom Staub befreien und vor allen Dingen die Fenster müssen geputzt werden, man sieht ja kaum noch was durch. Ich kümmer mich darum.«

Ja, sie blubbert, wenn sie spricht, dachte Jakob.

Als Gerda an der Vorratskammer vorbeikam, zog sie die Luft durch die Nase ein, stieß sie gleich wieder schnaubend aus. »Das stinkt hier nach geräucherter Wurst, hier können wir aber unsere Taschen mit den Klamotten nicht unterstellen, da muss was passieren.« Sie machte einen Schritt in die Kammer, schaute auf die Regale und nahm ein Glas Marmelade in die Hand. »Alles alter Plunder. Sag mal Jakob, wie alt sind die Marmeladen denn schon? Die kannste doch nicht mehr essen, da is bestimmt der Schimmel drin.«

Jakob holte Luft, sagte nur: »Meine Mu… Mutter hat die alle …«

»Ja, und wie lang is denn die Mutti schon tot Jakob, überleg doch mal, die müssen weg, aber schnell.« Sie stellte das Glas angewidert zurück ins Regal. »Wir machen das schon Jakob. Gib uns einen Tag Zeit, dann räumen wir hier die Rumpelkammer mal auf. Vielleicht streichen wir noch die Wände, dann stinkt es nicht mehr so nach Wurst und Fett.«

»Ihr … ihr wollt streichen? Farbe und so …?«

»Ja klar, das wird schon, Jakob.«

Sie kamen dann am nächsten Tag mit dem Auto und einem Anhänger, packten Pinsel und Farbe aus, schmissen die Marmeladengläser und die alten Regale auf den Anhänger und weißten die Wände. Jakob konnte noch gerade das alte Familien-Rezeptbuch aus dem Anhänger retten, er wischte die klebrige Marmelade ab und nahm das Buch mit ins Haus.

Abends zogen sie ein. Jakob hatte ein ungutes Gefühl im Magen.

Am nächsten Morgen klopfte es an der Haustür.

»Jakob, mach mal Kaffee!«, rief Gerda gut gelaunt. »Ich geh Brötchen holen, wir frühstücken zusammen.«

Das war Jakob gar nicht recht. Aber was soll's, dachte er. In einer Woche sind die wieder weg.

Gerda unterbreitete Jakob während des Frühstücks eine Idee: »Aus der Vorratskammer machen wir ein kleines Bad mit Dusche und WC. Wasseranschluss ist ja da, der Weg über den Hof zum Klo ist doch ein bisschen weit. Na, was sagst du?«

Erstaunt und kopfschüttelnd schaute Jakob sie an und wollte etwas erwidern.

»Gell, da staunst du, wir fahren gleich in den Baumarkt und fangen nachher mit dem Umbau an«, sagte Gerda frohgelaunt und biss in ihr Brötchen.

»Aber die Kosten?«

»Na dafür wohnen wir umsonst bei dir Jakob. Ist doch allen geholfen, oder?«

Nach ein paar Tagen hatten die beiden die Toilette und die Dusche eingebaut, das Zimmer gemütlich hergerichtet, und beim Abschied meinte Kurt: »Wir freuen uns schon auf den Herbst, da kommen wir wieder, und vielleicht machen wir aus der alten Schmiede ein schniekes Wohnzimmer.«

Jakob wusste nicht, was er sagen sollte. Das war alles so schnell gegangen, er hatte eigentlich nie ja zu den Veränderungen gesagt, es war doch sein Haus. Und die Schmiede war sein stiller Nachdenkraum.

Nein, kein Umbau, bitte nicht die Schmiede!

Und beim Frühstück war Gerda immer so laut und Kurt rauchte in der Küche …

Tatsächlich rückten die beiden im Herbst wieder an. Jakobs Einwände gegen den Umbau wurden schnell und laut von Gerda und Kurt entkräftet. Von wegen alles so lassen, die alte Schmiede war doch zu nichts mehr gut, die Esse würde zu einem offenen Kamin umgebaut. Sollst mal sehen, wie gemütlich das im Winter wird, meinten sie. Jakob hatte mit der Weinlese zu tun und hoffte, dass er, wie angekündigt, von Gerda und Kurt unterstützt würde. Leider nahm der Umbau der Schmiede zum Wohnzimmer mit offenem Kamin die beiden so in Anspruch, dass Jakob die Ernte mit seinen beiden Helferinnen aus der Nachbarschaft alleine bewältigen musste. Abends schaufelte er die Trauben vom Anhänger des Traktors in die Kelter, dann wurden sie gepresst, und der Traubensaft lief durch einen Schlauch nach unten zur Gärung in die Fässer im Keller.

Jakobs Küche war allabendlich der Treffpunkt. Beim gemeinsamen Abendessen wurde er über den Fortgang der Arbeiten in der alten Schmiede informiert, und die zwei hatten nach getaner Arbeit Hunger und großen Durst.

Kurt und Gerda rauchten viel, und Jakob, der das störend fand, sagte eines Abends: »Rauchen ist gar nicht gesund.«

»Ein Laster muss der Mensch doch haben«, meinte Kurt nur und lachte. Jakobs Wein und vor allem den Federweißen mochten sie besonders gerne, tranken viel davon und schwadronierten und kamen dabei auf immer neue Ideen.

»Jakob, was hältst du davon«, meinte Gerda. »Wir kaufen dir den linken Gebäudeteil mit den drei Zimmern und der alten Schmiede ab, dann kannst du endlich mal in Urlaub fahren.«

Jakob erschrak. In Urlaub fahren? Ja warum denn, wohin denn? Er war noch nie weg gewesen, hatte noch nie dran gedacht eine Reise zu machen! Die Arbeit in den Weinbergen ließ das doch gar nicht zu. Er schüttelte bei dem Gedanken den Kopf und meinte: »Abkaufen? Mir? Ich kann nicht so einfach verkaufen, und Urlaub brauche ich nicht zu machen.«

Er zog den Kamm aus der Hosentasche, kämmte nervös die verbliebenen Haare, seine Hand zitterte. Sie konnten doch nicht, er wollte doch gar nicht, was hätte sein Vater …

»Und wenn wir es nicht selber nutzen«, sagte Gerda, »vermieten wir es in der Zeit als Ferienwohnung weiter an andere Leute, und vom Gewinn bezahlen wir dich aus.«

Jakob hörte nur … *vermieten wir es weiter …*

Seine Gedanken wirbelten durcheinander: Vermieten … an andere Leute … Er hätte dann immer wieder andere Leute auf dem Hof, Fremde, die er gar nicht kannte. Er sah Probleme. Nein, das mochte er eigentlich nicht.

Verkaufen, vermieten, Probleme. Er schluckte, atmete schnell und wollte etwas sagen, als Kurt aufstand, den Krug in die Hand nahm und meinte: »Kein Wein mehr da, ich geh in den Keller neuen holen.«

Jakob hörte … *ich geh in den Keller neuen holen …*

Plötzlich dachte er: Wenn ich jetzt etwas sage, kommt der wieder. Wenn ich jetzt nichts sage …

Jakob riss sich zusammen, nahm erneut Anlauf und sagte mit leiser Stimme: »Aber wie soll das gehen, das mit dem Bezahlen, wenn ihr nicht da seid?«

»Ganz einfach.« Gerda lächelte und schaute ihn lieb an. »Du kassierst von den Leuten das Geld. So lange, bis der

Kaufpreis beglichen ist. Dann kassierst du weiter, aber das ist dann unser Verdienst.«

Jakob schwirrte der Kopf. Er sollte bei fremden Leuten, mit denen er gar nichts zu tun hatte, Geld für die vermietete Ferienwohnung kassieren? Aber nur so lange wie … dann gehörte es ihnen, und dann …. Es ging zu schnell für ihn.

Er rutschte unruhig auf dem Stuhl hin und her, auch weil er gerade an Kurt im Keller dachte. Gerda meinte beruhigend: »Und wenn mal keine Leute kommen, ist das auch nicht weiter schlimm. Wir haben Zeit, dann dauert das eben ein paar Jahre.«

Dauert das ein paar Jahre … Die Worte dröhnten Jakob im Ohr. … *ein paar Jahre* …Was meinte sie mit all dem?

Gerda sagte: »Kurt braucht aber lange im Keller für den Federweißen.«

Jakob schaute unter sich und meinte: »Du kannst ja mal nach ihm sehen. Ich räume inzwischen den Tisch ab.«

Gerda stand auf und ging über den Hof und dann in den Keller. Jakob blieb sitzen, eine ganze Stunde lang. Dann ging er zur Kellertür, zündete eine Kerze an und hielt sie vor sich, ging langsam die Treppenstufen hinunter. Auf der vorletzten Stufe fing die Kerze an zu flackern, dann ging sie ganz aus.

Das giftige Kohlenmonoxid der Weingärung hatte jeglichen Sauerstoff aus dem Keller vertrieben. Neben den blubbernden Fässern lagen Gerda und Kurt friedlich nebeneinander.

Gerda war endlich still, und Kurt rauchte nicht mehr. Es sah so friedlich aus. Das gefiel Jakob.

Ein leises Lächeln umspielte sein Gesicht, ehe er nach oben ging und zum Telefonhörer griff, um die Polizei anzurufen.

Eine Leiche zum Riesling

CARSTEN SEBASTIAN HENN

Ulrike stocherte lustlos in ihrem gemischten Friséesalat mit Mosel-Aal. Dabei war er knackfrisch, der Fisch zuckte fast noch.

»Schmeckt es dir, Liebes?«, fragte Ulrich Klönke hoffnungsvoll. »Das ist einer der großen Klassiker hier.« Er hob die Arme, um das Reich zu zeigen, welches er ihr zu Füßen legte. Durch die große Fensterfront konnten sie einen Teil der Bremmer Moselschleife bewundern und mit dem Calmont gar den steilsten Weinberg Europas. Der Blick seiner Ulrike ging jedoch in den Raum, der im Glanz der vergoldeten Kronleuchter, der silbernen Teller und des Schmucks der anwesenden Damen erstrahlte. Ihre Miene verfinsterte sich.

Ulrich legte seine Hand zärtlich auf ihre. »Schau, wie festlich alle gekleidet sind! Ist das nicht richtig schön?« Er blickte ihr tief in die Augen. »Ich … liebe dich.«

Ulrike Klönke lief puterrot an, die Äderchen auf ihren Schläfen traten hervor, als würden sie gleich zerplatzen.

»Habe ich das gerade richtig verstanden? Du liebst mich? Wenn du *so* deine Liebe zeigst, dann wäre es mir lieber, dass du mich hasst!« Sie zog zischend die Luft ein, ihre Fäuste schlossen sich um Messer und Gabel.

Sechzehn glückliche Jahre lagen hinter ihnen, doch Ulrich Klönke fragte sich nun ernsthaft, ob er ein siebzehntes erleben würde. Seine Frau richtete nämlich die Zinken ihrer Gabel auf ihn.

»Hast du mich mal angeschaut?«, fragte sie mit Eiseskälte. »Ich meine: *richtig* angeschaut?«

Darauf konnte es nur eine Antwort geben: »Du siehst fabelhaft aus – wie immer, Schatz!«

Etwas Spitzes traf ihn am Schienbein. Es fühlte sich an wie ein Eispickel, doch es musste Ulrikes Schuh sein.

»Ich sehe un-mög-lich aus! Aber das ist ja auch kein Wunder! Denn du hast mich ja zu einer Überraschungsspritztour entführt, ohne mir zu sagen, wohin es geht. Dabei hasse ich Überraschungen, das solltest du nach fünfzehn Jahren Ehe wissen. Und natürlich habe ich nicht das Richtige zum Anziehen dabei. Schon bei der Wanderung durch die Weinberge von …«

»… Bernkastel-Kues! Am schönsten fand ich es im Bernkasteler Doctor mit seinem verwitterten Tonschiefer und im …«

Sie schnitt ihm das Wort ab: »Ich bin ständig mit meinen Slippern umgeknickt! Und nun sitze ich hier im Freizeitlook. Es ist so beschämend, ich könnte losheulen!«

Ulrich Klönke traute sich nicht, nochmals seine Hand auf die ihre zu legen – schließlich war Ulrike nun bewaffnet.

»Aber ich habe es doch nur gut gemeint, mein Engel! Und hier kocht doch dein geliebter Josef Kufer. Nicht im Fernsehen, sondern leibhaftig für dich!«

Ulrich Klönke winkte einen Ober herbei. »Sagen Sie jetzt doch bitte Herrn Kufer Bescheid, dass er an unseren Tisch kommen darf.«

Der so Angesprochene buckelte und verschwand. Ulrich goss seiner Ulrike noch etwas Riesling nach, vom Schieferboden, eine fruchtsüße Spätlese aus Zellingen-Rachtig. Als Aperitif hatte er einen seltenen Elbling aus Nittel reichen lassen, zum Hauptgang würde es einen Spätburgunder aus St. Aldegund geben – der rote Wein musste das Herz seiner geliebten Ulrike doch erweichen!

Die blickte ihn jedoch immer noch an wie ein tollwütiger Schimpanse.

»Ich hoffe für dich, dass er wirklich kommt – und sein neues Buch dabei hat«, zischte sie.

Schnell raunzte Ulrich einen anderen Ober an: »Holen Sie bitte *endlich* Herrn Kufer an den Tisch!«

Langsam versank der Mond über dem Moseltal. Riesling-Kräutersuppe, Weincrewes, und Moselzander in Safran-Rivanertraubensoße wurden aufgetischt. Viele Kellner kamen an den Tisch – doch kein Josef Kufer. Die Laune der immer stärker alkoholisierten Ulrike sank.

Und dann tauchte auch noch Irene auf.

Sie war der Grund, warum diese panisch organisierte Überraschungsreise überhaupt nötig geworden war. Irene, seine Jugendliebe, mit der er sich zu einem Spaziergang getroffen hatte. *Einem harmlosen Spaziergang!* Es war nichts passiert, sie hatten nur über die alten Zeiten geredet. Ein kleiner Abschiedskuss auf die Wange, das war alles gewesen. Natürlich hatte er seiner Ulrike nichts davon erzählt, denn sie war doch immer so schrecklich eifersüchtig.

Aber dann hatte sie es doch herausgefunden.

Eigentlich sollte Irene längst wieder zurück in den Staaten sein.

Jetzt küsste sie ihn zärtlich zur Begrüßung. Auf die Lippen.

Ulrike stieg der Dampf aus den Ohren.

»Und Sie müssen Ulrike sein, freut mich sehr.« Irene reichte ihr die Hand. »Ulrich hat mir so viel über Sie erzählt – natürlich nur Gutes. Ich habe Sie mir aber ganz anders vorgestellt.«

»Wie denn?«, fragte Ulrike zuckersüß.

»Viel älter, und nicht so schlank.« Sie lehnte sich zu ihr herüber. »Und ich finde es ausgesprochen mutig, dass Sie hier im *casual dress* sitzen – es geht mir in Deutschland auch immer viel zu steif zu«. Sie kicherte. »Aber ich will nicht länger stören. Hat mich sehr gefreut!«

»Mich noch *viel* mehr«, erwiderte Ulrike. Es kam Ulrich vor, als wäre die Temperatur auf den Gefrierpunkt gesunken. Er nahm einen großen Schluck des schmelzigen Weißburgunders vor sich – doch seine Lebensgeister kehrten nicht zurück.

Ulrike stand auf, griff sich ihr Glas (darin ein Riesling von der Lage Kröver Nacktarsch) und leerte es mit Schwung auf Ulrichs Anzug. Dann klebte sie ihm eine. Und schrie. Glühbirnen platzten nicht – aber die Glasscheiben wackelten bedrohlich.

Das war das Ende, dachte Ulrich. Das Ende einer glücklichen Ehe. Er hatte sie mit Mosel, Wein und einem Kochbuch kitten wollen, doch nun …

Ulrich Klönke fiel in sich zusammen, doch mit einem Mal straffte er wieder seinen Körper.

… nun musste er genau das tun!

Er zerrte die zeternde Ulrike in die Küche des Sterne-Etablissements. Hier würde er Josef Kufer finden! Der stets lächelnde Bartträger würde ein paar lockere Sprüche loslassen, Ulrike in den Arm nehmen und alles, alles wäre wieder gut.

Die Kochbrigade blickte erschreckt auf, als das Gespann in ihre Welt hereinbrach.

»Wo ist Kufer?«, brüllte Ulrich. »*Bringt mir Kufer!*« Er griff sich eine unschuldige Weinflasche, die dummerweise zum Ablöschen bereitgestellt worden war, und hielt sie drohend empor.

»Lass mich los, du Monster!«, schrie Ulrike derweil und versuchte, ein grobes Brotmesser zu greifen. Ein umsichtiger Koch schob es schnell außer Reichweite.

Gleich würde Kufer erscheinen, davon war Ulrich überzeugt, und seine Ulrike würde ihm dankbare Küsse geben. Vielleicht gewährte sie ihm sogar eine Liebesnacht.

Doch der berühmte Josef Kufer, Erneuerer der Mosel-Küche, Integrierer der römischen Tradition, trat nicht vor sie. Stattdessen ein kleiner, blasser Mann mit eingedellter Kochmütze.

»Wie ...«, begann er stotternd, die Hände gleichsam zum Gebet gefaltet, »... darf ich Ihnen behilflich sein?«

»*Kufer!*« stieß Ulrich atemlos aus.

»Er ist heute leider, leider nicht zugegen. Sie müssen verstehen, ein Fernsehtermin. Ich werde Ihnen aber gerne ein für Sie signiertes Buch überreichen. Mit Empfehlung der Restaurantleitung!«

Plötzlich hörte Ulrich ein metallisches *Pling*. Irgendwie klang es böse. Es war Ulrikes Ehering, der im brodelnden Öl der Fritteuse landete.

»Das war's«, brachte Ulrike nach Luft ringend hervor. »Ich lasse mich scheiden. Und du bekommst nichts!«

Hinter sich hörte Ulrich mit einem Mal ein Kichern. Es war Irene. Und plötzlich spürte er, dass alle Restaurantgäste das entwürdigende Schauspiel beobachtet hatten.

In diesem Moment setzte sein logisches Denken einfach aus.

Er griff in die Fritteuse, um den Ring herauszufischen. Hundertachtzig Grad heißes Öl verwandelte seine Hand in ein knuspriges Stück Fleisch. Der Schmerz raste durch seinen Körper, und Ulrichs Augen stülpten sich aus seinem schmächtigen Kopf. *Rache!*, dachte er und holte mit der wohlgeformten Schlegelflasche aus, um seine Ulrike zu treffen und ihr mit diesem Moselerzeugnis Vernunft einzubläuen.

Doch sie duckte sich.

Der kleine Koch hingegen, der mittlerweile ein signiertes Kochbuch herbeigeschafft hatte, tat das nicht.

Die Glashütte hatte ganze Arbeit geleistet, denn die Weinflasche ging nicht kaputt, wohl aber der Schädel des armen Kochs.

Es dauerte einige Zeit, bis Ulrich wieder atmete. Dann griff er sich wie in Trance das Buch und schlug es auf.

»Für Ulrike«, stand darin. »Leider konnte ich heute Abend nicht da sein. Aber dein Mann – der dich sehr liebt – wird dir sicher einen wunderbaren Abend auf moselanische Art bereitet haben. Dein Josef Kufer.«

Ulrich reichte das Buch seiner Ulrike.

Dann beschloss er, in Ohnmacht zu fallen.

Er spürte nicht mehr, wie ihm Ulrike zum Dank einen Kuss auf die Stirn gab, und sah nicht, wie sie die Widmung triumphierend Irene präsentierte. Ulrich war in einer anderen, besseren Welt, wo Überraschungen gelangen, seine Hand noch unfrittiert war – und er keinen Koch mit einer Flasche erschlagen hatte.

Der Grafenhof

ULRIKE DÖMKES

Wir hatten uns seit vier Jahren nicht gesehen.

Eduard war schmal geworden, sein stattlicher Bauch einer flachen Silhouette gewichen. An seinem Stil hatte sich nichts geändert. Wie immer trug er einen grauen Flanellanzug, nur dass er jetzt lässig an ihm herabhing, wo er einst spannte.

Eduard war, wie ich, Winzer. Sein Weingut, der Grafenhof, erhaben gelegen auf der Höhe zwischen Briedern und Mesenich, war seit Generationen im Familienbesitz. Im Osten stach der Turm der Burg Metternich in den Himmel, Weinberge und Waldflecken bedeckten die Hänge, bis hinunter zur Mosel. Obwohl das Tal hier eng war, hatte ich diesen Teil des Flusses nie als düster empfunden. Eher als vertraut und geschützt.

Sein Großvater hatte sich als einer der ersten von den traditionellen Anbauweisen abgewandt und auf »Bio« gesetzt. Damit hatte er den Grundstein des heutigen Betriebes gelegt. Eduards Vater und später er selbst bewirtschafteten den größten und auch renommiertesten Bioanbau an der Mosel.

Ich lernte ihn auf der kleinen, aber feinen Weinmesse kennen, die er in jedem November in der Eingangshalle seines Hauses abhielt. Das Anwesen entsprach den Erfordernissen eines Spitzenweingutes. Es war groß, hochherrschaftlich und ein wenig einschüchternd. Ein Wein von dieser Adresse konnte nicht anders als hervorragend sein.

Als ich die Einladung zu seiner Hausmesse bekam, fühlte ich mich geschmeichelt. Die Veranstaltung diente natürlich dazu, seine eigenen Erzeugnisse zu präsentieren, aber er gab auch ein paar jungen Winzern die Chance, ihre Weine vorzustellen. Das war alles andere als selbstverständlich und wurde oft als gönnerhaft interpretiert, aber ich glaube, er hatte einfach einen freundlichen Charakter. Außerdem wusste er, dass er in einer anderen Liga spielte. Und am Ende war die Werbung, die ihm diese Freundlichkeit einbrachte, überzeugender als so manche aufgeblasene Kampagne seiner Konkurrenten. Die Teilnahme kam einem Gütesiegel gleich und versprach Umsatz, das, was wir alle brauchten, um im Kampf mit den Discountern zu überleben. Damals hatte ich den Auftrag eines großen Hotels an Land ziehen können, der mich einige Zeit ruhig schlafen ließ.

Wir hatten danach regelmäßigen telefonischen Kontakt, bis er mich eines Tages, es mag zwei Jahre nach der Messe gewesen sein, zu Hause aufsuchte.

Er betrat meinen Weinkeller als ginge er ins Theater. Er war ganz höfliches Interesse und Aufmerksamkeit. Sein Anzug ließ eher an einen Manager denken, als an einen hart arbeitenden Mann, der den Großteil seiner Tage draußen oder im Keller zubrachte. Ich machte mit ihm einen Rundgang durch die Gassen der hohen Stahltanks. Es war Juni, die neuen Weine gerade abgefüllt, die Lese noch nicht eingefahren. Eine relativ ruhige Zeit, die mit Arbeiten im Weinberg ausgefüllt war, überwacht von Bruno, meinem Mädchen für alles. Ich kümmerte mich um Werbung, Degustationen und den Vertrieb in die USA, der gerade ins Laufen gekommen war.

Eduard sah sich um, dann lächelte er mich an.

»Ich habe keine Frau, keine Kinder, keine Geschwister. Ich habe Krebs.«

Ich kapierte nicht.

»Ich muss mich einer ganzen Reihe von Therapien unterziehen und danach will ich für längere Zeit nach Neuseeland. Das wollte ich schon als Junge. Was ich sagen will: ich schlage dir einen Deal vor. Du übernimmst mein Weingut für die nächsten fünf Jahre. Wenn ich überlebe, was durchaus möglich ist, komme ich zurück und zahle dir eine Abfindung.« Er nannte eine Summe, mit der er meinen kleinen Hof bequem hätte aufkaufen können. »Was du in der Zwischenzeit erwirtschaftest, ist deine Sache und dein Verdienst. Einzige Bedingung, die Qualität muss bleiben, sonst bist du sofort raus. Aber das ist meine geringste Sorge.« Er grinste. »Wenn ich sterbe, was ebenso möglich ist, gehört alles dir.«

Ich wollte ihm sagen, wie leid es mir tut, und dass er nichts übers Knie brechen soll, aber er winkte nur ab. »Keine Diskussionen. Sag' ja oder nein.«

Ich sagte ja.

* * *

Jetzt stand er da, dünn, aber gut aussehend.

Er hatte sich in all der Zeit nur zweimal bei mir gemeldet und kaum über seine Verfassung gesprochen. Sein Erscheinen bei der jährlichen Rieslingpräsentation in Kloster Machern in Bernkastel traf mich unvorbereitet.

Er drehte sich zur Seite, sah mich, lachte und hob die Hand. Mein Herz pochte schneller, ich merkte, wie mir das Blut in den Kopf stieg. Ich winkte zurück und atmete tief ein.

Ich war so daran gewöhnt den Grafenhof zu vertreten, dass mir Eduards Anblick einen Schock versetzte. Statt mich zu freuen, war mein erster Gedanke, dass ich das Gut wieder würde abgeben müssen. Dass den schlanken Riesling-Cuvées noch der letzte Schliff fehlte, um sie als neue Linie bei der nächsten Messe zu präsentieren. Dass ich keine Gelegenheit mehr hätte, meine Handschrift in den Kellern des Grafenhofs zu hinterlassen.

Die fünf Jahre gingen in sechs Monaten zu Ende, das wusste ich natürlich, aber erst jetzt wurde mir klar, wie sehr ich damit gerechnet hatte, den Grafenhof zu behalten. Wie sehr ich gehofft hatte, Eduard würde nicht überleben.

»Du siehst gut aus.« Ich hatte mich wieder im Griff und schalt mich ein egoistisches Ekel.

»Du hast dem Grafenhof alle Ehre gemacht!« Eduard probierte den neuen Jahrgang. »Schön, die leichte Kohlensäure, das macht ihn frisch und elegant. Und du schaffst es, dass sie lange vorhält, ohne sich in den Vordergrund zu spielen. Ich habe die Entwicklung verfolgt. Ich wusste, dass ich mir die Richtige ausgesucht hatte!« Er hob anerkennend das Glas.

Als ich am Abend in den Grafenhof kam, fand ich Eduard in der Halle neben dem großen Kamin. Er saß in einem Sessel und las in meinem Weintagebuch, in dem ich jedes Fass und jeden Tank gewissenhaft dokumentierte.

Der Anblick bereitete mir ein Gefühl der Nacktheit.

Das Abendessen verbrachte er gut gelaunt, aß allerdings sehr wenig. Danach wollte er den Kelterraum sehen. Er schlenderte an den Fässern vorbei, blieb bei den Cuvées stehen und ließ sich meine Ideen zu der neuen Linie erklären.

Ich traute mich nicht, ihn nach seiner Gesundheit zu fragen. Aber das war auch nicht nötig, er war voller Energie.

Wir erreichten den kühlen, hinteren Bereich des Kellers, ein in den Fels geschlagener Gang, in dem die Raritäten lagerten.

Als ich die Hände in die Taschen der Jacke schob, fühlte ich das Messer, das seit der letzten Jagd darin war.

Scharf genug, um einen Rehbock zu häuten.

Scharf genug, um einen Flanellanzug zu durchstoßen.

Bruni, My Love

CAROLIN GILBAYA

Sie möchten wissen, wie alles angefangen hat? Nun, das will ich Ihnen gerne sagen. Ist ja auch wichtig, damit Sie mich verstehen. Wissen Sie, unverhofft kommt eben wirklich oft. An einem grauen Novembernachmittag vergangenen Jahres äußerte mein Freund Klaus, seines Zeichens Kunstkenner, spontan den Wunsch, sich einmal die Galerie Josef Steib anzuschauen. Dieser Steib sei ein sehr begabter Maler gewesen und seine Bilder seien abwechslungsreich und spannend. Ich muss zugeben, ich machte mir – bis dato – nichts aus derlei Zeug. Dieser ganze Kulturkram lag mir nicht. Ließ mich völlig kalt. Ich hatte aber gerade nichts Besseres vor, und dieses Bilderhaus stand immerhin in Cochem an der Mosel. Und da Klaus nicht nur ein Liebhaber der Kunst, sondern auch des süßen Lebens war, begleitete ich ihn dorthin, in der frohen Erwartung, dass, sobald das intellektuelle Zeug abgearbeitet war, das ein oder andere gute Glas Wein auf uns warten würde.

Klaus war begeistert! Er lobte Josef Steib, seine Maltechniken, sein Auge fürs Detail, seine außergewöhnlichen metaphysischen Ideen und seine enorme Wandlungsfähigkeit über den grünen Klee!

Doch was soll ich Ihnen sagen? Meiner Meinung nach war diese Galerie der blanke Horror! Das reinste Gruselkabinett. Zugepflastert mit Bildern. Sogar auf dem Örtchen. Die erdrückten einen total. Petersburger Hängung nennt man das wohl. Cochemer Alptraum passt eher! Und als ob das noch nicht genug gewesen wäre: Überall in diesem vollgestopften Haus mit den lebensgefährlich steilen Holztreppen hingen einem todbringende exotische Tiere, wie Kobras oder Teufelsrochen, ins Gesicht. Man stolperte über afrikanische Masken und sonstige Voodoo-Accessoires. Das Haus des Dr. Mabuse muss ein Dreck dagegen gewesen sein! Es war alles schrecklich. Noch schlimmer als ich es, in meinem mir stets eigenen Optimismus, der mich so auszeichnet, erwartet hätte. Aber, wie gesagt, ich hatte ja auch – zunächst – keine Ahnung von so was.

Und dann sah ich sie! Sie! Und ich änderte meine Meinung über den Maler, sein Werk und sein Zuhause blitzartig! Es war plötzlich das reinste Paradies! Ich stieg eine weitere dieser Treppen hinauf, die mir jetzt gar nicht mehr wie ein Hindernis erschien, und ich sah: Sie! Eine wahrhafte Erscheinung! Sie leuchtete direkt in mein Herz hinein. Ein Blick, und ich wusste es. Sie war es! Die Eine! Die Einzige! Es war pure Magie!

Sie sah mich an. Mein Atem stockte. Ich konnte ihre Schönheit kaum ertragen. Ihre Augen und ihr blondes Haar strahlten um die Wette. Ihre verheißungsvollen roten Lippen lächelten mich zärtlich an. Ihr rotes Kleid betonte ihre sensationelle Figur. Wirklich, was für eine Figur hatte diese Frau, das sage ich Ihnen! Ihr eleganter Hut erschien mir wie ein Strahlenkranz, der das Haupt einer Heiligen krönt. Allerdings das einer Heiligen mit einem gehörigen Schuss Sexappeal.

Und als dann der Führer, dessen lokales Kauderwelsch ich bis dato ignoriert hatte, sie mir auch noch vorstellte, verschlug es mir erneut fast den Atem. Brunhilde. Brunhilde! Ich wiederholte ihren Namen. Ließ ihn auf meiner Zunge zergehen. Brunhilde. Ein Name aus dem mir sonst so verhassten deutschen Epos, mit dem ich mich in der Schule herumquälen musste, und wo ich doch nie verstanden habe, wer mit wem liiert war, wer wen verriet, und wer eigentlich den Drachen tötete. Doch hier war der Name mehr als passend! Brunhilde, meine Heldin!

Ihr Bildnis war bezaubernd schön. Ach so, ja: Bildnis. Hatte ich das noch nicht erwähnt? Die Frau meines Lebens war ein Bild. Also jetzt im wahrsten Sinne des Wortes. Nicht nur ein Bild von einer Frau. Sondern ein Gemälde des Josef Steib. Aber das galt nur für ihre äußere Hülle. Abgesehen von ihren Idealmaßen, 80 mal 150 auf Leinwand, war sie seelenvoll und lebendig. Sehr lebendig, also 90, 60, 90 im wahren Leben, wenn Sie verstehen, was ich meine. Außerdem, Sie brauchen jetzt gar nicht zu denken, dass da etwas komisch dran ist. Ich meine, apropos Drachen und so, wünschen wir Männer uns nicht insgeheim alle eine Frau, die auch einmal schweigen kann? Ich meine, meine Damen, was nutzt es, wenn Sie ständig auf uns einreden, wir aber doch nicht hinhören, weil wir Sie nicht verstehen, weil Sie nie das sagen, was wir so gerne hören wollen, oder weil wir ganz einfach nur mal in Ruhe irgendwo sitzen wollen?

Aber lassen wir das.

Ich hatte Glück. Meine Bruni, wie ich sie nach kurzer Zeit liebevoll nennen durfte, verstand mich. Sie signalisierte mir das immer wieder aufs Neue. Ich besuchte sie nämlich seit jenem verheißungsvollen Nachmittag immer wieder. Was glauben Sie denn? Meine wöchentlichen Stippvisiten wie noch zu Anfang unserer Beziehung – man will die Dame seines Herzens ja nicht gleich bedrängen – dehnte ich schnell zu langen, täglichen Besuchen aus. Wir beide hatten ja auch so Vieles, was es zu teilen galt. Aber auch diese Zeit reichte bald einfach nicht mehr aus. Man will ja mal alleine sein mit seiner Geliebten, völlig ungestört, Sie verstehen schon.

Abends, einsam zu Hause in meinen vier Wänden, konnte nichts mehr meine Sehnsucht stillen. Und Bruni verstand das. So wie sie immer alles verstand. Ihr kam mein Vorschlag, doch zusammenzuziehen, auch sehr gelegen. Ich meine, eine Galerie war ja keine Umgebung für eine so schöne Frau. Und ständig wurde sie von diesem komischen Kugelfisch beäugt, der ihr gegenüber hing, giftig und aufgebläht. Von dem Hausherrn ganz zu schweigen. Der hatte übrigens, abgesehen von seinen gefühlt zweiundfünfzigtausend Selbstportraits und der perfekten Wiedergabe meiner Traumfrau, noch etwas Erstaunliches hinbekommen. Sie war nämlich, wie ich später erfuhr, einmal mit ihm verheiratet gewesen. Na ja, Jugendsünden leistet sich ja jeder. Er war ja jetzt auch schon lange tot. Und sie hatte sowieso nur noch Augen für mich.

Ich beschloss also, sie ganz zu mir zu nehmen. Nachdem ich meine bescheidene Bleibe enorm hergerichtet, durch einige gezielte und ziemlich teure Designerstücke aufgewertet und auf Hochglanz poliert hatte, marschierte ich eines Tages mit entschlossenem Schritt in die Galerie hinein, und mit meiner Holden unter dem Arm, wohl und weich verpackt in Klaus' großer Zeichenmappe, wieder hinaus. Voll Euphorie stand ich auf der Moselpromenade vor der Tür des Künstlerhauses. Ich lachte der Büste Steibs, die außen in die Hauswand eingelassen ist, ins Gesicht! Jetzt gehört sie mir, dachte ich. Dies war ein erhabener Moment! Der Beginn eines völlig neuen Lebensabschnittes. Und ein Kinderspiel war es auch noch! Gehörte ich doch mittlerweile so sehr zum Inventar der Galerie, dass niemand mehr von mir Notiz nahm. Und dass ein Bild fehlte, würde denen so schnell nicht auffallen. Bei der Menge! Da war das wirklich so wie mit der sprichwörtlichen Nadel im Heuhaufen. Obwohl das Bild meiner Bruni natürlich unvergleichlich war. Aber was wussten die schon, die Banausen. Ich hatte ja auch noch schnell zur Sicherheit ein anderes Bild an die Stelle gehängt, an der vorher meine Bruni hing. Eines von denen, die bislang nur so am Boden herumstanden. Ich darf, nicht ohne Stolz, sagen, das war ein geniales Ablenkungsmanöver von mir! Oder?

Spielend leicht und wunderschön war dann auch unser Leben zu zweit. Wir teilten alles, Tisch und Bett. Gut, zugegeben, das mit der Badewanne war etwas schwierig. Aber das geht Sie ja auch nichts an. Der Kavalier genießt ja bekanntlich und schweigt. Sag ich doch, Schweigen ist eine viel zu oft unterschätze Garantie für eine glückliche Beziehung. Soviel soll Ihnen an dieser Stelle genügen: Wir waren überglücklich. Beide.

Aber dann, na ja, wissen Sie, wenn Sie so eine schöne Frau haben, dann möchten Sie sie ja auch mal zeigen. Das will doch schließlich jeder stolze Mann. Also jeder, der eine schöne Frau hat. Bruni stimmte mir da voll und ganz zu.

So begannen wir, uns vorsichtig in der Öffentlichkeit zu bewegen. Wir wollten ja nicht ertappt werden. Viel zu viel liest man doch heutzutage von diesen Paparazzi oder Paparazzos oder wie auch immer die heißen. Also bedeckte ich Brunhilde mit einem zarten, seidenen Tuch. Ein Schleier für meine wunderschöne Braut, dachte ich, wie passend. Durch die Verhüllung erschien sie nur noch attraktiver. Bruni war dies auch recht, blieb sie doch geschützt vor Regen, Sonne, Sturm und Wind und Gaffern aller Art.

Wir verbrachten selige Stunden. Wir gingen an den Ufern der Mosel spazieren, streiften durch die malerischen Gässchen der Stadt Cochem. Wir überblickten vom Refektorium des Kapuzinerklosters das ganze Moselpanorama und erklommen den Burgberg. Wir besuchten den Cochemer

Abend in einem Traditionsgasthaus auf der anderen Moselseite und sangen heimische Lieder. Besonders an der Stelle
des Liedes, wo es heißt, »an der Mosel, ja da gibt es wunderschöne Mädchen«, konnte ich voll Inbrunst und Überzeu-
gung mitsingen! Bruni und ich fuhren mit der Sesselbahn.
Und sie jauchzte freudig, wenn ein leises Lüftchen sie
umwehte. Wir besuchten eines der ältesten Restaurants
Cochems, das etwas versteckt in einer der Seitensträßchen
der Oberstadt liegt. Ein hübsches, windschiefes Fachwerk-
häuschen. Natürlich nicht so hübsch wie meine Bruni. Ich
führte sie immer wieder aus. Auch in das bekannte Nobelres-
taurant am Marktplatz, dort, wo die anderen schönen Fachwerkhäuser eng aneinander geschmiegt stehen. Sie war
schließlich Frau von Welt. In diesem ehemaligen Kornspei-
cher genossen wir lukullische Freuden. Sie hatte einen geseg-
neten Appetit, mein Mädchen. Lag wohl an der Ehe mit Steib.
Der hat ihr bestimmt immer alles weggegessen. In der Galerie präsentierten sie ab und zu bei den Führungen seine
Unterhosen, als kleine private Anekdote sozusagen. Ich sage
Ihnen, da hätten zwei hineingepasst! Meine Bruni hingegen:
Kurven an den richtigen Stellen. Ansonsten schlank wie ein
Reh. Und ihre innere Schönheit erst! Dass sich so eine Frau
für mich interessiert, konnte ich kaum fassen!

Kurzum, was soll ich sagen, es war die schönste Zeit in
meinem Leben.

Und dann wurde alles anders. Wir saßen gerade wieder
einmal in unserem Lieblingscafé, dem Hotel-Café Germania,
und verspeisten eine dieser traumhaften Torten, die sie dort
zaubern, da belauschte ich ein folgenschweres Gespräch zwischen dem stets freundlichen, mir gut bekannten Geschäfts-
führer des Hauses und einem fremden Mann. Es war eine
Ausstellung geplant. Eine Ausstellung, und jetzt halten Sie

sich fest, über meine Bruni! Man hatte alle wunderbaren Bilder zusammengetragen, die Josef Steib von ihr gemalt hatte – doch, ich gebe es ja zu, wenn auch nur äußerst ungern, das konnte er wirklich. Auch das in dem blauen Badeanzug war dabei. Nein, nicht dass Sie mich jetzt falsch verstehen! Das Bild ist wunderschön, aber wäre Ihnen das so recht, dass jeder Ihre Freundin im Badeanzug betrachtet? Doch im Vorfeld schien, nach Ansicht des fremden, bebrillten Herren mit Seidenschal, der sich als Kurator herausstellte, der Ausstellung nur ein mäßiger Erfolg beschieden. Aus einem einfachen Grund. Das Herzstück fehlte. Kein Wunder. Es war ja auch *mein* Herzstück und saß mit mir hier auf der Terrasse!

Nun geriet ich in einen argen Gewissenskonflikt. Ich würde meiner Bruni einen großen Auftritt bescheren können. Einen richtig großen! Stand doch dieses bekannt solide Haus für ausgezeichnete Qualität, und hatte es sich doch zu Recht einen Namen in der heimischen Kunstszene gemacht. Und meine Bruni hatte früher wie heute manch schöne Stunde im Germania verbracht. Aber dort würden auch andere Männer sie ganz aus der Nähe für lange Zeit ungestört betrachten können, würden mit ihr in Kontakt kommen, vielleicht sogar ins Gespräch. Andererseits, nein, ich hatte doch vollstes Vertrauen zu meiner Geliebten! Was fiel mir überhaupt ein, ihr diese Chance zu vereiteln, nur aus egoistischer Eifersucht! Bruni war standhaft. Und sie würde es auch bleiben. Und dass ich sie aus ihrer tristen Umgebung befreit habe, hat sie mir immer wieder durch ihre Treue gedankt. Nun war es an der Zeit, etwas davon zurückzugeben. Bruni sollte endlich einmal die Aufmerksamkeit bekommen, die ihr gebührte. Und im Germania war sie ja für die Dauer der Ausstellung sicher. Ich konnte sie ja auch jeden Tag sehen. Die Nächte … gut, die Nächte … Man muss halt auch mal Opfer bringen für die Kunst. Und unsere spätere Zusammenführung würde dann umso schöner sein.

Aber wie sollte ich sie ins Lokal hineinbekommen? Nach ausführlicher Auskundschaftung der örtlichen Gegebenheiten machte ich mich in der Nacht vor der Ausstellungseröffnung ans Werk. Ich wählte mit Bruni den Aufgang außen über die Hotelterrasse, der nur für die Hotelgäste gedacht ist. Über einen weiteren Freisitz im ersten Stockwerk gelangten wir dann ins Innere des Hauses. Gut, ich muss zugeben, ich verweilte noch kurz mit meiner Partnerin auf einer der beiden Hollywoodschaukeln, die dort stehen, und wir sangen heiter: »Komm auf die Schaukel, Brunhilde.« Manchmal geht es eben einfach ein bisschen mit mir durch. Ich schlich mich dann aber schnellstmöglich innen durchs Hotel wieder nach unten in die Räumlichkeiten des Cafés. Die anderen Werke hingen schon. Ich wählte mit Bedacht den besten Platz für meine Bruni. Genau in der Mitte des Lokals. Über dem marmornen Treppenaufgang, der Café und Weinstube im Keller verbindet. Hier würden sicher auch die hohen Herren der Politik ihre Ansprachen halten. Und dies war auch die größte freie Wand. Und dort prangte sie nun, die Zierde meines Lebens. Von mir festgemacht. Höchstpersönlich. Ich gab ihr einen Gutenachtkuss und versprach, direkt in der Frühe wieder da zu sein.

Was war das am nächsten Tag für ein Aufsehen, als das verschollen geglaubte Kunstwerk wieder da war! Die Polizei ermittelte erneut, genauer gesagt, der scharfsinnige Kommissar mit den blitzenden grünen Augen. Direkt nach Brunis Verschwinden hatte er mich nach ihrem Verbleib befragt, da ich ja so oft die Galerie besuchte, was ich natürlich auch weiterhin tat, damit unsere Beziehung nicht aufflog. Irgendwie hatte der mich seitdem auf dem Kieker. Aber er hatte mich noch nicht erwischt! Und überhaupt! Als ob ich ihr Versteck, ihre Zuflucht vor der kalten Welt verraten würde!

Auch die Zeitungen, die hinter ihrem Verschwinden einen gewöhnlichen Kunstraub vermuteten, berichteten. Sie schrieben sich förmlich die Finger wund! Das lokale Blatt *Blick aktuell* behauptete gar, der Geist von Brunhilde Steib hätte sich von selbst dort hinbegeben. Die sind wohl verrückt! Geist … Als ob meine Bruni leblos und tot wäre! Egal, der Ausstellung versprach dies jedenfalls die nötige Aufmerksamkeit!

Die Vernissage begann.

Bruni war da, und ihr Glanz überstrahlte alles! Sie ertrug mit hoheitsvoller Würde die neidischen Blicke der weiblichen Gäste und mit Gleichmut die der männlichen Ausstellungsbesucher! Ich war glücklich. Sie war immun. Sowohl gegenüber den Offerten eines eleganten Stammgastes, der sich stets geschmeidig, fast katzengleich lautlos auf sie zubewegte, als auch gegenüber den Avancen des charmanten Geschäftsführers, der ihr immer ein Glas Sekt entgegenhielt.

Landrat und Bürgermeister hielten ihre Laudatio auf meine Bruni. Ach, was war ich stolz! Doch dann näherte sich der Seidenschal. Ein extra zu diesem feierlichen Anlass aus der Ferne angereister Museumsmensch. Und stellen Sie sich vor, was dieser verkündete! Nach Nürnberg! Nach Nürnberg in eine Galerie sollte sie! Meine Bruni! Entrissen aus ihrem geliebten Moseltal! Bloß weil in Franken eine Verwandte von ihr lebte.

Und ich? Bin ich etwa kein Angehöriger?

Der selbstgefällige Kerl, was dachte der sich eigentlich dabei! Wir hatten doch ganz andere Pläne für die Zukunft! Nein! Das ging nicht! Auf keinen Fall! Das würde ich niemals zulassen! Nur über meine Leiche! Oder noch besser, …

In dem Moment geschah es! Mein güldener Racheengel löste sich von der Wand und stürzte sich im Pfeilpflug auf den potentiellen Vernichter unseres Glücks. Der Rahmen zerbarst, die Glasscheibe zersplitterte, wie ein apokalyptischer Regen prasselten die Glasstücke auf ihn ein. Da lag er nun. Niedergestreckt, gerichtet von der Macht der Liebe!

Bruni, die auch sonst zwar immer jeglichen Rahmen des bloß Gewöhnlichen sprengte, aber nie aus demselbigen fiel, tat dies. Genau jetzt! Genau zum richtigen Zeitpunkt! Sie fiel aus dem Rahmen. Ach was, fiel, sie sprang! Bruni, meine Göttin!

Da war er, der Moment höchster Seelenverschmelzung, der Moment, auf den ich immer gewartet hatte: »Bruni«, rief ich aus, »Bruni, jetzt sollen es alle wissen, Bruni, ich liebe dich, willst du meine Frau werden?« Ich stürmte auf sie zu, um vor ihr niederzuknien. Doch da sah ich es. Sie lag zerstört am Boden. Sie hatte sich für mich geopfert! Für mich und unsere Liebe!

Und was machte dieser krude Kurator? Er stand wieder auf! Benommen zwar und übersät von Scherben, aber er stand wieder auf! Das war zu viel! »Mörder!« Schrie ich. »Mörder!« Es ging alles ganz schnell. Ich spürte das größte Stück Glas in meiner Hand, und ich wusste genau, was ich zu tun hatte. Er hatte mich ja schließlich auch getroffen. Mitten ins Herz! Es wurde alles blutrot! Und dann auf einmal wurde alles pechschwarz!

Cochem. 18.08.2014. Im Hotel Café Germania kam es gestern zu einem dramatischen Zwischenfall. Ein offenbar geistig verwirrter Mann um die Fünfzig erstach den bekannten Nürnberger Kurator, Hubert E. Das Motiv der Tat liegt noch im Dunkeln. Zumindest wollte die Polizei zunächst keine genauen Angaben dazu machen, um die weiteren Ermittlungen nicht zu gefährden. Der Täter konnte von einem zufällig anwesenden Kriminalhauptkommissar überwältigt werden und befindet sich in Polizeigewahrsam.

Der Ort, an dem ich jetzt bin, ist nicht so lebendig wie die Galerie Steib. Und längst nicht so gemütlich wie das Hotel Café Germania. Eher im Gegenteil. Es ist alles puristisch karg, sehr zweckmäßig, irgendwie steril. Und die Leute hier sind alle sehr merkwürdig. Aber, na ja. Ich darf jetzt manchmal mein Zimmer verlassen. Dann bringen sie mich in so eine Art Lesesaal. Der taugt dazu, die Geschichte von Bruni und mir für die Nachwelt aufzuschreiben. Die Geschichte einer so großen Liebe muss doch schließlich festgehalten werden. Ach! Ich vermisse meine geliebte Bruni. Ich vermisse sie jeden Tag! Nichts und niemand wird sie mir je ersetzen können!

Es gibt nur einen Lichtblick. Einen Lichtstrahl in meiner Dunkelheit. Den hat mir bestimmt auch meine Bruni gesandt. Mein Engel! Sie möchte, dass ich mich besser fühle. Und dass jemand auf mich achtgibt. Auch deswegen gehe ich nämlich so gerne in diesen Lesesaal. Dort hängen zwar hauptsächlich billige Kunstdrucke von dem Verrückten ohne Ohr – allerdings nicht hinter Glas, warum auch immer. Aber es hängt dort auch eine rassige Dunkelhaarige, deren Lächeln irgendetwas in mir auslöst. Ich würde sie gerne näher kennenlernen, vielleicht einmal mit ihr in ihr Heimatland reisen. Italien hat Bruni schließlich auch geliebt. Wenn da nur nicht diese blöden Gitter an den Fenstern wären. Und dieser lästige, stets weiß gekleidete Mann, der wie ein Besessener den ganzen Tag um mich herumspringt. Aber wer weiß! Das Lächeln einer schönen Frau hat uns Männer ja bekanntlich schon zu mancher Höchstleistung angetrieben.

Kaperfahrt ins Ungewisse

Sascha Gutzeit

Landstraße 108, 17:09 Uhr, 70er Jahre

Von nun an ging es bergab.

Die Kurven der Kastellauner Straße waren so scharf wie die von Brigitte Bardot. Ich schaltete meinen Wagen in den zweiten Gang zurück, und der Motor des rosaroten Pandas heulte auf.

Ich rückte meinen Hut zurecht, umklammerte das Lenkrad und ging mit 18 km/h in die Linkskurve. Da ich meinem pensionierten Chef, Hauptkommissar Günther Neutze, der in ein Seniorenzentrum in Kastellaun gezogen und heute neunzig geworden war, vorhin eine Pulle Cognac in die Hand gedrückt hatte, war Treis kein großer Umweg. Und da ich hier einen Teil meiner Kindheit verbracht hatte, wollte ich mal wieder in dem schnuckeligen Ort an der Untermosel vorbeigucken.

Hätte ich zu diesem Zeitpunkt geahnt, was mir dadurch in den nächsten sechzehn Stunden widerfahren würde, hätte ich es natürlich vorgezogen, daheim einen unlösbaren Mordfall aufzuklären. Doch ich ahnte noch nichts, fuhr die Kastellauner zu Ende und über die Welsbachstraße bis zur Moselallee. Dann links ab. Als ich den rosaroten Panda bei den Kastanienbäumen gegenüber vom *Hotel Reis* parkte und ausstieg, kamen plötzlich unzählige Erinnerungen zurück, als würde ein kleines Blümchen auf die Fensterbank meines Herzens gestellt.

Schlauchbootkreuzfahrten auf dem Flaumbach ... Esspapiergelage am Moselkiosk ... der erste Sprung vom Dreier im

Freibad ... Picknick am Werthzipfel mit gemopsten Stachel-beeren ... und oben beim Zilleskapellchen hatte ich meine allererste *Overstolz* geraucht.

Plötzlich riss mich ein ganz hübsches Rumpelpumpel in die damalige Gegenwart zurück. Und da mein Blick krimino-logisch geschult war, sah ich auch prompt, was los war: Ein schnittiges Personenschiff machte gerade an der Anlegestelle fest. Die *Moselperle* mochte etwa fünfundvierzig Meter lang sein, verfügte über ein Unter- und ein Sonnendeck und war weiß lackiert mit grünen Streifen.

Eine kleine Rundfahrt wäre jetzt noch die Krönung, dachte ich, und lief mit gezücktem Portemonnaie zum Fahrkarten-verkaufsbüdchen. »Ich bin Kommissar Heinz Engelmann von der Kripo und ich hätte gerne eine Passage«

Die Verkäuferin lächelte und reichte mir das Ticket. »Gerne doch, Herr Kommissar. Heute geht's aber nur noch zurück nach Cochem«

»Egal«, grinste ich wie ein Honigkuchenpferd. »Hauptsa-che Moselfahrt!«

Als ich an Bord sprang, löste auch schon ein Mann in Uni-form und mit Käpt'n-Iglo-Mütze die Leinen. Mit aufbrausen-dem Motor stach die *Moselperle* flussaufwärts in See und ich ahnte nicht, dass ich dabei war, in ein unfassbar kriminelles Verhängnis zu schippern.

Flusskilometer 43, 17:41 Uhr, 70er Jahre

Auf dem hinteren Sonnendeck waren außer mir nur wenige Leute. Die meisten der circa dreiundfünfzig Passagiere saßen windgeschützt auf dem Unterdeck bei Kaffee, Kuchen und Königsberger Klopsen. Aber auch bei Käseschnittchen, Rus-sisch Ei und Bockwürstchen mit Kartoffelsalat. Ich blinzelte zufrieden in die Abendsonne und ließ mir die frische Brise unterm Hut durchfegen, während die *Moselperle* an Pommern vorbei glitt. Ich winkte erst ein paar Winkern, die am Ufer wunken und dann der hübschen Bedienung, um meinen vierten Schoppen zu bestellen. Und wieder einen Korn dazu. Wenn man schon an Bord eines Schiffes ist, kann man ruhig einen im Kahn haben. Ich fummelte eine *Overstolz* aus meinem Trenchcoat, den ich über die Lehne der Sitzbank geworfen hatte und brachte die köstliche Kippe trotz Wind zum Brennen.

Der gute Moselwein machte mich anscheinend etwas wuschig, da ich ihn nicht gewohnt war. Sonst trank ich ja immer nur Cognac. Vielleicht war es aber auch die viele frische Luft. Jedenfalls weiß ich nur noch, dass die Bedienung den nächsten Schoppen samt Korn vor mich hinstellte, dass ich beides wieder zusammenschüttete, und dachte: Ach, da hinten kann man schon Klotten sehen!

Dann muss ich wohl unter die Sitzbank gerutscht und eingenickt sein.

Flusskilometer 55, 3:37 Uhr, 70er Jahre
»Los, aufstehen!« Die Stimme dröhnte wie die Sprengung in einem Steinbruch.

Mühsam krabbelte ich von unter der Sitzbank hervor. Mein Schädel musste die Größe eines Heißluftballons haben, und meine Augenlider waren schwer wie Ascheneimerdeckel. Als ich sie aufschlug, blieb es trotzdem düster.

»Hoch mit dir!«, donnerte die Stimme wieder, und ich richtete mich schwankend auf. Die Umrisse des Mannes überragten mich um gefühlte sechzig Zentimeter, und hätte die Sonne geschienen, wäre ich in seinem Schatten versunken, doch es war Nacht. Tiefste Nacht und die *Moselperle* noch immer in voller Fahrt. Am Ufer schoben sich gelblich schimmernde Straßenlaternen wie Schießbudenfigürchen vorbei.

»Na? Alles fit?«, fragte ich den riesigen Typen, weil mir nichts Besseres einfiel.

»Halt den Sabbel!«

Natürlich hätte ich jetzt meinen Dienstausweis zücken müssen, doch der Teil meines Gehirns, der solche Aktionen gewöhnlich regelte, war noch immer durch den Moselwein von der Außenwelt abgeschnitten. Stattdessen hörte ich Schritte auf der Treppe und eine weitere Gestalt erschien auf dem Deck. Die war zwar kleiner, hielt dafür aber einen Revolver in der Hand.

»Was ist los, Udo?«, fragte sie.

»Stell dir vor, Hannes, wir haben hier einen blinden Passagier!«

»Das wird dem Boss gar nicht gefallen«, sagte Hannes grimmig und gesellte sich zu uns.

»Ich bin gar kein blinder Passagier, Jungs …«, begann ich mit staubtrockener Kehle. »Meine Äuglein sind völlig in Ordnung. Ich hab bloß eine Bootstour von Treis-Karden nach Cochem gemacht«

»Hahaha!«, lachte Udo jetzt und wieder vibrierte das ganze Schiff. »Pech gehabt, Freundchen, Cochem haben wir hinter uns! Und leider mussten wir vier die *Moselperle*, na sagen wir … kapern …«

»Quatsch nicht so viel!«, unterbrach Hannes seinen Kollegen. »Muss ja keiner wissen, dass wir zu viert sind!« Er drückte den Revolverlauf gegen eine meiner Schläfen, und ich taumelte rückwärts an die Reling.

»Deine Moselpartie endet hier!«, fauchte der Revolverheld, presste mir das kalte Metall des Revolvers noch doller gegen die Rübe und spannte den Hahn. »Und jetzt spring!«

Auf der Polizeischule hatte ich damals gelernt, dass man mehr vom Leben hatte, wenn man nicht erschossen wurde. Aber ins Wasser wollte ich auch nicht, also sagte ich: »Äh, könnt ihr mich nicht vielleicht bei der nächsten Anlegestelle ...«

»Jetzt geh endlich baden!«, fiel mir Hannes pampig ins Wort. »Oder ich schieße dir so lange eine Kugel durch den Kopf, bis du tot bist!«

Das klang nicht gut! Doch bevor ich weitere Gedankengänge in die Wege leiten konnte, knallte mir Udos Riesenfaust ins Gesicht. Ich flog nach hinten, rücklings über die Reling und klatschte ein paar Meter weiter unten in die rabenschwarze Mosel.

Flusskilometer 57, 3:46 Uhr, 70er Jahre
Ernst war nicht nur der Weinort, dessen Lichter mich vom Ufer aus anglommen, sondern auch meine Lage! Ich ruderte wie wild mit den Armen, um dem schäumenden Sog der Schiffsschraube zu entgehen und versuchte immer wieder verzweifelt, die Mosel beiseitezuschieben. Der Angstschweiß auf meiner Stirn wurde ständig von den tosenden Wellen weggespült.

Nachdem sich das aufgebrachte Wasser wieder beruhigt hatte und das Motorengeräusch der *Moselperle* immer leiser wurde, rückte ich erleichtert meinen bleischweren Hut zurecht.

Die unfreiwillige Wassergymnastik hatte meine grauen Ermittlerzellen gut durchgespült, und drei Dinge gingen mir spontan durch den Kopf:

1) Die Strolche führten ganz sicher etwas im Schilde, denn sonst hätten die mich wohl kaum so feuchtfröhlich des Schiffes verwiesen.

2) Mein Trenchcoat befand sich samt Dienstwaffe und Portemonnaie noch auf der Sitzlehne auf dem Sonnendeck.

3) Meine Zigaretten auch!

Während ich so in der nächtlichen Mosel vor mich hin planschte und mit der Strömung zurück gen Valwig trieb, beschloss ich nicht nur, der Sache auf den Grund zu gehen, ich schmiedete auch einen wasserdichten Plan! Verdammte Hacke, ich war nicht umsonst Kommissar Heinz Engelmann, und diese Flussratten sollten mich kennen lernen! Also wendete ich, kraulte Richtung Bruttig und nahm die Verfolgung auf.

Flusskilometer 59, 4:10 Uhr, 70er Jahre

Im Schein der Laternen sah ich, wie sich das Tor schloss und die *Moselperle* dahinter verschwand. Alles lief nach Plan, denn obwohl die Staustufe Fankel über zwei Schleusenkammern verfügte, hatte das Personenschiff eine Weile warten müssen.

Ich schwamm mit Vollgas das letzte Stück, zog mich dann aus dem Wasser die Sprossen empor und robbte wie eine Flunder zwischen die beiden Schleusenkammern. Meine nassen Klamotten wogen eine Tonne. Das rote Lämpchen am oberen Schleusentor zeigte an, dass Wasser in die Kammer gepumpt wurde, und die *Moselperle* kam langsam immer höher.

Ich hielt den Atem an und hoffte, dass Udo und Hannes nicht noch immer auf dem Sonnendeck rumlungerten, denn die würden mich sofort entdecken. Doch als das Deck neben mir auftauchte, war niemand drauf. Lediglich auf der Kommandobrücke brannte Licht, doch die war zwanzig Meter weiter vorne.

Ich nahm all meine Kräfte zusammen und hüpfte vom Schleusenkammerrand aufs Schiff, das weiterhin hoch gepumpt wurde. Das Geräusch meines Aufpralls wurde vom heftigen Wassergluckern übertönt. Unbemerkt krabbelte ich zu der Sitzbank hinüber, wo mein Trenchcoat hing.

Schnell zog ich ihn über, um endlich etwas Trockenes an den Leib zu bekommen und tastete die Manteltaschen ab. Alles noch drin. Nun musste ich nur noch herausfinden, was diese Tunichtgute an Bord zu suchen hatten, und dann war dieser Fall so gut wie gelöst. Aber erst mal musste ich unbemerkt aus der Schleuse kommen! Also kroch ich wieder unter die Sitzbank und spielte Schnapsleiche, bis das Fahrgastschiff schließlich die hell erleuchtete Staustufe Fankel hinter sich gelassen und an Ellenz vorbei Kurs auf Beilstein genommen hatte.

Flusskilometer 65, 4:42 Uhr, 70er Jahre
Als ausgebuffter Ermittler hatte ich im Urin, dass garantiert irgendwann etwas passieren würde. Aber das schien zu dauern.

Die *Moselperle* glitt munter durch die Nacht, und als wir die Lichter von Mesenich passiert hatten, krabbelte ich im Schatten der Dunkelheit rüber zur Kommandobrücke. Von dort aus würde ich S.O.S. funken, und die Kollegen von der Wasserschutzpolizei würden dieser Moselirrfahrt ein Ende bereiten. Doch gerade als ich die Klinke zum Steuerhaus runterdrücken wollte, hörte ich drinnen eine Stimme, die weder Udo noch Hannes gehörte.

»Hallo, Boss. Läuft alles nach Plan.«

Kurze Pause. Offenbar redete jetzt der Boss. Ich hatte mich derweil zackig wie ein Erdmännchen vor die Tür geduckt und lauschte.

»Alles paletti. Kurz hinter Cochem hat der Neue zwar einen blinden Passagier entdeckt, aber den haben wir versenkt!«

Wieder eine kleine Funkstille.

»Wie immer. Die Ware findet keine Sau, Boss. Haha. Ist diesmal bestimmt saftige 500.000 wert, wenn nicht sogar eine halbe Million! Over«

Just als das Schiff die Moselbrücke in Senheim unterquerte, riss ich die Tür auf und sprang mit gezückter Dienstwaffe ins Steuerhaus.

»Hände hoch! Ich bin Kommissar Engelmann und hab das Schiff umstellt!«

Der bärtige Piratenkapitän fuhr herum und fegte dabei das Funkgerät vom Tisch, welches wegen der Schwerkraft auf dem Boden zerschellte.

»Haha!«, lachte er und guckte hinter mich. »Los Horst, baller ihm eine!«

Auf den alten Trick fiel ich nicht herein und drehte mich natürlich nicht um. Dann bekam ich von Horst eine auf den Hinterkopf, und mir wurde so schwarz vor Augen wie die Nacht draußen an Deck.

Flusskilometer 70, 5:13 Uhr, 70er Jahre

Als ich zu mir kam, saß ich an eine große Holzkiste gelehnt und war an Händen und Füßen gefesselt. Mein Deez spielte erneut Heißluftballon, und ein säuerlicher Geruch stieß mir in die Nase.

Man hatte mich offenbar in einen Lagerraum auf dem Unterdeck gesperrt, achtern beim Schiffsmotor, denn es wummerte ganz schön.

Gerade wollte ich überlegen, ob die Pfaff-Nähmaschine, die neben mir stand, Baujahr 1934 oder 1936 war, da drehte sich ein Schlüssel im Schloss.

Die Lagerraumtür ging auf, und Udo kam herein. »Pssssst«, flüsterte er donnernd. »Ich bin auch Polizei, Herr Kommissar!«

Ungläubig sah ich zu, wie mich Udo erst von meinen Fesseln befreite und sich dann das Gesicht vom Gesicht zog.

Unter der Maske kam ein anderes Gesicht zum Vorschein, »Ich bin Inspecteur Jean D'Arm von Interpol in Nancy«, sagte er so leise, wie er konnte. »Ich habe mich in diese Verbrecherbande eingeschleust, als sie noch zu dritt waren. Unbemerkt, versteht sich. Vorhin haben wir den Juwelier am Markt von Cochem geplündert und dann dieses Schiff geklaut.«

»Aha«, sagte ich und stand auf.

»Seit Jahren raubt die Bande entlang der Mosel Juweliere aus. Und immer sind die Klunker danach spurlos verschwunden«

Ich konnte mir ein Grinsen nicht verkneifen und holte eine *Overstolz* aus meinem Trenchcoat.

»Nun, lieber Jean, auch wenn ich die Halunken noch nicht so lange verfolge wie Sie, weiß ich längst, wie sie die Edelsteine verschwinden lassen, denn seit ich hier in diesem Raum geknebelt aufgewacht bin, habe ich meine Schnüffelnase aktiviert und eins und eins zusammengezählt!«

Da guckte Jean D'Arm aber! Erst baff und dann erschrocken, denn plötzlich näherten sich Schritte draußen auf dem Gang.

»Hier«, flüsterte der Interpolmann hektisch und hielt mir ein Zettelchen hin. »Sollte mir jemals etwas zustoßen, dann lesen Sie, was hier draufsteht!«

Die Schritte kamen unaufhaltsam näher, und bevor ich das Stück Papier an mich nehmen konnte, stand Hannes samt Revolver auf der Matte.

»Du mieser Verräter!«, raunte er und schoss Jean D'Arm in den Hinterkopf.

Blut spritzte, der Inspecteur sackte tot zu Boden und lebte nicht mehr.

»Und du Sausack bist jetzt auch fällig!«, sagte der Rabauke und richtete sein Schießeisen auf mich. Ich stolperte rückwärts, ließ die *Overstolz* fallen und knallte gegen das Fenster des Lagerraums. Hannes drückte ab. Ich hörte ein fieses Zischen, spürte die Splitter im Rücken und fiel.

Flusskilometer 76, 5:43 Uhr, 70er Jahre
Wenn sich die ersten Sonnenstrahlen des neuen Tages über die Wingerte hinab ins Tal der Mosel mogeln, dann gibt es kaum ein eindrucksvolleres Naturschauspiel. Und wenn man gerade nicht abgeknallt worden ist, wirkt alles umso schöner.

Nachdem ich meinen Kripoblick aus allen Augenwinkeln über die Wasseroberfläche hatte gleiten lassen, war klar, dass ich bei Bremm war, weil die Klosterruine Stuben am Ufer vorbeischwamm.

Leckomio! Eine versaute Moselpartie, geraubte Juwelen, ein entführtes Schiff und ein toter Kollege. Ganz schön starker Tobak. Apropos, meine Schachtel *Overstolz* war zu allem Überfluss auch nass!

Aber da war noch was: Ich wusste nicht, was auf dem Wisch stand, den Jean D'Arm mir hatte geben wollen. Vermutlich klemmte der noch in seiner Hand im Lagerraum.

Während ich kraulend um die Moselschleife schleifte, tauchte bald stromaufwärts das Personenschiff wieder auf. Und dahinter, im Morgendunst, die Staustufe Sankt Aldegund.

Flusskilometer 83, 6:31 Uhr, 70er Jahre
Als ich durch die zerbrochene Scheibe in den Lagerraum zurückkrabbelte, schien der Geruch noch säuerlicher als vorher.

Anders als in Fankel hatte ich diesmal ein paar Minütchen länger neben dem Schleusenkammerrand gewartet und hatte dann unbemerkt einen Satz aufs Unterdeck der *Moselperle* gemacht.

Nachdem ich Inspecteur D'Arm den Zettel aus dem eiskalten Händchen gefummelt hatte, wusste ich jetzt auch, was drauf stand.

Verdammte Hacke, ich musste dringend telefonieren, doch leider war das Funkgerät an Bord ja kaputt...

Flusskilometer 86, 6:48 Uhr, 70er Jahre

»Los, raus aus der Nussschale! Ich bin Polente!« rief ich dem Kanuten zu, der mich übel geschnitten hatte. Dann fischte ich meinen Dienstausweis aus der submarinen Trenchcoattasche und wedelte ihn durch die Luft. Mit einem freundlichen »Verdomme!« überließ mir der Holländer sein Kanu und so gelangte ich – nachdem ich hinter Bullay wieder von Bord gesprungen und eine Weile geschwommen war – nun viel flotter rüber nach Zell. Hier gab es garantiert einen Telefonapparat!

Ich sprang also an Land, über die Moselpromenade und ins *Weinhotel Mayer*.

Von nun an überschlugen sich die Ereignisse: Ich checkte ein, ging auf mein Zimmer, duschte und föhnte meine Klamotten trocken. Ebenso meine *Overstolz* und den Zettel, den Inspecteur D'Arm mir überlassen hatte. Dann tat ich, was drauf stand und griff nach dem Telefon. Ich ließ meine Fingerchen durch die Wählscheibe sausen und hatte prompt den richtigen Mann am Rohr. »Bong dschuhr, Chefinspecteur Bontemps, jö swie le Kommissähr Heinz Engelmann. Der Jean schrieb mir, ich solle Sie kontaktieren, falls er tot ist. Oui, und das ist er, aber keine Sorge, *ich* weiß, wo die Edelsteinchen versteckt sind!«

Der Chef von Interpol in Nancy war begeistert und verriet mir im Gegenzug, wo die Bande gewöhnlich mit ihrem Boss zusammentraf. Also verabredeten wir uns dort und legten auf. Dann ließ ich mir einen dreistöckigen Cognac aufs Zimmer kommen, denn für Kaffee war es viel zu früh.

Flusskilometer 103, 8:26 Uhr, 70er Jahre
In Enkirch sah ich die *Moselperle* wieder. Sie steckte in der Schleusenkammer und wurde hoch gepumpt, als ich mit der Zündapp, die ich vor dem Hotel kurz entschlossen kurzgeschlossen hatte, über die B 53 an der Staustufe vorbeifegte. Ich hatte meinen gut geföhnten Hut tief in die Stirn gezogen, um im Vorbeifahren nicht erkannt zu werden, und jagte dann mit 41 km/h weiter die Uferstraße entlang, um vor den drei Piraten am Treffpunkt zu sein!

Flusskilometer 107, 9:04 Uhr, 70er Jahre
»Voilà, da kommt der Boss«, sagte Chefinspecteur Bontemps.
Wir lagen hinter dem Mäuerchen zwischen den Rosen auf der Lauer und sahen, wie ein blauer Pritschenwagen rückwärts zu der Anlegestelle fuhr, an der die *Moselperle* festgemacht hatte. Horst und der Bärtige trugen die große Holzkiste von Bord, während Hannes die Plane des Pritschenwagens öffnete. Der Boss blieb am Steuer sitzen.
Dann gab der Chefinspecteur das Zeichen. Binnen zwei Minuten schossen vier Polizeihelikopter wie hungrige Hummeln vom Himmel – nachdem sie unauffällig in Lauerstellung im Schatten der Grevenburg Kreise gedreht hatten - und umzingelten die Juwelenbande auf dem Parkplatz am Trarbacher Moselufer.

»Diese Hubschrauberaktion haben wir nun schon zig Mal gemacht, Engelmann, aber nie konnten wir die gestohlenen Edelsteine finden«, erklärte Bontemps. »Und auf dem jeweiligen Schiff waren sie auch nie!«

Ich klemmte mir lässig eine *Overstolz* zwischen die Lippen und gab mir Feuer.

»Na, dann kommen Sie mal mit, Chefinspecteur«

Während die Beamten die Bande einsackte und zur Polizeiwache in die Köveniger Straße flog, kletterten Bontemps und ich über die Mauer und gingen rüber zur Anlegestelle.

»Und wo sind nun die Klunker, Engelmann?«

»In der Holzkiste natürlich«

Bontemps spreizte die Nüstern. »Aber da sind doch Kapern drin, das riecht doch ein Blinder«

»Oui und *in* den Kapern sind die Steinchen. Fein säuberlich eingenäht mit einer Pfaff-Nähmaschine Baujahr 1934 oder 1936!« Genüsslich sog ich an meiner Fluppe und grinste so breit, dass es bis Bernkastel zu sehen sein musste. Bontemps öffnete unterdessen die Kiste, steckte eine Kaper in den Mund und spuckte kurz drauf einen Edelstein aus.

»Hmm, délicieux!«, grinste nun auch er.

»Und bestimmt die teuersten Kapern, die Sie je gemümmelt haben, was, Chefinspecteur?«

Eine halbe Stunde später kutschierte mich der Interpolchef in einem der Polizeihubschrauber zurück nach Treis-Karden und zu meinem rosaroten Panda.

»Wie sind Sie nur dahinter gekommen, Engelmann?«, fragte Bontemps, während die Umrisse von Traben-Trarbach unter uns davonflogen.

»Tja, die Blödbommel hätten mich mal besser nicht in den Lagerraum mit der säuerlich riechenden Holzkiste und der alten Nähmaschine gesperrt. So war die Sache natürlich sofort klar für mich. Vor allem, weil ich wusste, dass die Bordküche Königsberger Klopse im Angebot hat! Außerdem gab mir Jean D'Arm den entscheidenden Hinweis, als er meinte, die *Moselperle* wäre ge*kapert* worden.«

»Fantastique, Engelmann! Sie sind wirklich mit allen Wassern gewaschen!«

Ich lachte. »Aber oui, Chefinspecteur, nach dieser mörderischen Kaperfahrt bestimmt!«

Mannstreu

CARSTEN NEß

Mensch, Kurt, das kann doch nicht so schwer sein, das verdammte Handy einfach mal klingeln zu lassen. Es wird schon bald dunkel. Jetzt komm endlich.«

»Das ist geschäftlich, ja? Und das ist ja wohl wichtiger als dein Selbstverwirklichungs...zeugs. *Du* wolltest, dass ich da heute Abend noch mitkomme, nicht ich.«

»Es ist der letzte Abend, an dem es noch geht. *Du* hast es doch immer wieder aufgeschoben. Dabei hast *du* es mir fest versprochen.« Noch während Katharina den letzten Satz aussprach, wurde ihr bewusst, dass sie wieder einem Trugschluss unterlegen war. Vielleicht legte sie deshalb noch einmal nach: »Schon vor *Wochen* hast du es mir versprochen. Und *du* weißt genau *warum*.«

Ihr Mann nahm einen Moment die Finger vom Mikrofon des Handys und murmelte: »Entschuldige mich bitte kurz.« Dann sah er mit zusammengekniffenen Augen wieder zu seiner Frau. »Kannst du mir mal sagen, was das jetzt wieder soll? Ich bin doch jetzt hier, oder? Jetzt lass mich endlich weiter telefonieren.«

»Mit einer von deinen Freundinnen?« Katharina hatte sofort gemerkt, dass die persönliche Anrede ihres Mannes nicht einem Kunden gegolten haben konnte.

»Du hast sie ja nicht mehr alle.« Kurt drehte sich um und machte dabei noch eine abfällige Handbewegung. Während er sein Gespräch leise wieder aufnahm, ging er ein paar Schritte zurück.

Wie so häufig in den letzten Monaten – oder waren es schon Jahre? – füllten sich ihre Augen mit Tränen. Sie hatte immerhin gelernt zu verhindern, dass sie überliefen, aber ganz unterbinden konnte sie es immer noch nicht. Enttäuscht wischte sie sich mit dem Handrücken über das Gesicht. Sie hätte wissen müssen, dass er sein Versprechen nicht ernst gemeint hatte. Als ihr bewusst wurde, warum er sich überhaupt dazu herabgelassen hatte, stieg wieder diese Wut in ihr auf. Mit zusammengekniffenen Lippen wandte sie sich von ihrem Mann ab und folgte weiter dem Feldweg am Waldrand entlang.

Katharina hatte Kurt vor über fünfundzwanzig Jahren bei einem Weinfest in Moselkern kennengelernt. Eigentlich wollte sie mit ihrer Schwester nur ein langes Wochenende in dem hübschen Ort an der Untermosel verbringen, sich die nahe Burg Eltz anschauen und eine Bootsfahrt auf dem Fluss bis nach Cochem unternehmen. Doch der junge, lebenslustige Winzersohn hatte sie mit seinem Charme und letztendlich wohl auch mit seiner feinfruchtigen Riesling-Spätlese derart gefangen genommen, dass selbst der kurze Weg bis zu ihrer Pension an jenem Abend zu lang für sie war. Ihre Schwester war am nächsten Tag erbost und ohne Verständnis nach Hause gefahren. Katharina war in Moselkern geblieben.

Sie hatte viele gute Jahre dort, bis sie merkte, dass ihr Mann seine Anziehungskraft auf Frauen durchaus auch außerhalb ihrer vier Wände einsetzte. Zuerst war es für sie nur eine Ahnung gewesen, später eine Vermutung und schließlich sogar Gewissheit. Katharina zog sich in ihre Arbeit zurück. Kurt war das offensichtlich recht, solange sie in der Öffentlichkeit den Schein der glücklichen Ehe wahrte und somit seinen beginnenden kommunalpolitischen Ambitionen nicht im Wege stand.

Als viel später ihre Söhne Moritz und Martin das Haus verließen, um zunächst den Winzerberuf zu erlernen und später zu studieren, versuchte Katharina mit kreativen Impulsen ihre Rolle im Weingut neu zu definieren. Doch ob es der Ausbau des alten Winzerhauses zu Ferienwohnungen oder die Modernisierung der in die Jahre gekommenen Probierstube zu einer Vinothek war: Kurt lehnte alle ihre Vorschläge kategorisch ab. Letztendlich gab sie auf und suchte sich ihre eigene Nische, in dem sie sich als Gästeführerin ausbilden ließ. Als Kultur- und Weinbotschafterin zeigte und erklärte sie den Gästen die Mosellandschaft und deren Geschichte. Kurt tat das als weibischen Selbstverwirklichungskram ab, ließ sie aber ansonsten in Ruhe.

Katharina war an der Stelle angelangt, an der ein schmaler Fußpfad zum bewaldeten Hang abzweigte. Sie blieb stehen, schaute zurück und sah, dass Kurt sein Gespräch beendet hatte und ohne Eile hinter ihr hertrabte. Doch sie hatte nicht vor, hier auf ihn zu warten.

Der schmale Weg schlängelte sich durch einen ihrer Lieblingswälder. Die Laubbäume waren über viele Generationen von den Moselanern alle zwei bis drei Jahrzehnte auf den Stock gesetzt worden und anschließend mehrstämmig nachgewachsen. Vielfach war in diesen Niederwäldern so der Bedarf an Brennholz gedeckt worden. Die an den trockenen Moselhängen verbreiteten Eichen wurden hingegen abgeschält. Die Rinde war zur Lohgewinnung in den Ledergerbereien bis ins 20. Jahrhundert hinein begehrt, und für die Winzer ergab sich zu der damaligen Zeit eine wichtige zusätzliche Einnahmequelle. Katharina ging diesen Weg häufig mit Gästen und freute sich jedes Mal sehr, wenn sie ihnen abseits der Weinberge weitere Besonderheiten des Moseltals offenbaren konnte. Deshalb war sie auch sofort dabei gewesen, als im Steillagenzentrum in Bernkastel-Kues ein weiteres Ausbildungsmodul zur biologischen Vielfalt angeboten worden war. Übermorgen sollte sie hier ihre Abschlussprüfung zur NATUR-ErlebnisBegleiterin MOSEL machen und Kurt hatte sich das vorher anhören sollen. Wahrscheinlich hatte sie ihm auch beweisen wollen, dass es sich dabei um weitaus mehr als ihre »Selbstverwirklichung« handelte. Jetzt wusste sie, dass es eine blödsinnige Idee gewesen war.

Kurts Schnaufen riss sie aus ihren Gedanken. Er hatte in den letzten Jahren stetig an Gewicht zugelegt. Dennoch schienen die Frauen auf ihn zu fliegen wie Insekten auf gelbe T-Shirts. Genauso war es seinen Geliebten offenbar egal, dass das Weingut unter Kurts erotischem Zeitvertreib zunehmend und deutlich sichtbar litt. Für Katharina war das neben ihrer persönlichen Demütigung das Schlimmste: Sie befürchtete, Kurt würde den Betrieb heruntergewirtschaftet haben, bevor ihre Söhne mit dem Studium fertig waren. Moritz hatte ihr bereits zu verstehen gegeben, dass es sich bald nicht mehr lohnen würde einzusteigen, zumal ihr Vater sich auch den fachkundigen Vorschlägen der Söhne gegenüber zugeknöpft zeigte.

Als Kurt sie endlich mit rotem Kopf und verschwitzten Haaren erreicht hatte, war der Zorn in ihr gerade wieder neu aufgeflammt: »Und, hast du sie noch ein paar Stunden vertrösten können? Oder willst du mir wieder weismachen, dass du gleich zu einem plötzlich ach so wichtigen Treffen mit deinen ach so wichtigen Parteifreunden musst?«

»Du hast sie ja echt nicht mehr alle«, presste Kurt keuchend heraus. »Das kann doch nicht wahr sein, dass du dich so darüber aufregst, dass ich mal telefonieren muss.«

»Mal? Vier Anrufe seit wir vom Auto losgegangen sind. Und es ist bald dunkel. Ich habe dich einmal um ein klein wenig Unterstützung gebeten. Aber es war ja klar, dass du dazu nicht bereit bist.«

»Du hast sie ja nicht alle.«

»Und du wiederholst dich.«

Katharina nahm sehr wohl diese kleine Veränderung im Gesichtsausdruck ihres Mannes wahr, die immer dann eintrat, wenn er sich einem Kontrahenten überlegen fühlte oder jemandem einen auswischen wollte. Dennoch trafen seine Worte sie völlig unvorbereitet: »Soll ich dir sagen, mit wem ich gerade telefoniert habe? Mit Evi.«

Ihr war, als ob ihr jemand die Atemluft abdrückte. Schon vor Wochen hatte eine Bekannte ihr gegenüber ein paar Andeutungen gemacht, Kurt und Evi seien des Öfteren an verschiedenen Orten zusammen gesehen worden. Sie traute ihrem Mann mittlerweile so manche Schandtat zu, aber nicht, sie mit ihrer besten Freundin zu betrügen. Das konnte, das durfte einfach nicht wahr sein!

»Was sollte Evi wohl von dir gewollt haben?«

Ihre Stimme zitterte ein wenig, und normalerweise hätte sie sich darüber geärgert. Doch die aufsteigende Unsicherheit ließ sie nicht darüber nachdenken.

Kurt schwieg. Wahrscheinlich fällt ihm jetzt nichts ein, dachte Katharina. Sie wusste ja, dass Evi Kurt nicht besonders mochte. Katharina spürte, wie die Anspannung ein wenig wich. Vielleicht verstand sie deshalb nicht sofort, was Kurt langsam und ruhig aussprach:

»Sie hat gefragt, ob ich heute früher könnte.«

Zuerst hatte sie sich auf ihn geworfen und versucht, ihn mit der Hand ins Gesicht schlagen. Doch er hatte blitzschnell ihren Arm abgefangen und sie dabei höhnisch ausgelacht. Sie hatte versucht, sich von ihm loszureißen, aber sein Griff war zu stark gewesen. Als sie dann endlich losließ, stürzte sie rücklings den Hang hinunter und stieß nach ein paar Metern an einen bemoosten Baumstumpf. Sie hatte sich trotz des dumpfen Schmerzes sofort wieder aufgerappelt und war schreiend den holprigen Weg hinuntergerannt.

Sie wusste nicht, wie lange sie jetzt schon an ihrem Felsen stand, an ihrem und Evis Felsen. Langsam löste sich ihr Blick von dem Nichts, in das sie seitdem hineinstarrte. Sie nahm wahr, wie sich der Abend des Moseltals annahm. Der Schieferfels strahlte noch die gespeicherte Wärme der späten Frühlingssonne ab, während die tiefer gelegenen Weinterrassen bereits vom Schatten der Hänge überdeckt wurden. Das glitzernde Blau des Wassers war einem trüben Braunton gewichen. Ihre Augen streiften über die Baumkronen des krüppeligen Trockenwaldes hinunter zu dem Ort, in dem sie bislang gelebt hatte.

Wie hatte ihre beste Freundin ihr das antun können? Über alles hatte sie sich mit Evi ausgetauscht: ihre Sorgen wegen des Fortbestands des Weinguts, ihre Klagen über die fehlende Achtung ihres Mannes, ihre Befürchtungen über ein dauerhaftes Fortbleiben ihrer Söhne, ihre Verletzungen wegen Karls Seitensprüngen. Immer hatte sie Verständnis und Zuspruch bei ihrer Freundin gefunden. Sollte das alles nicht wahr gewesen sein? Sollte Evi ihr nur etwas vorgespielt haben? Von Anfang an oder erst später, als sie mit Kurt …? Wie lange das wohl schon ging?

Sie erinnerte sich, wie sie noch vor zwei Wochen mit Evi hier gewesen war. Evi hatte diesen Platz schon seit ihrer Jugend als Lieblingsplatz auserkoren – und ihn dann mit ihr geteilt. Dafür hatte Katharina ihrer Freundin jetzt viele kleine Besonderheiten dieser felsigen Stelle im bewaldeten Hang gezeigt, die sie im Kurs gelernt hatte: Die mit orangen Punktereihen verzierten, tiefschwarzen Raupen des Moselapollo, die nur am fleischigen Mauerpfeffer lebten, bevor sie als große, prächtige Falter ausschließlich hier an der Untermosel durch die Weinberge streiften. Oder den nur noch selten vorkommenden Färberwaid, eine Pflanze, die früher zum Färben von Tuch angebaut wurde. Katharina schaute sich um, und ihr Blick blieb an einer stacheligen Pflanze hängen, die nur an wenigen Stellen im Moseltal anzutreffen war: dem Feld-Mannstreu.

»Das nennt man dann wohl Ironie des Schicksals«, dachte sie beim Namen der Pflanze. Ihr Blick wanderte weiter zu einer unscheinbaren Felsplatte, die neben dem Mannstreu lag. Katharina wusste, dass direkt unterhalb der Felsen etliche Meter fast senkrecht abfielen. Unwillkürlich musste sie an Kurt denken. Was wäre, wenn sie ihn dazu bringen könnte, einen Fuß auf diesen wackeligen Stein zu setzen, es würde nicht viel mehr brauchen und …

Katharina ging langsam bis an die Felskante heran. Der Ausblick war wie immer umwerfend. Umwerfend! Sonst fielen ihr nie solche Wortspiele ein. Aber sie würde Kurt nicht mehr hierherbekommen. Diese Gelegenheit hatte sie vorhin verspielt. Und sie würde das ohnehin nie tun können, egal was für ein verabscheuungswürdiges Ekelpaket er war.

In diesem Moment spürte sie die Anwesenheit einer anderen Person hinter sich. Konnte es doch Kurt sein? Sie hatte keine Schritte gehört, kein Keuchen. Wer konnte noch an diesen abgelegenen Ort kommen? Es war das Parfüm, das ihr die Frage beantwortete. Sie hatte also tatsächlich die Dreistigkeit, ihr hierher zu folgen. Sie musste an Kurt vorbeigekommen sein. Dann würde sie bereits erfahren haben, dass Katharina alles wusste. Was also wollte sie dann noch hier?

Wollte sich die Verräterin ihr gegenüber erklären? Das Unmögliche, das Undenkbare, das Unfassbare erklären wollen?

Es war ganz still. Es schien, als ob selbst der Wald die Luft anhielt. Dennoch spürte Katharina ihre betrügerische Freundin nahe hinter sich, da war sie sich jetzt ganz sicher. Aber warum sagte sie nichts? Warum sprach sie sie nicht an, wenn sie schon hierhergekommen war? Katharina fühlte, wie ihre innere Leere sich zu füllen begann: mit Zorn, mit Wut, mit Hass. Zuerst langsam, dann immer schneller. Sie musste jetzt etwas tun, musste handeln, wenn sie nicht platzen wollte.

Sie machte einen kleinen Schritt nach links, um sich besser umdrehen zu können. Die Felsplatte unter ihrem Fuß schien darauf nicht vorbereitet zu sein. Fast wie in Zeitlupe kippte sie talwärts. Katharina war zu überrascht, als dass sie die richtige Bewegung zum Ausgleich hätte machen können. Sie spürte, wie mit einem Mal die Tiefe des Moseltals eine unwiderstehliche Anziehungskraft auf ihren Körper entwickelte, der sich gar nicht so recht zu wehren schien. Erst im letzten Moment schienen ihre Instinkte doch noch funktionieren zu wollen. Sie fing an, mit den Armen zu rudern, versuchte den Oberkörper rückwärts zum rettenden Plateau hin zu bewegen und sich dieser verflucht unbestechlichen Erdanziehung doch noch zu entziehen.

In dem Augenblick, in dem sich die endgültige Richtung ihres Seins entscheiden sollte, spürte sie zwei Hände in ihrem Rücken.

Der Herbst hatte das Laub der Reben in den Weinbergen um Moselkern in leuchtende Farben verwandelt. Die überwiegend gelben Flächen des Rieslings wurden von den tiefroten Blättern des Dornfelders und vereinzelt eingestreuten noch grün verbliebenen Rebzeilen harmonisch ergänzt. Vor dem dunkelblauen Himmel über dem Moseltal und im Licht der tief stehenden Sonne erschienen die Farben nochmals intensiver.

Moritz fuhr an diesem Abend die letzte Fuhre im edelstahlglänzenden Traubenwagen durch die Hofeinfahrt. Zuvor war bereits Martin mit den Erntehelfern im Bus heimgekommen. Alle strahlten nach diesem schönen letzten Tag der Weinlese und freuten sich auf das große Abschlussessen, das als gute Tradition des Weinguts seit Langem wieder gegeben wurde. Moritz war gerade aus dem Kelterhaus hinausgetreten, als die Haustür von innen aufgestoßen wurde. Unter großem Hallo trat Evi mit einem großen Tablett voll Laugengebäck und Gläsern in den Hof, in dem schon eine lange Tafel gedeckt war.

»Wir hatten nicht ganz so früh mit euch gerechnet. Hier habt ihr schon einmal eine kleine Vorspeise.«

»Das wird aber eine trockene Angelegenheit, wenn die Gläser leer bleiben.« Klaus aus Düsseldorf hatte hier schon als Kind mit seinen Eltern bei der Weinlese geholfen. Als er gehört hatte, dass in diesem Jahr wieder Helfer für den Herbst gesucht wurden, war er sofort dabei gewesen und hatte seitdem bei jedem lockeren Spruch die Lacher auf seiner Seite.

»Es bleibt eine trockene Sache, auch wenn ich euch die Gläser jetzt vollmache. Hier habe ich noch ein 2011er Hochgewächs. Trocken ausgebaut, mit den leichten Aromen von Pfirsich und Aprikose. Passt das, Klaus?« Katharina war mit einem Korb vorgekühlter Weinflaschen direkt hinter Evi aus dem Haus getreten. Sie genoss die Fröhlichkeit, die seit einigen Monaten in jeden Winkel ihres Guts zurückgekehrt war. Schnell goss sie den Erntehelfern ihre Gläser voll. Alle warteten, bis Katharina sich auch eingeschenkt hatte.

Mit erhobenem Glas prostete sie ihnen zu. »So soll es ab heute immer sein, genug zu lachen bei gutem Wein. Prosit und herzlichen Dank euch allen.«

Dann drehte sie sich zu Evi, die direkt neben ihr stand und sagte leise lächelnd: »Und dir besonders, meine Liebe. Du weißt, ich werde immer zu schätzen wissen, wie gut du zupacken kannst.«

* * *

Kurt blickte aus dem Fenster seines Abgeordnetenbüros über die Dächer von Mainz. Er verspürte kaum noch Wehmut bei dem Gedanken an sein ehemaliges Weingut in Moselkern, auch wenn er es seinen Söhnen nicht gerade freiwillig übergeben hatte. Nachdem ihn Evi, dieses durchtriebene Biest, vor die Wahl gestellt hatte, entweder als Ehebrecher mit der besten Freundin seiner Frau öffentlich bloßgestellt zu werden oder aber als Landespolitiker ganz nach Mainz zu verschwinden, hatte er ganz einfach keine Wahl gehabt.

Nur zu diesem Zweck hatte sie ihm zuvor bei ihren heimlichen Treffen schöne Augen gemacht, ohne dann aber auch nur ein einziges Mal mit ihm ins Bett steigen zu wollen. Er empfand tatsächlich ein wenig Achtung für den perfekt ausgeführten Plan dieser Erpresserin. Nicht nur ihn hatte sie damit gehörig hinters Licht geführt.

Evi und Katharina – wie hatte er nur jemals glauben können, die Eine könnte ohne die Andere?

Nun aber freute er sich auf seine neueste Errungenschaft: Sophia. Er schaute auf die Uhr. Es war höchste Zeit zu gehen.

Ihr erster Job

ERIKA KROELL

Auf dem kleinen Messingschild stand »M. Ahorst, Privatdetektei« in kursiv gesetzten schwarzen Buchstaben. Melly polierte es noch einmal mit einem weichen Tuch, obwohl es schon makellos glänzte. Dann trat sie ein paar Schritte zurück, um den Gesamteindruck zu begutachten. Tatsächlich wertete das kleine goldene Schild die Fassade des heruntergekommenen Hauses auf, in dem sie ihr Büro eingerichtet hatte. Es war eines von mehreren leer stehenden Häusern rund um den historischen Marktplatz in Kobern-Gondorf. Melly hatte sich für dieses Haus entschieden, weil es zentral im Ortskern lag und die Miete nicht der Rede wert war. Wenn sie erst einmal ordentlich mit ihrer Detektei verdiente, konnte sie immer noch in ein präsentableres Haus umziehen.

Der Grund, aus dem Melly sich für Kobern-Gondorf als Sitz ihrer Detektei entschieden hatte, lag auf der Hand: Weit und breit gab es keine Konkurrenz. Sie war die einzige Privatdetektivin im Umkreis und rechnete deshalb mit zahlreichen Aufträgen. Zur Sicherheit hatte sie ihrem Nachnamen ein A vorangestellt. Eigentlich hieß sie nämlich nur Horst. Aber sie hatte irgendwo gelesen, dass potentielle Kunden dazu neigen, die obersten Einträge im Telefonbuch zu wählen, und deshalb war Ahorst erfolgversprechender als nur Horst.

Auf der Suche nach einem geeigneten Büro war sie vor zwei Wochen durch den kleinen Ort geschlendert und zwangsläufig nach wenigen Minuten auf dem historischen

Marktplatz gelandet. Die Bezeichnung *historisch* erschloss sich ihr erst richtig, als sie kurze Zeit später mit dem Besitzer das alte Haus betrat und ihr zukünftiges Büro besichtigte. Wahrhaft historisch, wenn man es nett ausdrücken wollte. Aber egal, für den Anfang reichte es.

Sie bewunderte nochmals ihr Messingschild, drehte sich mit ausgebreiteten Armen einmal im Kreis, unbeobachtet, denn die Restaurants rund um den Marktplatz waren noch sämtlich geschlossen, dann betrat sie das Haus und setzte sich an ihren Schreibtisch.

Mit ihren letzten Ersparnissen hatte sie das Notwendigste gekauft: eine Kaffeemaschine, einen Computer, ein Telefon mit Anrufbeantworter und ein Smartphone, mit dem sie auch fotografieren und ins Internet gehen konnte. Notizblock und Kugelschreiber lagen bereit, und im rechten Fach ihres Schreibtischs harrten eine Flasche Jack Daniels und zwei Gläser der verzweifelten Kundschaft, die eine Aufmunterung benötigte. Melly trank zwar keinen Whisky, aber das gehörte nun einmal zum Leben eines Privatdetektivs dazu. Sie hatte reichlich Kriminalfilme geguckt und wusste Bescheid.

Melly warf einen Blick auf ihre Armbanduhr. Kurz nach elf. Heute Morgen war ihre Anzeige in den lokalen Zeitungen erschienen. Den Text hatte sie von anderen Detekteien ausgeliehen und zusammengestückelt. »Finden Sie die Wahrheit heraus!« und »Lassen Sie sich nicht länger belügen!« waren schlagkräftige Worte, die Kompetenz vermittelten und das Interesse potentieller Kunden erregen würden, dessen war sie sicher.

Sie startete das Telefon an, hob den Hörer ab und überprüfte das Freizeichen. Es funktionierte. Rasch legte sie wieder auf, um keinen Anruf zu verpassen.

Gegen Mittag kochte sie Kaffee und aß ein Wurstbrot.

Nachmittags lief sie über den Marktplatz zu einer Konditorei und kaufte zwei Stück Sahnetorte. Das hatte sie eigentlich nicht mehr tun wollen, da ihre Figur inzwischen mehr als mollig geworden war, doch heute brauchte sie Zucker. Nur ausnahmsweise, versicherte sie sich selbst.

Schnell lief sie zurück ins Büro. Das Licht am Anrufbeantworter blinkte nicht. Enttäuscht schlang sie die Torte hinunter.

Na ja, am Anfang lief sicher jedes Geschäft etwas zähflüssig. Sie musste sich halt erst mal einen Namen machen.

Am nächsten Tag blieb es ebenfalls ruhig, und Melly tröstete sich mit zwei Stück gedecktem Apfelkuchen und einer Marzipanrolle.

Am dritten Tag gab es Käsekuchen und fünf Kugeln Eis mit Sahne. Gerade erwog sie, es doch einmal mit dem Jack Daniels zu versuchen, da klingelte endlich das Telefon.

Melly starrte es an, zu keiner Bewegung fähig. Es klingelte noch einmal. Sie schüttelte sich kurz, um die Lähmung zu vertreiben, und griff nach dem Hörer:

»Detektei Ahorst. Was kann ich für Sie tun?«

Eine Männerstimme antwortete: »Ich möchte mit Herrn Ahorst sprechen.«

Melly schluckte. Natürlich hatte sie damit gerechnet, als Frau in dieser Branche nicht so ohne Weiteres akzeptiert zu werden. Deshalb hatte sie statt ihres Vornamens nur M. geschrieben. Sie atmete durch.

»Ich bin M. Ahorst«, sagte sie und versuchte, seriös und selbstbewusst zu klingen.

Der Mann antwortete nicht. Melly spürte förmlich den zögerlichen Zweifel am anderen Ende der Leitung. Endlich sprach er wieder:

»Eine Frau. Hm. Vielleicht gar nicht so schlecht. Sie fallen noch weniger auf als ein Mann.«

Für unauffällig hatte sich Melly eigentlich noch nie gehalten, doch das sollte sie jetzt besser nicht erwähnen.

»Womit kann ich Ihnen helfen?« setzte sie nach.

»Ich möchte, dass Sie einen Mann beobachten und mir Bericht erstatten über alles, was er tut.«

Melly notierte: *Mann beobachten.*

»Kein Problem«, sagte sie. »Auf was genau kommt es Ihnen an? Geht es um außereheliche Beziehungen?«

»Ich will einfach alles wissen, was er macht«, antwortete der Anrufer. »Worum es geht, braucht Sie nicht zu interessieren.«

Melly notierte: *nicht interessieren* auf ihrem Block.

»Um wen geht es?«

»Sein Name ist Richard Bach. Er wohnt im Moselweg 5 in Kobern-Gondorf, also gleich bei Ihnen um die Ecke. Er verlässt gewöhnlich gegen 9 Uhr das Haus. Bleiben Sie ihm auf den Fersen und dokumentieren Sie alles, was er tut, auch mit Fotos, wenn es was Interessantes zu sehen gibt oder wenn er andere Personen trifft. Haben Sie das verstanden?«

Melly nickte. »Alles klar.« Sie warf einen Blick auf das Display des Telefons. Keine Rufnummer.

»Bitte geben Sie mir Ihre Telefonnummer, damit ich Ihnen Bericht erstatten kann.«

»Nicht nötig«, antwortete der Mann. »Ich werde jeden Morgen um acht einen Boten schicken, der Ihren Bericht und die Fotos abholt.«

»Alles klar«, wiederholte Melly und atmete kurz durch. »Mein Tageshonorar beträgt 500 Euro.« Mit angehaltenem Atem wartete sie auf seine Reaktion.

»In Ordnung. Sie erhalten das Geld in bar im Tausch gegen die Fotos. Fangen Sie morgen mit der Beobachtung an. Übermorgen um acht schicke ich meinen Boten.«

Ohne ein Abschiedswort legte er auf. Melly hielt den Hörer noch eine Weile in der Hand und versuchte, das Gespräch noch einmal nachzuvollziehen. Erst als sie auflegte, bemerkte sie, dass ihr Auftraggeber seinen Namen nicht genannt hatte.

Sie notierte *Richard Bach, Moselweg 5* auf ihrem Block, dann ging sie ins Internet und gab den Namen bei Google ein. Es gab eine Menge Richard Bachs, aber nur einen in Kobern-Gondorf. Import/Export. Was immer das bedeuten mochte.

Melly sah auf die Uhr. Knapp fünf. Zuerst einmal würde sie sich das Haus ansehen, in dem Bach wohnte. Dann würde sie eine Tasche mit Verpflegung packen, damit sie ihm am nächsten Tag ungehindert folgen konnte.

Allmählich realisierte sie, dass sie soeben ihren ersten Auftrag bekommen hatte und damit 500 Euro pro Tag verdienen würde. Aufregung machte sich in ihr breit und auch ein wenig Angst. Sie durfte das auf keinen Fall versemmeln.

Sie zog eine schwarze Jeans und eine dunkle Windjacke an und betrachtete sich im Spiegel. Wie gesagt, wirklich unauffällig war sie nicht. Ab heute kein Kuchen mehr, schwor sie ihrem üppigen Spiegelbild, steckte das Smartphone ein und verließ das Haus.

Der Moselweg war tatsächlich nur ein paar Meter von ihrem Büro entfernt. Häuser standen dort nur an der zur Stadt gewandten Seite. Die andere Straßenseite zur Mosel hin bestand größtenteils aus Parkplätzen. Melly spazierte die Straße entlang und warf unauffällige Blicke auf Häuser und Gärten, die teils sehr gepflegt, teils völlig verwahrlost waren. Der Garten vor Nummer 5 war eher praktisch als schön. Melly spähte ins Haus, konnte aber niemanden entdecken. Ihr wurde klar, dass sie noch nicht einmal wusste, wie Richard Bach aussah. Also beschloss sie, sich auf dem gegen-

überliegenden Parkplatz niederzulassen und einfach abzuwarten, bis er nach Hause kam.

Eine Stunde später bereute sie, nicht jetzt schon die Ver-
pflegungstasche mitgenommen zu haben. Doch sie wollte
nicht riskieren, nach Hause zu laufen und damit Richard
Bach zu verpassen.

Ihre schwindende Geduld wurde schließlich belohnt. Eine
dunkle Limousine parkte auf einem Platz einige Meter neben
ihr, ein Mann stieg aus und ging zu Haus Nr. 5. Er war groß,
schlank und dunkelhaarig, etwa Mitte vierzig, und trug
einen Anzug mit Hemd und Krawatte. Im letzten Moment
dachte Melly daran, ein Foto zu machen, doch sie erwischte
ihn nur noch von hinten. Egal. Ihr Auftrag fing ja offiziell
sowie erst morgen an.

Sie beobachtete noch eine Weile, wie in diesem oder jenem
Zimmer im Haus Nr. 5 das Licht an und wieder aus ging, dann
rappelte sie sich auf und schlurfte müde zurück ins Büro.

Am nächsten Morgen parkte sie ihren Wagen schon um
acht einige Plätze entfernt von Bachs Limousine und beobachtete das Haus. Ihre Tasche war vollgepackt mit belegten
Broten, ein paar Äpfeln, einer Thermoskanne Kaffee und
mehreren Flaschen Wasser. Das würde notfalls für den ganzen Tag reichen. Richard Bach kam tatsächlich um kurz vor
neun aus dem Haus, stieg in seinen Wagen und fuhr los in
Richtung Bundesstraße. Hinter der Unterführung bog er
links nach Koblenz ab. Melly folgte ihm und konnte zwei
Fahrzeuge hinter ihm in den fließenden Verkehr einscheren.

In Koblenz parkte Bach vor einem Versicherungsbüro.
Melly fotografierte. Er fuhr weiter zum Löhr-Center, stellte
den Wagen im Parkhaus ab und lief durch die Einkaufspas-
sage bis zu einem Tabakladen. Melly huschte hinter ihm her,
fotografierte und kam sich unglaublich investigativ vor.

Wenn Bach sich gelegentlich umdrehte und in ihre Richtung sah, betrachtete sie die Schaufenster oder tat so, als binde sie ihre Schnürsenkel. Genau so machte man das. Jawoll.

Als Richard Bach am Abend die Haustür hinter sich ins Schloss zog, hatte Melly eine Menge Fotos eines Mannes, der einkauft, Kaffee trinkt und Zeitung liest, und ihre Füße taten entsetzlich weh.

Sie setzte sich an den Rechner, schrieb den Ablauf des Tages von ihrem Notizblock ab und steckte ihn gemeinsam mit den ausgedruckten Fotos in einen Umschlag. Sie hoffte, ihr Auftraggeber wäre nicht allzu enttäuscht von den mageren Ergebnissen des ersten Tages.

Am nächsten Morgen klingelte es pünktlich um acht an der Tür. Ein etwa 14jähriger Junge mit strubbeligem dunklem Haar hielt ihr einen Umschlag entgegen.

»Das soll ich abgeben und etwas anderes mitnehmen«, sagte er. Melly nickte, gab ihm den Umschlag mit den Fotos und nahm stattdessen einen Umschlag mit fünf wundervollen grünen Scheinen entgegen.

Kaum war der Junge fort, schnürte sie ihr Verpflegungspaket für den Tag und machte es sich auf dem Parkplatz vor Haus Nr. 5 bequem.

Richard Bach ließ heute länger auf sich warten. Erst kurz vor zehn trat er hinaus in den Garten. Statt Anzug und Krawatte trug er Jeans und eine Windjacke und, zu Mellys Entsetzen, einen Rucksack auf dem Rücken. Wollte der Kerl etwa wandern gehen?

Schnell stopfte Melly das angebissene Käsebrot in ihre Tasche, sprang aus dem Auto und lief hinter ihm her, während er bereits um die Ecke verschwand.

Am Marktplatz vorbei wanderte er zügig den leicht ansteigenden Weg hinauf, der schließlich, mit deutlich stärkerer

Steigung, ins Mühlental führte. Melly keuchte hinter ihm her, immer darauf bedacht, nicht gesehen zu werden. Kurz flammte die Hoffnung in ihr auf, er möge in der Mühle Höreth Rast machen und eine gepflegte Mahlzeit zu sich nehmen, doch wie wahrscheinlich war das um halb elf morgens?

Tatsächlich würdigte Bach die efeubewachsene alte Mühle keines Blickes und wanderte weiter den Berg hinauf. Melly überlegte, was wohl sein Ziel sein könne. Die beiden Burgen vielleicht? Obwohl die zurzeit mit Plastikplanen verhangen kein besonderes reizvolles Ziel boten. Womöglich, dachte sie, ging er zu einem konspirativen Treffen mit kriminellen Geschäftspartnern, oder aber er traf sich mit der Frau ihres Auftraggebers.

Bach hatte sich bereits einen gehörigen Vorsprung erarbeitet, als Melly in der Ferne einen Angelteich erkannte. Den hatte sie bei ihrer ersten Ortsbesichtigung bereits entdeckt. Hah, Bach wollte angeln gehen! Na super, dann hatte die Latscherei zumindest bald ein Ende. Allerdings hatte er keine Angel bei sich. Verdammt!

Tatsächlich wanderte Bach ungebremst am Angelteich vorbei in den von Bäumen gesäumten Forstweg. Melly schoss ein Foto, auf dem das Schild »Land- und forstwirtschaftlicher Verkehr frei« ebenso zu sehen war wie die bizarr abgebrochene Felswand gegenüber vom Teich. Dann hetzte sie weiter hinter Bach her, der bereits um eine Kurve verschwunden war.

Nach anderthalb Stunden war Melly am Ende ihrer Kräfte und quälte sich mit Atemnot und Seitenstichen den Berg hinauf. Einzig die Hoffnung, schon jetzt etwa fünf Kilo abgenommen zu haben, hielt sie weiter am Ball. Bach war schon wieder außer Sicht, und sie legte mit letzter Kraft ein wenig Tempo zu, um ihn nicht zu verlieren. Keuchend schleppte sie sich um eine Kurve – und erstarrte: Richard Bach saß noch weiter erhöht auf einer einladenden Bank am Wegesrand, trank aus einer Wasserflasche und sah ihr entspannt entgegen.

Angriff ist die beste Verteidigung, dachte Melly, und schlurfte weiter auf ihn und die rettende Bank zu.

»Muss Pause machen«, stammelte sie und ließ sich neben ihm auf die Bank fallen. Er lächelte amüsiert und beobachtete, wie sie eine Flasche Mineralwasser aus ihrer schweren Umhängetasche zerrte und trank, als ginge es um ihr Leben.

»Ich hielt es für besser, auf Sie zu warten«, sagte Bach. »Ich fürchtete schon, Sie bekämen einen Schlaganfall.«

Melly starrte ihn über die Wasserflasche hinweg an. Als sie langsam wieder zu Atem kam, sagte er: »Sie verfolgen mich. Darf ich fragen, warum?«

Melly lachte. »Ich? Sie verfolgen? Haha. Wie kommen Sie denn darauf? Ich wandere nur für mein Leben gern.«

Richard Bach grinste. »Ja, das sehe ich. Sie scheinen darin auch sehr geübt zu sein.«

Melly nickte. »Klar, ich wandere oft. Sehen Sie hier, ich hab Verpflegung für einen langen Tag eingepackt.«

Sie öffnete ihre Tasche, nahm Kaffee und Brote heraus und drapierte sie zwischen sich auf der Bank.

»Möchten Sie einen Kaffee?«

Ohne eine Antwort abzuwarten, schüttete sie den Schraubdeckel der Thermoskanne voll und reichte ihn hinüber. Dabei verfing sich ihr Ärmel in der Schnalle der Umhängetasche, ihre Hand mit dem Kaffee wurde abrupt gestoppt, und die heiße Brühe ergoss sich über Richard Bachs Hemd. Er schrie und sprang auf. Mit den Händen klatschte er sich auf die Brust und versuchte, den heißen, feuchten Stoff wegzuziehen. Melly riss ein Taschentuch aus der Packung und begann, den Fleck abzutupfen.

»Lassen Sie das, verdammt«, schrie Bach und sprang einen Schritt zurück. Melly setzte ihm nach, wild entschlossen, ihren Patzer wieder gut zu machen, stolperte über einen Fuß der Bank und taumelte gegen ihn. Er strauchelte rückwärts, versuchte noch vergebens, sich an Sträuchern festzuhalten, und verschwand rücklings durch die Büsche ins Nichts.

Melly kauerte regungslos auf dem Fleck, auf dem Richard Bach gerade eben noch gestanden hatte. Ihre Gedanken rasten: Wie tief ging es dort hinunter? Wie war das denn bloß passiert? Und wo war Richard Bach? Wie sollte sie das bloß jemandem erklären, von ihrem Auftraggeber ganz zu schweigen? Sie krabbelte vorsichtig an den Abhang heran und riskierte einen Blick nach unten. Von Bach war nichts zu sehen außer einer breiten Schneise durch den strauchbewachsenen Hang unterhalb.

Mühsam erhob sie sich und ließ sich auf die Bank fallen. Was war jetzt zu tun? Sie musste einen Krankenwagen rufen. Und die Polizei. *Ehrlich, Herr Wachtmeister, das war keine Absicht. Ja, ich hab ihn verfolgt, aber verletzen wollte ich ihn nicht. Ehrlich.*

Sie konnte sich lebhaft ausmalen, was Richard Bach dazu sagen würde.

Sie kramte das angebissene Käsebrot aus der Tasche, aß es auf und dachte angestrengt nach.

Als erstes musste sie Richard Bach finden.

Sie packte ihre Tasche und seinen Rucksack zusammen und marschierte los, den Weg zurück, den sie gekommen waren. Hinter der nächsten Kurve, so ihre Hoffnung, würde sie ihn, womöglich leicht verletzt, aber immerhin lebendig im Gebüsch finden.

Doch er lag weder wie erwartet auf dem Weg noch im Hang. Die einzige Spur von ihm zog sich über den Weg hinweg in den nächsten strauchbewachsenen Abhang. Melly schluckte.

Schnell lief sie weiter. Hinter der nächsten Kurve kam bereits der Angelteich in Sicht. Am Fuße der schroffen Felswand lag Richard Bach mit dem Gesicht nach unten auf dem Boden, die Glieder zu beiden Seiten ausgestreckt. Eine Blutlache breitete sich unter seinem Gesicht aus. Vorsichtig trat Melly näher. Bach rührte sich nicht.

»Hallo?« Melly klopfte ihm leicht auf den Rücken. »Hallo, geht es Ihnen gut?«

Bach reagierte nicht. Zitternd tastete Melly mit den Fingerspitzen nach einem Pulsschlag am Hals. Nichts. Kein noch so zartes Klopfen. Der Mann war tot.

Und ich hab ihn umgebracht, dachte Melly entsetzt. Ihre Gedanken wirbelten nur so durch ihren Kopf: Polizei, Gefängnis, und ihr Auftraggeber.

Wie in Trance griff sie zu ihrem Smartphone und machte ein Foto von Richard Bach, wie er blutend und reglos am Fuß der Felswand lag. Dann legte sie seinen Rucksack neben ihm ab und wanderte langsam den Weg hinunter nach Hause. Niemand hatte sie zusammen mit ihm gesehen – das hoffte sie zumindest! Keine Spur führte von ihm zu ihr. Nur ihr Auftraggeber wusste von der Verbindung, aber Melly bezweifelte intuitiv, dass er sich bei der Polizei melden würde. Sie beschloss, es darauf ankommen zu lassen.

Am nächsten Morgen klingelte der Junge wieder an der Haustür, nahm den Umschlag mit den Fotos entgegen und überreichte ihr ihren Umschlag. Melly war immer noch wie betäubt und verbrachte den Tag am Schreibtisch sitzend, trank gelegentlich einen Kaffee und harrte der furchtbaren Dinge, die nun möglicherweise auf sie zukamen. Es wurde bereits dunkel, als es wieder an der Haustür klingelte. Müde stand sie auf und öffnete. Der Junge streckte ihr wortlos einen weiteren Umschlag entgegen und verschwand.

Melly schleppte sich zurück in ihr Büro und ließ sich schwer auf den Stuhl fallen. Ihre Hände zitterten, als sie den Umschlag öffnete. Ein dicker Packen grüner Euroscheine rutschte auf den Tisch. Sie rieb sich die Augen. Was, zum Teufel …

Nach einer Schrecksekunde begann sie, die Scheine zu zählen. Ungläubig schüttelte sie den Kopf. Dann zählte sie noch einmal. Tatsächlich, 200 Scheine lagen da vor ihr auf dem Tisch. 20.000 Euro.

So viel Geld auf einmal hatte Melly noch nie gesehen.

Dann entdeckte sie den Zettel, der zwischen den Scheinen lag. Sie faltete ihn auf und las:

»Gute Arbeit, M. Ahorst. Sie verstehen es, zwischen den Zeilen zu lesen. Ich werde wieder auf Sie zukommen.«

Melly las die Notiz noch einmal. Dann öffnete sie das rechte Fach ihres Schreibtischs und goss sich einen ordentlichen Jack Daniels ein.

Nach dem vierten Glas beschloss sie, sich von nun an noch unter einer zusätzlichen Rubrik im Telefonbuch eintragen zu lassen. Offenbar gab es auch da keine Konkurrenz in Kobern-Gondorf.

Mein liebes Röschen

RALF KRAMP

Mein liebes Röschen,
gestern bin ich an der Mosel angekommen. Sicher verstehst Du, dass ich hier pausenlos an Dich denken muss. Ja, ganz richtig, nach der ganzen, langen Zeit bin ich wieder einmal hergekommen. Über vierzig Jahre mussten vergehen, bevor ich mich getraut habe, und nun bin ich noch einmal an den Ort gereist, an dem ich den schlimmsten Schmerz meiner Jugend erfahren habe. Die Siebzig habe ich schon eine Weile hinter mir gelassen, und ich bewohne in der Nähe von Kiel ein kleines Häuschen in einer gepflegten Reihenhaussiedlung. Dort genieße ich den Ruhestand. Seit drei Jahren bin ich Witwer. Ja, der gemeinsame Lebensabend mit meiner Frau Brigitte war mir nicht vergönnt. Wir haben nie Kinder bekommen. Ich bin allein, aber ich fühle mich nicht einsam.

Seit Brigittes Tod reise ich viel. Es gibt da diese Bahntickets, mit deren Hilfe man bequem durch die ganze Bundesrepublik reisen kann. Das ist toll. Nach all den Urlauben auf Mallorca, in Griechenland oder Spanien erkunde ich jetzt meine Heimat. Und so bin ich also nun zurück an die Mosel gekommen.

Was soll ich Dir sagen, Röschen ... ich weiß, ich weiß, Du wolltest am Ende nicht mehr Röschen genannt werden. Annerose war Dir lieber. Das klingt edel und fein, aber auch ein bisschen distanziert. Erlaube mir, dass ich Dich einfach noch mal Röschen nenne, wie am Anfang unserer Beziehung. Wie in der Zeit, in der noch alles in Ordnung war mit uns.

Kannst Du dich an die Mosel erinnern? Sie war erhaben, sie war majestätisch, die Kulisse mit den steilen Weinbergen und dem breiten Silberband, das sich tief unten zwischen ihnen durchwälzt. Ich kann mich noch gut an den Tag erinnern, an dem ich Dich mit auf die Baustelle auf der westlichen Seite des Tales genommen habe. Der Anblick von dort oben hat Dir den Atem geraubt.

Ich war ein junger Ingenieur, der vor der großen Herausforderung stand, an einem gigantischen Bauwerk mitzuwirken, wie es mir bislang noch nicht begegnet war. Du weißt sicher noch, wie aufregend das alles war. Ich hatte ja bisher nur bei kleineren Aufträgen mitgearbeitet, und jetzt das. Eine Autobahnbrücke, fast tausend Meter lang und über dreißig Meter breit. 140 Meter hoch über einem der größten Flüsse Europas!

Heute habe ich mir die Brücke von beiden Enden aus angesehen. Jeweils von den Autobahnraststätten. Mit dem Auto bin ich hin- und wieder zurückgefahren. Ich muss sagen, dass ich sie immer noch imposant finde, obwohl ich seit damals natürlich bei ganz anderen Bauten mit von der Partie war. Auch im Ausland. Staudämme, Hochhäuser. Aber ich will Dich nicht langweilen. Schon damals hattest Du nicht allzu viel Interesse an meiner Arbeit. Ich fand das nie schlimm, ehrlich. Du fuhrst lieber nach Koblenz zum Einkaufen oder hast Dich mit den Frauen der Anderen getroffen. So glaubte ich jedenfalls.

Ich bin vorhin hinunter nach Winningen gefahren und habe ohne lange zu suchen gleich die Wilhelmstraße gefunden, in der wir damals in der kleinen möblierten Wohnung untergekommen waren. Die hatte so einen winzigen Balkon, auf dem man sonnenbaden konnte. Ich habe oft an Dich gedacht, wenn ich auf der Arbeit war. Und ich habe mir oft gewünscht, mehr bei Dir sein zu können. Öfter, als Du das wahrscheinlich geglaubt hast.

Hast Du Dich eigentlich damals sehr über meine Leichtgläubigkeit amüsiert? Oder war es Dir egal, was ich dachte? Vielleicht warst Du ja der Meinung, ich hätte es nicht anders verdient, weil ich doch so viele Überstunden machen musste. Weil ich doch bis spät in den Abend hinein über Plänen und Kalkulationen brütete. Weil doch mein Tag noch lange nicht zu Ende war, wenn andere längst in ihren Unterkünften waren. Die Gastarbeiter aus Italien, Jugoslawien und Portugal.

Der Ort ist heute viel größer. Nach allen Seiten hat man Neubaugebiete erschlossen. Ich bin unter der Bahn durch zur Bundesstraße hinuntergefahren und habe mich dann in Richtung Trier begeben. Zur Linken liegt ein Freibad, das gab es damals noch nicht, und dann folgt die Campinginsel, auf die man damals schon hoch oben von der Baustelle runtergucken konnte.

Was für ein Gefühl das ist, auf diese gewaltige Brücke zuzufahren!

Ach Röschen, Gefühle … Ich kann mich noch gut an das Gefühl erinnern, als mir meine Kollegen besonders schonend versuchten beizubringen, dass Du abgehauen bist. Tiago hieß er, glaube ich, der hübsche Kerl aus Portugal, der bei seinen Kumpels in der Baracke damit geprahlt hatte, er werde Dich mit zurück in sein Heimatland nehmen. Die haben das zwar für bloße Angeberei gehalten, aber dann wart ihr tatsächlich eines Tages verschwunden. Nur das Nötigste hattet ihr anscheinend mitgenommen. Ihr wart einander offenbar genug. Man wusste gar nicht, wie man es mir erklären sollte, dass Du offenbar mit ihm durchgebrannt warst. Nun, ich versuche mal, an etwas anderes zu denken. Die wunderschöne Landschaft lenkt mich Gott sei Dank ein bisschen ab.

Ich bin dann eben unter der Brücke hindurch und noch ein Stück weiter die Mosel hinaufgefahren. Es dauert eine Weile, bis man irgendwann rechts abbiegen und unter der Bahnstrecke hindurch auf den asphaltierten Weg unterhalb der Weinberge abbiegen kann. Darauf bin ich zurückgefahren, bis ich schließlich genau unter der Brücke angehalten habe, direkt am Fuße eines der gewaltigen Betonpfeiler. Ich habe das Auto abgestellt und mir ein bisschen die Beine vertreten.

Wie ist es mit Tiago? Ist es das, was Du Dir vorgestellt hast? All die vielen Jahre mit ihm? Ich glaube nicht, dass ihr besonders glücklich gewesen seid, aber Du hast es doch schließlich so gewollt.

Jetzt gucke ich noch einmal zur Brücke hinauf. Ich bin heute kreuz quer unter ihr durch und über sie drüber gefahren. Für mich hat sie nichts von ihrer Faszination verloren.

So, nun habe ich also diesen Brief an Dich geschrieben, mein Röschen. Ich hatte einfach das Gefühl, Dir ein paar Worte der Erklärung zukommen zu lassen. Gleich werde ich ihn in tausend kleine Teile zerreißen, die ich dann aus dem Autofenster wirbeln lasse, während ich dort oben die Mosel ein letztes Mal überquere, bevor ich schließlich weiter südwärts reise.

Aber vorher werde ich noch mit den Knöcheln meiner rechten Hand vorsichtig gegen den Beton klopfen, mein Röschen. Vielleicht könnt ihr mich ja sogar hören …

Dein Herbert

Ein Star

CAROLA CLASEN

Blaulicht, Martinshorn, Polizei, Notarzt, Flutlicht, Taucher, Krankenwagen, Leichenwagen und dann die Leute von der Presse! Tagelang belagerten sie Grete Wermelskirchen, rissen sich um Interviews und Fotos, und ihre Berichte standen kurz darauf auf den ersten Seiten aller Zeitungen. Gretes zittrige Stimme drang durch den Lokalfunk: Ihr Haus auf der Wenninger Straße, wo sie seit 17 Jahren wohnte, der Garten, der Holzsteg und die Bank am Ufer, traten im Fernsehen auf allen Sendern zur besten Sendezeit auf.

Und erst sie selbst! Kaum wiederzuerkennen! Zurechtgemacht wie ein Star. Ein nagelneues, hellbeiges Kostüm, hohe Schuhe in der gleichen Farbe, Wangenrouge und Lippenstift, beides zartrosa, gefärbte Augenbrauen, getuschte Wimpern. Zum Schluss hatte die junge Frau noch eine aschblonde Perücke auf Gretes fusseliges Haars gestülpt. Nie im Leben war sie so schön gewesen.

Nie im Leben hatte sie im Rampenlicht gestanden.

Zu verdanken hatte sie den unerwarteten Ruhm einer unbekannten, toten, nackten Frau, die sich mit ihren langen schwarzen Haaren, den weißen, aufgedunsenen Armen und Beinen und dem langen schwarzen Kleid auf dem Weg zum Deutschen Eck zwischen den Pfosten und Stangen des Holzsteges verheddert hatte, der von Gretes Grundstück über drei Stufen in die Mosel führte. Wochenlang wusste man nicht, wer diese Frau war, woher sie kam, ob sie eine Selbstmörderin oder das Opfer eines Unfalls oder Verbrechens war, aber sie hatte es geschafft, Grete Wermelskirchen über

Nacht zu einem Star zu machen. Grete würde ihr das nie vergessen.

Die Hausklingel, die sonst nur vom Postboten bedient wurde, stand nicht mehr still. Das Telefon, das nie einen Laut von sich gegeben hatte, klingelte von früh bis spät. Nachbarn, die sie sonst keines Blickes würdigten, sprachen sie auf der Straße an, waren stolz darauf sie zu kennen. Sogar der jämmerliche Rest ihrer versprengten und zerstrittenen Familie, eine Kusine und eine Nichte, tauchten auf und beteuerten, dass Blut doch dicker sei als Wasser.

Es war eine wunderbare, unvergessliche Zeit, und Grete glaubte, sie würde nie zu Ende gehen. Sie schwebte auf Wolken.

Aber dann geschah eine neue Katastrophe in Koblenz: Ein Kleinkind fiel aus dem 5. Stock eines Hochhauses und überlebte wie durch ein Wunder den Sturz. Jäh wandte sich jedes Interesse von Grete Wermelskirchen ab, Presse, Funk und Fernsehen belagerten nun das Haus, die Familie und die Nachbarn des Mädchens, das Krankenhaus und die Ärzte.

Grete Wermelskirchen ließen sie einfach wieder in der Versenkung verschwinden, als hätte es sie nie gegeben. Die Stille, die Grete plötzlich umgab, war ohrenbetäubend, und Einsamkeit breitete sich in ihr und um sie herum aus wie eine Krankheit. Wie oft lief sie zur Haustür oder zum Telefon, weil sie sich eingebildet hatte, dass es klingelte. Wie oft sah sie aus dem Fenster, ob jemand auf dem Weg zu ihr war. Sie war nicht in der Lage, das Haus zu verlassen, weil sie die blanke Ignoranz fürchtete. Nicht einmal ihrem einzigen Hobby konnte sie mehr nachgehen.

Früher, vor der Sensation, hatte sie fast täglich in den Koblenzer Kaufhäusern ihre Runden gedreht, war harmlos herumgeschlendert, bis sie wie zufällig in die Halstuch-Abteilung gelangte, wo sie dann jeweils nach langem Suchen ein Halstuch in ihrer Einkaufstasche verschwinden ließ. zu Hause verstaute sie ihre neue Errungenschaft mitsamt Preisschild in ihrem Schlafzimmer in ihrer Hochkommode. Kaschmir, Mohair, Seide, Leinen, Baumwolle, für jede Stoffart war eine Schublade vorgesehen. Grete trug die Schals und Tücher nie. Sie hatte ein paar Mal vor dem Spiegel eines um ihren Hals geschlungen, aber plötzlich nicht mehr richtig schlucken können und keine Luft mehr bekommen. Ihr wurde übel, als würge sie etwas. Im Grunde hatte sie keine Verwendung für Halstücher und Schals. Sie liebte nur den Nervenkitzel. Hatte ihn geliebt.

Denn auch das war nun vorbei. Nicht nur, weil ihr Gesicht in der Stadt bekannt war, der Fluch des Ruhmes, des flüchtigen Ruhmes, sondern auch, weil ihr in seinem Glanz ihr Hobby nun geradezu lächerlich vorkam. Halstücher sammeln, die man nie trägt!

Mehr tot als lebendig, lag Grete bei heruntergelassenen Rollladen auf ihrem Sofa und ließ die schönste Zeit in ihrem Leben immer wieder vor ihrem geistigen Auge Revue passieren. Oder sie blätterte, auf dem Boden hockend, in den vielen Zeitungsartikeln, die sie gesammelt hatte, obwohl sie doch jeden längst auswendig kannte. Wenn sie die Fotos betrachtete, erkannte sie sich kaum wieder. Dann zwängte sie sich in das hellbeige Kostüm, stülpte sich die aschblonde Perücke auf den Kopf und stolzierte auf den hohen Schuhen durch ihr Wohnzimmer bis zum Spiegel im Flur. Sobald sie sich sah, brach sie weinend zusammen.

Eines Abends aber, es mochten zwei Wochen oder mehr vergangen sein, schreckte sie plötzlich auf. Sie fuhr von ihrem Sofa hoch, riss Mund und Augen auf, ihr Herz klopfte bis zum Hals, ihre Lippen waren trocken, ihre Hände zitterten, plötzliche Wärme durchströmte sie. Nicht ein Geräusch, nein, eine Idee hatte neues Leben in ihr geweckt. Warum war sie nicht schon längst darauf gekommen?

Sie sprang auf, langte nach ihrer Taschenlampe und lief in den Garten, über den Holzsteg bis zu den drei Stufen, bückte sich und blickte hinunter ins dunkle, leise gurgelnde Wasser.

Nichts. Nichts, außer ein paar Zweigen, die davontrieben. Nichts.

Jeden Tag saß Grete von nun auf der Bank am Ufer und wartete. Die Mosel plätscherte harmlos und nichts ahnend dahin. Schiffe fuhren auf und ab. Seufzend musste Grete sich eingestehen, dass sie auf eine weitere angeschwemmte Leiche vermutlich lange warten konnte. Noch einmal 17 Jahre?

Warten war nicht ihre Stärke, außerdem war sie 71 Jahre alt, aber sonst war sie zu allem bereit. Wenn eine Leiche nicht von selbst herbeigeschwommen kam, musste Grete eben nachhelfen. Irgendeine gute, anständige Frau von der Straße weg in die Mosel zu verfrachten, schien ihr undurchführbar und ungerecht. Nach vielen, langen Nächten, in denen Grete am Ufer saß, beschloss sie eine Haushälterin einzustellen und sie dann reinen Gewissens einer verdienten Strafe zuzuführen.

Insgesamt fünf Frauen meldeten sich auf die Anzeige in der überregionalen *Frankfurter Allgemeinen Zeitung*. Aber an jeder war etwas auszusetzen. Eine Frau war viel zu groß und dick, eine wahre Germania, und ließ Greta kaum zu Wort kommen. Eine war herrisch und kam praktisch von gegenüber, aus Koblenz-Moselweiß. Die nächste hatte Kinder und Enkelkinder, die auf Besuch kommen würden, und Gretes schönen Garten zertrampeln und unten am Steg Frösche fangen und quälen würden. Dann stellte sich eine vor, die sogar einen noch lebenden Ehemann hatte, der versorgt werden wollte und vermutlich täglich nach ihr sehen würde.

Was dachten sich nur alle dabei!

Diese Frauen wimmelte Grete schon an der Tür ab.

Nur die fünfte und letzte, Nina Schuster, entsprach in weiten Teilen Gretes Erwartungen und durfte eintreten. Sie trug ihre Haare in einem dunklen Pagenkopf, dessen Pony selbst geschnitten aussah und steckte in einem schmalen Rock und einer weißen Bluse, beides von minderer Qualität. Ihre kurzen, geraden Beine endeten in Schuhen mit dickem Absatz. Die blasse Haut war eng von schmalen Linien durchzogen, ihre Lippen war schmal, die Haut unter ihrem Kinn ein wenig zu schlaff, der Hals voller Furchen. Früh gealtert, fand Greta.

Aber Nina Schuster war schweigsam, nahezu unterwürfig, kinderlos, alleinstehend und von weit weg. Aus Sachsen. Außerdem hatte Grete keine große Lust, noch einmal eine Anzeige aufzugeben, die Zeit und Geld kosten würde, beides hatte sie nicht zu verschenken.

Grete führte Nina Schuster überall herum, zeigte ihr das Erdgeschoss mit Küche, Wohn- und Esszimmer, den Keller, den Garten, den Schuppen und die Garage, in der ihr alter Opel stand. Sie ging mit festen kleinen Schritten voraus und erklärte mit forscher Stimme, was alles zu tun sei. Sie sei nicht penibel, aber alles müsse eben seine Ordnung haben.

Nina nickte.

Sie kletterten in den ersten Stock, in dem sich Arbeitszimmer, Gästezimmer und ein großes Bad befanden. Am Ende des Flures lag das Schlafzimmer, dessen Tür Greta ganz bewusst als letzte öffnete. In dem abgedunkelten Raum stand ein Doppelbett mit einem geschnitzten und gedrechselten Kopfteil unter einem Ölgemälde, auf dem sich ein Hirsch die Seele aus dem Leib röhrte. Aus gleichem Holz waren ein sechstüriger Schrank und die Hochkommode gefertigt, in deren Schubladen sich Gretes Errungenschaften befanden.

Grete trat zur Hochkommode, klopfte auf die Häkeldecke, die über die erste Schublade hing, und sagte: »Im Prinzip habe ich keine Geheimnisse. Tabu für Sie ist allerdings diese Kommode hier.« Zum Beweis zog sie an einer der fünf Schubladen. Sie war abgeschlossen. Ein Schlüssel steckte in keiner der Schubladen. »Absolut tabu«, fügte sie drohend hinzu.

Nina nickte.

Grete hoffte, dass sie sich nicht daran halten würde.

Zum Schluss folgte Nina Grete ins Dachgeschoss, wo ihr ein mittelgroßes, nichtssagendes Zimmer mit Bad vorgeführt wurde, ihr neues Domizil. Denn ihre Aufgabe bestand nicht nur darin, Haus und Hof in Ordnung zu halten, sondern auch in diesem Haus und Hof zu wohnen, für Gretes leibliches Wohl und ihre Wäsche zu sorgen, sowie Tag und Nacht zur Verfügung zu stehen.

An ihrem ersten Arbeitstag stand Nina Schuster pünktlich mit ihrem Gepäck vor der Haustür. Ein armseliger Koffer, eine verschlissene Reisetasche, ein Einkaufsbeutel, ein Mantel, ein Schirm.

»Ist das alles?«, fragte Grete.

Nina nickte.

Grete drückte ihr den Speiseplan für die Woche in die Hand. »Sie können auf Ihr Zimmer gehen, sich einrichten und dann sofort mit der Arbeit beginnen.«

Nina nickte.

Ihre Schritte auf der Treppe waren kaum zu hören. Grete sah ihr lächelnd nach, und eine freudige Unruhe stieg in ihr auf.

Es war ein Montag, an dem Grete die unterste Schublade der Hochkommode aufschloss und ein wenig offenstehen ließ. Eine exakte Daumenbreite. Gerade so viel, dass man eine Unebenheit feststellen konnte, wenn man genau hinsah.

Nina schien nicht genau hinzusehen, sie verrichtete ihre Arbeit wie gewohnt, war schweigsam und unsichtbar und kommentierte Gretes Wünsche mit ihrem ewigen Nicken. Grete passte auf wie ein Luchs, aber die unterste Schublade blieb wie sie war, exakt daumenbreit geöffnet.

Eine Woche später, wieder ein Montag, schloss Grete die unterste Schublade, öffnete stattdessen die mittlere der fünf Schubladen zwei Finger breit, und am Abend konnte sie feststellen, dass jemand hineingegriffen hatte. Der Inhalt, der für das ungewohnte Auge wohl aus einem Durcheinander bestand, in Wahrheit jedoch einer heiligen Ordnung unterlag, war von jemandem berührt worden. Und dieser Jemand konnte nur Nina gewesen sein. Gretes Herz machte einen Satz. Ihr Plan schien aufzugehen.

Nina trug am nächsten Tag ein spöttisches Lächeln spazieren. Aber sie schwieg. Gretes Anspannung wuchs.

Einen Tag später, es galt keine Zeit zu verlieren, ließ sie die zweite Schublade von oben als einzige offenstehen. Drei Finger breit. Prompt baumelte am Abend ein Preisschild an einem weiß-gelb gestreiften Seidenschal über den Rand hinaus. Grete schlug entsetzt die Hand vor den Mund. Nun gab es kein Zurück mehr. Auch nicht im letzten, tödlichen Moment, vor dem sie sich doch ein wenig fürchtete.

Nina war nach dem Abendessen zu einem Spaziergang aufgebrochen. Grete zog feste Schuhe an und holte aus dem Schuppen eine Rohrzange und einen Eimer. So schnell sie konnte, lief sie durch den Garten hinunter zum Steg. Der Mond war so hell, dass sie keine Taschenlampe brauchte, um an der obersten der drei Stufen drei Schrauben zu lockern. Anschließend schöpfte sie Moselwasser und setzte den Steg komplett unter Wasser. Sie brachte Rohrzange und Eimer zurück in den Schuppen und steckte ein Knäuel fester Kordel in ihre Rocktasche. Sie kehrte ans Ufer zurück und ließ sich auf die Bank fallen. Tanzmücken schwirrten über dem Steg.

Atemlos blickte Grete zum Haus. Nina war bereits zurückgekehrt, in der Küche brannte Licht. Grete legte eine Hand auf die Brust und rief, ihre Stimme überschlug sich, kreischte: »Nina! »Kommen Sie! Sofort! Schnell!«

Nina ließ alles stehen und liegen und flog durch den Garten. Sie trug noch ihre Pantoletten, sie klapperten auf dem glitschigen Holzsteg. »Geht es Ihnen nicht gut, Frau Wermelskirchen?«, rief sie, als sie endlich vor Grete stand.

Greta erhob sich langsam und würdevoll und trat einen Schritt auf Nina zu, sodass diese der Mosel den Rücken zuwenden musste. Und dem Mond, der sein eisblaues Licht auf die Wasseroberfläche fallen und den Umriss ihrer Gestalt erstrahlen ließ.

»Das kann man wohl sagen.«

»Das tut mir leid.«

»Ich bin sehr enttäuscht von Ihnen«.

»Warum?«

»Sie haben meine Kommode durchwühlt!«

Nina machte einen kleinen Schritt zurück, zuckte mit den Schultern und nickte. Sie gab es also zu.

»Obwohl ich es Ihnen ausdrücklich verboten hatte.«

Nicken.

Dieses ewige Nicken!

»Nun?« Grete stemmte die Hände in die Hüften und wippte mit der rechten Fußspitze auf dem nassen Steg. »Was haben Sie nun vor?«

Nina war nur noch einen Schritt von der obersten Stufe entfernt.

»Wollen Sie mich jetzt erpressen?«

Nina schüttelte den Kopf.

Sie nickte nicht?

In Gretes Kopf überstürzten sich die Gedanken. Nach einem Nicken hätte sie Nina ihrer verdienten Strafe zugeführt, ihr einen Stoß gegeben, sodass sie mit ihren Pantoletten auf dem nassen Steg ausrutschte, über die lockere Stufe stolperte, mit dem Kopf auf der untersten Stufe aufschlug, ohnmächtig ins Wasser fiel und ertrank. Grete hätte sie am Steg festgebunden, damit die Strömung sie nicht davontrug. Sie wäre ins Wasser gestiegen und hätte die Tote ausgezogen, ihr auch die Uhr und den Schmuck abgenommen, alle Spuren aus ihrem Dachzimmer entfernt, alles in Müllsäcken in den Kofferraum ihres Opels verladen und wie eine gewöhnliche Müllsünderin in den Wald geworfen. Und dann, erst dann, hätte sie endlich wieder die Polizei rufen können …

»Frau Wermelskirchen?«

Eine Stimme riss Grete aus ihren Visionen.

»Frau Wermelskirchen?«

Nina stand plötzlich hinter ihr. Grete drehte sich zu ihr herum und trat einen Schritt zurück. Ihr war ganz schwindlig.

»Sehen Sie nur! Ich habe Ihnen etwas mitgebracht!« Langsam zog Nina die rechte Hand aus der Jackentasche und hervor kam ein langes, regenbogenfarbenes Halstuch, das sie in die Höhe hielt, wie eine Fahne in den Wind. Das Mondlicht ließ die Seide schillern. »So eines haben Sie noch nicht, nicht wahr? Gefällt es Ihnen?«

Sie standen so nah beieinander, dass das Preisschild Grete ins Gesicht schlug. Sie fegte es entsetzt beiseite, beugte sich dabei zurück, verlor das Gleichgewicht und rutschte auf dem nassen Steg aus.

»Vorsicht! Die Stufe ist locker!«, hörte sie Nina rufen, als ein Schlag sie am Hinterkopf traf. Ein spitzer Schmerz durchfuhr sie. Sie spürte den Aufprall ins kühle Wasser, Wasser über und überall. Aber es war nicht unangenehm, es nahm sie auf und trug sie, sanft und schnell, auf und davon, dem Deutschen Eck entgegen.

Grete ließ sich selig treiben. Man würde sie finden. Wenn nicht heute, dann morgen. Und dann kämen sie alle herbeigeeilt: Polizei, Notarzt, Taucher, Krankenwagen, Leichenwagen … Grete war, als höre sie zwischen dem Rauschen des Wassers schon das Martinshorn, als sehe sie mit halb blinden Augen das Blaulicht durch die Wellen schimmern. Als sie lächelte, schoss ein Schwall Wasser in ihre Lungen, und ein Strudel zog sie in die Tiefe.

Grete Wermelskirchen, den Star.

Die Autoren

Stephan Brakensiek und Sabine Schneider – Stephan Brakensiek, geboren 1968 in Dortmund. Studium der Kunstgeschichte, Geschichte, Politikwissenschaft und Publizistik. Nach verschiedenen Tätigkeiten im Ruhrgebiet lebt und arbeitet er seit 2004 in Trier. Sabine Schneider, geboren 1969 in Eltville am Rhein, in Göttingen aufgewachsen. Studium der angewandten Geographie/Fremdenverkehrsgeographie. Sie lebt in Klausen/Mosel. Mit *Die schöne Tote im alten Schlachthof* erschien 2012 ihr erster gemeinsamer Kriminalroman. Der zweite Roman mit dem aus Trier-West stammenden Kommissar Rudolph Ferschweiler folgt 2015 unter dem Titel *Im Schatten der Wallfahrt*.

Guido M. Breuer, geb. 1967, wuchs in Düren und in der Nordeifel auf. Er arbeitete als Unternehmensberater und lebt heute als Autor in Bonn. Seine Tatorte finden sich vornehmlich in der Nordeifel. Dort ermittelt auch sein Protagonist Opa Bertold, der mit *Alte Sünden* bereits seinen fünften Fall zu lösen hat.

Carola Clasen schreibt seit 1998 Kriminalromane und Romane, die in der Eifel spielen. Darunter auch die Reihe um ihre eigenwillige Kriminalkommissarin Sonja Senger, die in der Eifel ermittelt. Auch mit ihren Kurzgeschichten und Lesungen hat Carola Clasen sich einen Namen unter den deutschen Krimiautorinnen gemacht. Sie ist Mitglied im *Syndikat* und lebt und arbeitet in Köln.

Ulrike Dömkes, geb. in St. Tönis, wohnt in Wachtendonk. Sie absolvierte das Studium Textil-Design mit Diplomabschluss an der FH Niederrhein und eröffnete 1994 eine Buch- und

Weinhandlung in Wachtendonk. 1998 besuchte sie die Wein- und Sommelierschule Koblenz und machte dort den Abschluss als Weinfachberaterin. Im Jahr 2000 verbrachte sie einen längeren Arbeitsaufenthalt im Weingut Aldo Vajra im Piemont und ist seit 2008 schriftstellerisch tätig. Ihr Moselkrimi *Roter Riesling* erschien 2015 bei KBV.
www.ulrikedoemkes.de

Monique Feltgen, geb. 1965 in Luxemburg, Studium Direktionsassistentin. Spricht fließend Luxemburgisch, Deutsch, Französisch, Englisch und Italienisch. Sie ist Autorin von Kurzgeschichten, Texten für Rundfunk, Anthologien und vom ersten Frankfurter Buchmessenkrimi (2012) mit drei weiteren Autoren. Sie schreibt Kriminalromane in deutscher Sprache. 2006: *Das Rousegaertchen-Komplott*. Weitere Romane: *Endstation Steseler Plateau, Tatort Rollengergronn* – ausgezeichnet mit dem *Luxemburger Buchpreis* - Literatur: *Todesfalle Knuedler; Showdown in Esch, Verschwörung op der Musel*. www.krimi.lu.

Peter Friesenhahn, geb. 1952 in Pünderich an der Mosel, arbeitet als Musiker, Filmemacher und Autor. Als Musiker komponiert und konzertiert er. Als Filmer dreht er Dokumentarfilme von der Region Eifel-Mosel-Hunsrück. Als Autor schrieb er spöttische Glossen für verschiedene Zeitungen und für den SWR. Bisher erschienen von ihm drei Regionalkrimis von der Mittelmosel und ein Reise- und Erlebnisführer vom Hunsrück. www.mosel-film.de

Carolin Gilbaya, geb. 1978 in Bonn, lebt in Cochem an der Mosel. Sie hat Anglistik und Germanistik studiert. Seit ihrem Abschluss – Magistra Artium – arbeitet sie als Literaturwissenschaftlerin und Dozentin für englische und amerikanische

Literatur an der Universität Trier, wo im Jahr 2013 auch die Promotion erfolgte. Mit dem Unterrichten, Erforschen und Schreiben von wissenschaftlichen und nichtwissenschaftlichen Texten hat sie ihre Leidenschaft zum Beruf gemacht. Bei *Bruni, My Love* handelt es sich um den Siegertext des Josef-Steib-Krimiwettbewerbs 2014.

Sascha Gutzeit, geb. 1972, ist Sänger, Schauspieler, Autor und Entertainer und lebt mit Frau, Kind und Hund in der Vulkaneifel. Seit 1993 macht er CDs mit eigenen Songs und schreibt Musiktheaterstücke, in denen er alle Rollen selber spielt. Er ist Mitgründer des *Vollplaybacktheaters*, nahm ein Duett mit Wolfgang Niedecken auf, komponierte Filmmusik, arbeitet als Sprecher, schrieb und vertonte u. a. Kai Meyers Buchreihe *Die Sieben Siegel*. Sein Kommissar Engelmann ermittelt in zahlreichen Büchern und auf CDs. Ganz neu startet Sascha Gutzeit 2018 »Die Mosel-Show«. www.sascha-gutzeit.de

Carsten Sebastian Henn, geb. 1973 in Köln, gilt als »Deutschlands König des kulinarischen Krimis« (WDR). Seine Reihe um den Ahrtaler Koch und Meisterdetektiv Julius Eichendorff hat mehr als 100.000 Exemplare verkauft und erscheint auch in Hörbuchform, gelesen vom Entertainer und Kabarettisten Jürgen von der Lippe. Bei KBV ist er u. a. Herausgeber der Kurzkrimisammlung *Wein, Mord und Gesang* und mit Ralf Kramp und Monica Mirelli (Uwe Voehl) einer der Autoren der Mords-Feste-Reihe mit den Titeln *Mords-Ostern, Mords-Geburtstag, Mords-Weihnacht, Mords-Muttertag* und *Mords-Hochzeit*. www.carstensebastianhenn.de

F. G. Klimmek, geb. 1949 in Wanne-Eickel. Eigentlich ist er Rechtsanwalt. Nebenher hat er sich der Herpetologie (Kriechtierkunde) verschrieben und ist ein profunder Kenner der Kriminalliteratur Sir Arthur Conan Doyles. Seine Krimiserie um den schrägen Ermittler Schmidt und seine ungewöhnlichen historischen Krimis haben ihm einen großen Fankreis beschert. www.das-kriminalmuseum.de

Ralf Kramp, geb. 1963, lebt in der Eifel. Seit 1996 erschienen elf Kriminalromane, eine Unmenge schwarzhumoriger Kurzkrimis, eine Kinderkrimireihe und andere Buchveröffentlichungen. Im Jahr 2002 erhielt er den Kulturpreis des Kreises Euskirchen, 2010 die *Herzogenrather Handschelle*. Mit der Agentur *Blutspur* veranstaltet er spannende Erlebnis-Krimiwochenenden, und mit seiner Frau Monika führt er in Hillesheim das *Kriminalhaus* mit dem *Deutschen Krimi-Archiv* mit über 30.000 Bänden, dem *Café Sherlock* und der Buchhandlung *Lesezeichen*. www.ralfkramp.de, www.kriminalhaus.de

Erika Kroell, 1958-2016, war Erzieherin, Jugendherbergsmutter, Zeitungsreporterin und Rundfunkjournalistin. Sie lebte und arbeitete im Ahrtal. Mit 40 Jahren begann die dreifache Mutter zu schreiben. Seither veröffentlichte sie acht Romane (mehrere davon bei KBV) und zahlreiche Kurzgeschichten, die in den Genres »Krimi« und »Fantasy« angesiedelt sind.

Lirot & Schlueter – Eva Lirot, geb. 1966, kommt aus der Domstadt Limburg, wohnt derzeit wieder dort, zeitweise lebte sie in den USA und Kanada. Magister in Literaturwissenschaft, Veröffentlichungen von Kurzkrimis und die Krimi / Thriller-Serie mit Großstadtsheriff Jim Devcons außergewöhnlichen Fällen. Mitglied in der Autorenvereinigung *Syndikat*, 2010 eine der JurorInnen für den renommierten *Friedrich Glauser Preis* in der

Sparte: Bester Roman, Mitglied der *AIEP/IACW – International Association of Crime Writers*. www.evalirot.com

Hughes Schlueter, geb. 1962, wohnt im Rhein-Main-Gebiet und arbeitet in Kommunikation & Marketing, lebte und arbeitete auch in Luxemburg, Frankreich und Großbritannien. Diplom-Wirtschaftsingenieur, Autor der Luxemburger Kriminalromane mit Fashion-Fotograf Lou Schleck. Weitere Texte und Satiren in Anthologien. Organisator des deutsch-luxemburgerischen Festivals *Krimi DeLuxe*. Mitglied in der Autorenvereinigung *Syndikat* und der *AIEP/IACW – International Association of Crime Writers*. www.hughesschlueter.com Bei KBV gaben beide die Anthologien *Luxemburger Leichen* und *Mit Schirm, Charme und Pistole* heraus.

Mischa Martini, geb. 1956 in Trier, leitet heute nach längerer Berufstätigkeit als Journalist einen Verlag mit Schwerpunkt Moselregion. Unter dem Pseudonym Mischa Martini schreibt er seit 1999 Regionalkrimis und lässt in bisher 13 Episoden den Ermittler Waldemar Bock mit seinem skurrilen Team links und rechts der Mosel auf Verbrecherjagd gehen. Martini wurde 2001 für *Nordfälle*, den ersten Krimistadtschreiberpreis in Deutschland, nominiert und lebt in der Nähe von Trier. Seine Bühnenkomödie *Mörderische Auslese* (Deutscher Theater-Verlag) wird seit 2008 auf vielen Bühnen aufgeführt und wurde inzwischen ins Niederländische übersetzt.

Dr. Frank P. Meyer, geb. 1962, Saarländer. Anglistik/Germanistik-Studium in Trier und Oxford. Danach Wissenschaftlicher Mitarbeiter an der Uni Hildesheim. Heute: Leiter der Studienberatung und des Graduiertenzentrums der Uni Trier. Veröffentlichungen: *Raum 101* und *Es war mir ehrlich gesagt völlig egal* (Erzählungen), *Normal passiert da nichts*

(Roman), *Zwangsgeranisierung* (Kolumnen-Sammlung). Trierer Stadtschreiber 2012.

Carsten Neß, geb. 1964 in Bad Lauterberg im Harz, studierte in Trier Angewandte Physische Geographie/Geowissenschaften. Heute arbeitet er in Bernkastel-Kues als Landespfleger. Mit *Tod im Moseltal* veröffentlichte er 2011 seinen ersten Krimi, es folgten mit *Kein Tod wie der andere* und *Hunsrück-Blues* zwei weitere Roman um den Trierer Kommissar Buhle.

Rosi Nieder, geb. 1948, ist in der Eifel aufgewachsen und lebt mit ihrer Familie in Herforst. Nach ihrem ersten Buch, einem liebenswerten Bericht über ihren behinderten Sohn, entdeckte die frühere Sekretärin ihre Leidenschaft zum Schreiben. Auch wenn sie es liebt, auf Reisen fremde Länder und Kulturen kennenzulernen, so zeigt sie doch in ihren Krimis, Romanen und Kurzgeschichten immer wieder die Nähe zu den Menschen ihrer Region, deren Sprache sie spricht und deren Gefühle sie nachempfindet.

Moni Reinsch, geb. 1968, lebt mit ihrer Familie in Trier. Sie hat alles mal probiert (Bank, Marketing, Personalwesen, Psychologie), lebt aber eigentlich fürs Schreiben. Bislang hat sie ein Sachbuch und zusammen mit ihrem Sohn Simon mehrere Krimis veröffentlicht. Bei KBV erschienen die Krimis *Moselruh* und *Feuer über der Mosel*. www.reinschrift.eu

Simon Reinsch, 1993, kommt aus Trier und studiert zurzeit Medieninformatik in Birkenfeld. Die Mosel sieht er meistens von oben, wenn er unter seinem Gleitschirm hängt. Sein erster Krimi, zusammen mit Moni Reinsch, war *Tief im Hochwald*, Emons Verlag 2013. www.reinschrift.eu

Steve Rosa, geb. 1969 in der Bourgogne, entdeckte über die Lektüre der Fünf Freunde und der Romane von Agatha Christie und John Dickson Carr die Liebe zum klassischen englischen Krimi und verfasste seine Doktorarbeit über die East India Company. Heute lebt er als Schriftsteller in Metz. Er erhielt mehrere Auszeichnungen für seine früheren Kriminalromane. Seine neue Reihe kulinarischer Krimis ist in einem Restaurant mit lothringischer Küche in Miami angesiedelt. http://lespolarsculinairesdesteverosa.jimdo.com

Hans Jürgen Sittig, geb. 1957 in Mayen, entdeckte als Biologiestudent in Bonn seine Begeisterung für das Fotografieren und Schreiben. Er belieferte 29 verschiedene Zeitschriften und veröffentlichte viele Fotokunstkalender und Bildbände, meist über Skandinavien, bevor er sich zunehmend seiner Heimat Eifel widmete. Mit *Mordwald, Tod am Laacher See* und *Bitburger Blut* und *Zwischen Eifel und Hölle* publizierte er bereits vier Kriminalromane um seinen Ermittler Hauptkommissar Jan Wärmland. Zuletzt erschienen sein Bildband *Traumland Eifel* und der Erzählband *Die eindrucksvolle Geschichte der Eifel*. Neben seiner Autorentätigkeit ist er Schauspieler beim Taltontheater in Wuppertal und in kleineren TV-Serien. www.hans-juergen-sittig.de

Ansgar Sittmann, seit über zwanzig Jahren glücklich mit Heike verheiratet und stolzer Vater von Linda und Eric, ist am 10. November 1965 in Trier geboren. Dass er wegen seines Berufs zum Weltenbummler geworden ist und nach Aufenthalten in Brüssel, Islamabad, Paris und Washington DC nun wieder in Berlin lebt, liegt sicher an seinem ersten Auslandsaufenthalt und den prägenden Jahren in Fontainebleau von 1977 bis 1981. Die Verbundenheit zur Heimat ist ungebrochen, weswegen seine Hauptfigur, der Berliner Privatdetektiv Castor L. Dennings, immer wieder an der Mosel ermittelt.

Arno Strobel, geb. 1962 in Saarlouis, studierte Informationstechnologie und arbeitet noch immer in Teilzeit bei einer großen deutschen Bank in Luxemburg. Heute ist er einer der bekanntesten Psychothriller-Stars der deutschen Buchszene. Mit dem Schreiben begann er im Alter von fast vierzig Jahren. Alle seine Psychothriller standen wochenlang auf der Spiegel-Bestsellerliste. Arno Strobel lebt mit seiner Familie in der Nähe von Trier. 2017 erschien sein jüngster Roman *Im Kopf des Mörders – Tiefe Narbe*.

Alain Thon, geb. 1945 in Anjou, ist Lothringer mit italienischen Wurzeln. Er ist ehemaliger Kommunikationsdirektor, der zwei ausgeprägte Leidenschaften pflegt: Das Schreiben und das Ballonfahren. Nach seinem Roman *Eine besondere Odyssee* hat er in einer Thriller-Reihe seinen liebenswerten Kommissar Théo Filippi bereits drei Mal in knifflige Ermittlungstätigkeiten verwickelt.

Paul Walz ist das Pseudonym, unter dem Maximilian Rosar seine belletristischen Texte veröffentlicht. Der 1964 in Trier geborene und dort auch mit seiner Frau und den beiden Töchtern lebende Autor ist im »normalen« Leben Professor für Betriebswirtschaftslehre an der Hochschule RheinMain. 2012 hat er mit *Lichthaus – kaltgestellt* seinen Debütroman veröffentlicht, 2013 folgte *Bauernopfer* und 2014 *Die Todesgeigerin*. *Esperance* ist die erste Kurzgeschichte, die von Paul Walz erscheint.